Pôle fiction

Du même auteur

Les chemins de poussière :
2. Sombre Eden

Moira Young

Les chemins de poussière / 1

Saba
Ange de la Mort

Traduit de l'anglais
par Laetitia Devaux

GALLIMARD JEUNESSE

Pour mes parents et pour Paul

Lugh est né d'abord. Au solstice d'hiver quand le soleil est bas dans le ciel.

Je l'ai suivi. Deux heures après.

Et là, tout est dit.

Lugh est devant, et moi derrière.

Mais ça me va.

C'est bien comme ça.

C'est comme ça que ça doit être.

Tout est écrit. Tout est réglé.

La vie de tous les gens nés.

La vie de tous les gens qui vont naître.

C'est écrit dans les étoiles depuis le commencement du monde. Quand on naît, quand on meurt. Et quel genre de personne on va être, bonne ou mauvaise.

Si on sait lire dans les étoiles, on peut connaître l'histoire de la vie des gens. Et l'histoire de sa vie à soi. Son passé, son présent et son avenir.

Quand Pa était petit, il a rencontré un voyageur, un homme qui savait beaucoup de choses. L'homme lui a appris à lire dans les étoiles. Pa a jamais dit ce qu'il voyait dans le ciel la nuit, mais ça doit être lourd à porter.

Parce qu'on peut pas changer ce qu'est écrit.

Même si Pa nous disait ce qu'il sait pour nous mettre en garde, ça arriverait quand même.

Je vois comment il regarde Lugh, des fois. Et comment il me regarde.

Et je voudrais qu'il nous dise ce qu'il sait.

Je crois que Pa aimerait avoir jamais rencontré ce voyageur.

Quand on nous voit, Lugh et moi, on peut pas imaginer qu'on est du même sang.

On peut pas imaginer qu'on a grandi en même temps dans le même ventre.

Il a les cheveux dorés. Moi noirs.

Il a les yeux bleus, moi marron.

Il est grand. Je suis petite.

Il est beau. Je suis laide.

Il est ma lumière.

Je suis son ombre.

Lugh brille comme un soleil.

Ça a dû être facile pour eux de le retrouver.

Il suffit de suivre sa lumière.

SILVERLAKE

*

C'est une chaude journée. Si chaude et si sèche que j'ai la bouche pleine de poussière. Un jour de chaleur blanche où on entend la terre se fendiller.

Y a pas eu une goutte de pluie depuis presque six mois. Même la source qui se déverse dans le lac commence à tarir. Il faut marcher chaque jour un peu plus loin pour remplir un seau. Bientôt, y aura même plus de lac.

Chaque jour, Pa essaie un de ses sortilèges.

Chaque jour, de gros nuages chargés de pluie s'entassent à l'horizon. Notre cœur bat plus vite et notre espoir grandit à mesure qu'ils glissent vers nous. Mais ils se brisent, se dispersent et s'évanouissent avant de nous atteindre. Chaque jour.

Pa dit rien. Il regarde les étoiles dans le ciel, ce ciel limpide et cruel. Puis il ramasse ses pierres et ses brindilles et je sais pas quoi d'autre disposé par terre, et il les range jusqu'au lendemain.

Aujourd'hui, il soulève son chapeau, tend la tête vers le ciel et l'observe longuement.

Je crois que je vais faire un cercle, il déclare. Oui, je pense qu'un cercle, c'est ce qu'il faut.

Lugh le répète depuis un moment. Pa va mal.

À chaque jour de sécheresse supplémentaire, un peu de Pa a l'air de… Je crois que disparaître est le mot qui convient le mieux.

Avant, on pouvait toujours pêcher un poisson dans le lac ou prendre une bête au piège. Pour le reste, on cultivait un peu la terre et, l'un dans l'autre, on y arrivait. Mais cette dernière année, on a eu beau travailler, ça a pas suffi. Pas de pluie. On a vu la terre mourir petit bout par petit bout.

C'est pareil pour Pa. Jour après jour, ce qu'y a de meilleur en lui disparaît. C'est vrai, ça fait un moment qu'il va mal. De plus en plus mal. Depuis la mort de Ma. Lugh a raison. Comme la terre, Pa va de plus en plus mal, et ses yeux regardent de plus en plus vers le ciel au lieu de regarder devant lui.

Je crois qu'il nous voit plus. Plus vraiment.

Emmi court partout avec ses cheveux sales et son nez qui coule. Sans Lugh, elle se laverait jamais.

Avant la naissance d'Emmi, Ma était vivante et tout allait bien. Pa était pas le même. Ma arrivait toujours à le faire rire. Il nous poursuivait en courant, Lugh et moi, ou il nous faisait sauter pardessus sa tête jusqu'à ce qu'on le supplie d'arrêter. Et il nous mettait en garde contre la méchanceté du monde en dehors de Silverlake. À cette époque, j'imaginais pas qu'il y ait quelqu'un de plus grand, de plus fort et de plus intelligent que Pa.

Je l'observe pendant que Lugh et moi, on essaie de réparer le toit. Les murs sont assez solides, ils sont faits de pneus empilés. Mais les vents chauds qui balaient le lac se glissent dans chaque interstice et soulèvent des pans entiers du toit. On passe notre temps à le réparer.

Après le vent chaud de la nuit, Lugh et moi, dès la première lueur du jour, on est partis à la décharge. On a creusé dans un coin qu'on n'avait encore jamais essayé pour trouver des débris du temps des Destructeurs. On a récupéré un bout de métal pas trop rouillé, et même une casserole avec un manche.

Lugh est déjà sur le toit pendant que je fais comme toujours, je monte et je descends l'échelle pour lui apporter ce qu'il a besoin.

Nero fait comme toujours, aussi, il est perché sur mon épaule et il croasse très fort dans mon oreille pour me dire ce qu'il en pense. Il a toujours un avis sur tout, Nero. Il est très intelligent. Je crois que si on pouvait parler corbeau, on se rendrait compte qu'il sait réparer un toit.

Il a eu le temps d'y réfléchir, ça c'est sûr. Ça fait cinq ans qu'il nous voit réparer ce toit. Depuis que je l'ai trouvé tout seul au pied de son nid. Sa mère avait disparu. Pa était pas content que je ramène un petit corbeau à la maison. Il a dit que pour certaines personnes, c'est des oiseaux de malheur, mais je voulais vraiment le sauver, et quand j'ai décidé quelque chose, je lâche pas le morceau.

Emmi arrive en courant. Elle fait comme toujours elle aussi, elle nous embête, Lugh et moi. Elle me suit de l'échelle au tas de détritus.

Je veux vous aider, elle dit.

Tiens l'échelle, je réponds.

Non ! Je veux vraiment vous aider ! Tu me fais toujours tenir l'échelle !

Tu t'es jamais dit que c'est la seule chose que tu peux faire ?

Elle croise les bras sur sa toute petite poitrine et elle me jette un regard noir.

T'es méchante, elle lance.

T'arrêtes pas de le dire, je rétorque.

Je grimpe à l'échelle avec un bout de métal rouillé à la main. Quand j'ai escaladé trois barreaux, elle commence à secouer l'échelle. Je m'agrippe pour pas tomber. Nero crie et s'envole en agitant les ailes. Je foudroie Emmi du regard.

Arrête ça tout de suite ! Tu veux que je me brise le cou ou quoi ?

La tête de Lugh apparaît au bord du toit.

Ça suffit, Em, il dit. Va aider Pa.

Elle lâche tout de suite l'échelle. Emmi obéit toujours à Lugh.

Mais je veux vous aider, elle lance d'un air boudeur.

On n'a pas besoin de ton aide, je dis. On se débrouille très bien sans toi.

T'es la plus méchante sœur qu'a jamais existé ! Je te déteste, Saba !

Tant mieux ! Parce que moi aussi, je te déteste !

Ça suffit toutes les deux ! crie Lugh.

Emmi me tire la langue et part en tapant des pieds. Je passe de l'échelle au toit puis je rampe jusqu'à Lugh pour lui donner le bout de métal.

Je te jure que je vais la tuer, un jour, je lâche.

Elle a que neuf ans, Saba, me dit Lugh. Tu pourrais essayer d'être gentille avec elle de temps en temps.

Je grogne et je m'accroupis près de lui. De là-haut, je vois tout. Emmi sur le tricycle où il manque une roue que Lugh lui a trouvé à la décharge. Pa avec son cercle de sortilèges.

C'est juste un bout de terre qu'il a aplati en le piétinant avec ses bottes. On n'a pas le droit d'approcher sans son autorisation. Il s'en occupe tout le temps, il retire les brindilles ou le sable soufflés par le vent. Il a pas encore disposé ses bouts de bois pour le cercle de pluie. Je le regarde mettre un bâton. Il fait trois pas vers la droite puis trois pas vers la gauche. Il recommence. Plein de fois.

T'as vu ce que fait Pa ? je lance à Lugh.

Il lève pas la tête. Il continue à donner des coups de marteau sur le bout de métal pour l'aplatir.

Oui. Comme hier. Et le jour d'avant.

À quoi ça sert ? Il va à droite, il va à gauche, et il recommence.

J'en sais rien, moi ! il s'écrie.

Il a les lèvres pincées. Une fois de plus. C'est la tête qu'il fait dès que Pa lui dit ou lui demande quelque chose. Je le vois de plus en plus souvent faire ça.

Pa relève la tête et met sa main en visière.

Lugh ! il appelle. J'ai besoin de toi, fiston !

Vieux cinglé, marmonne mon frère.

Il donne un dernier coup de marteau à la plaque de métal.

Parle pas comme ça, je proteste. Pa sait ce qu'il fait. Il lit dans les étoiles.

Lugh m'observe. Et il secoue la tête, comme s'il arrivait pas à croire à ce que je dis.

T'as pas encore compris ? Tout est dans sa tête. Il a tout inventé. Y a rien d'écrit dans les étoiles. Y a pas de grand projet. La terre tourne, c'est tout. On est en train de gâcher notre vie dans ce coin désert, c'est tout. Et ça va continuer comme ça jusqu'à notre mort, Saba. J'arrive plus à le supporter.

Je le dévisage.

Lugh ! crie Pa.

Suis occupé ! il répond.

Tout de suite, fils !

Lugh jure tout bas, jette son marteau, me bouscule au passage et dévale l'échelle. Il court vers Pa, lui arrache ses bâtons des mains et les jette par terre.

Voilà ! il hurle. C'est certainement ça qui va t'aider ! Ça va faire venir la pluie, bien sûr !

Il donne des coups de pied dans le cercle de pluie de Pa jusqu'à ce que la poussière vole partout. Il appuie fort avec son doigt sur les côtes de Pa.

Ouvre les yeux, mon vieux ! Tu vis dans tes rêves ! La pluie viendra plus ! Ce trou de l'enfer est en train de mourir, et on va tous crever si on reste ici ! Tu sais quoi ? J'en ai assez ! Je m'en vais !

Je savais que ça allait arriver, annonce Pa. Les étoiles m'ont dit que tu étais malheureux, mon fils.

Il pose la main sur le bras de Lugh. Lugh le repousse si fort que Pa titube.

T'es cinglé, tu le sais ? lui crie Lugh. Les étoiles te l'ont dit ! Et pourquoi t'écouterais pas ce que je te dis, moi, pour une fois ?

Puis il part en courant. Je descends l'échelle à toute vitesse. Pa a la tête baissée et les épaules voûtées.

Je comprends pas, il dit. Je vois la pluie venir…

Je le lis dans les étoiles, mais… Elle vient pas. Pourquoi elle vient pas ?

T'inquiète pas, Pa, le console Emmi. Je vais t'aider. Je vais les placer comme tu veux.

Elle se met à genoux pour ramasser les bouts de bois. Et elle lève la tête vers lui avec un sourire anxieux.

Lugh pensait pas ce qu'il disait, Pa, elle avance. Je le sais.

Je passe près d'eux.

Je sais où Lugh est allé.

*

Je le rejoins au jardin de pierres de Ma.

Il est assis au milieu des figures, les carrés, les cercles et les petits chemins en pierre, tous d'une certaine couleur et d'une certaine forme. Chaque petit gravier a été mis là par Ma. Elle refusait qu'on l'aide.

Elle a posé le dernier caillou avec soin. Elle s'est assise sur ses talons et elle m'a souri en frottant son gros ventre gonflé par le bébé. Sa tresse de longs cheveux dorés retombait sur l'une de ses épaules.

Tu vois, Saba ? Il y a de la beauté partout. Même ici. Et si elle n'y est pas, il suffit de l'inventer.

Le jour d'après, Emmi est née. Avec un mois d'avance. Ma a saigné pendant deux jours, et puis elle est morte. On lui a dressé un grand bûcher funéraire et on a renvoyé son esprit aux étoiles. Quand on a dispersé ses cendres au vent, tout ce qui nous restait d'elle, c'était Emmi.

Un affreux petit machin rouge avec un cœur qui battait à peine. Ça ressemblait plus à une souris qu'à un humain. Elle aurait pas dû survivre plus d'un ou deux jours, mais elle a tenu bon. Même si elle est toujours petite pour son âge, et toute maigre.

Pendant longtemps, j'ai pas pu la regarder. Quand Lugh dit que je devrais pas être si dure avec elle, je lui rétorque que, sans Emmi, Ma serait encore vivante. Il répond pas trop parce qu'il sait que c'est vrai, mais il secoue la tête et il dit quelque chose comme, Il faut accepter, Saba, ou des paroles dans ce genre.

Maintenant, j'arrive à supporter Emmi, mais y faut pas me demander plus.

Je m'assieds sur la terre durcie et je me mets dos à dos avec Lugh. J'aime quand on est comme ça. Je sens sa voix trembler dans mon corps quand il parle. Ça devait déjà être comme ça quand on était dans le ventre de Ma. Sauf qu'on parlait pas à cette époque, bien sûr.

On reste comme ça sans rien dire un moment.

On aurait dû partir d'ici il y a longtemps, il commence. Il y a de meilleurs endroits que celui-là. Pa aurait dû nous y emmener.

Tu vas pas partir, je proteste.

Et pourquoi ? J'ai aucune raison de rester. Je veux pas attendre de mourir ici.

Et t'iras où ?

Ça a aucune importance. N'importe où, du moment que c'est pas Silverlake.

Mais c'est pas possible. C'est trop dangereux.

C'est Pa qui dit ça. Toi ou moi, on n'a jamais été à plus d'un jour de marche d'ici. On n'a jamais vu que notre famille.

C'est pas vrai. Et la sorcière qu'est passée sur

son chameau l'an dernier ? On voit PotBelly Pete, aussi. Il raconte toujours des histoires sur où il a été et qui il a vu.

Je parlais pas d'un camelot qui passe une fois tous les deux mois. Et puis, j'ai encore mal à cause de la culotte mal taillée qu'il m'a refourguée la dernière fois.

Elle puait, à croire qu'un putois l'avait portée avant toi. Et t'oublies Procter.

Notre seul voisin, qui habite à quatre lieues au nord. Un ermite du nom de Procter John. Il s'est installé là à la naissance de Lugh et moi. Il passe une fois par mois environ, mais il nous rend jamais vraiment visite. Il descend pas de Hob, son cheval, il s'arrête près de la hutte, et il dit toujours la même chose.

Salut, Willem. Comment vont les gosses ? Tout roule ?

Ils vont bien, répond Pa. Et toi, comment vas-tu ?

Assez bien pour tenir encore un peu.

Puis il incline son chapeau, il repart et on le revoit plus pendant un mois. Pa l'aime pas. Il le dit jamais, mais ça se voit. On aurait pu croire qu'il serait content de parler à quelqu'un d'autre que sa famille, mais il propose jamais à Procter de rester boire une goutte.

Lugh dit que c'est à cause du chaal. On sait comment ça s'appelle parce qu'un jour, j'ai demandé à Pa ce que Procter mâchait tout le temps, et le visage de Pa s'est durci comme s'il voulait pas le dire. Puis il a répondu que ça s'appelait du chaal, que c'était du poison pour l'esprit et que si on nous en proposait, il fallait refuser.

Mais comme on voit presque jamais personne, y a peu de chances qu'on nous en donne.

Lugh secoue la tête.

On peut pas compter sur Procter John, il dit. Nero a plus de conversation que lui. Je te jure, Saba, si je reste ici, soit je vais devenir fou, soit je vais finir par tuer Pa. Il faut que je parte.

Je le contourne et je me place face à lui.

Je t'accompagne, je dis.

D'accord. Et on emmène Emmi, aussi.

Je pense pas que Pa aimerait qu'elle parte. Et puis, Emmi voudra pas nous accompagner. Elle préférera rester avec lui.

Tu veux dire que tu préférerais qu'elle reste avec lui. Mais on doit l'emmener, Saba. On peut pas la laisser là.

Et si… Peut-être que si tu parlais à Pa, il se rendrait compte que t'as raison. Et on pourrait aller tous ensemble dans un autre endroit.

Non, dit Lugh. Il abandonnera jamais Ma.

Hein ? Mais elle est morte.

Ce que je veux dire, c'est que… Ma et lui ont construit cet endroit ensemble et, pour lui, elle est toujours là. Il peut pas abandonner ses souvenirs, voilà ce que je dis.

Mais nous, on est encore en vie. Toi et moi.

Et Emmi. Je sais. Mais tu vois comment il est. C'est comme si on n'existait pas. Il s'intéresse plus à nous.

Lugh réfléchit un long moment. Puis il dit, L'amour, ça rend faible. Quand t'aimes quelqu'un, tu peux plus vraiment réfléchir. Regarde Pa. Qui a envie de finir comme lui ? Je veux jamais aimer personne. C'est plus simple.

Je dis rien. Je dessine des cercles dans la poussière avec mon doigt.

Mon ventre me fait mal. Comme si une main entrait en moi et le tordait.

Je dis enfin, Et moi ?

Toi, t'es ma sœur. C'est pas pareil.

Mais si je mourais ? Je te manquerais, non ?

Ouais. Mais y a peu de chances que tu meures et que tu me laisses tranquille. Tu me rends fou à me suivre partout. Depuis le jour qu'on est nés.

C'est pas ma faute si t'es le plus grand ! Tu me fais de l'ombre.

Hé !

Il se pousse et je tombe sur le dos. Je lui donne un coup de pied.

Hé, toi-même !

Je me mets sur les coudes. Alors ? je dis.

Quoi ?

Je te manquerais ?

Sois pas bête, il dit.

Je m'agenouille devant lui. Il me regarde. Lugh a les yeux bleus comme un ciel d'été. Bleus comme l'eau claire. Ma disait que ses yeux étaient si bleus que ça donnait envie de voguer dessus.

Moi, tu me manquerais. Si tu mourais, tu me manquerais tellement que j'aurais envie de me tuer.

Dis pas de bêtises, Saba.

Promets-moi que tu le feras pas.

Quoi ?

Mourir.

Tout le monde meurt un jour, il dit.

Je tends la main vers le tatouage de naissance en haut de sa joue droite, comme moi. Il a la forme que la lune avait la nuit où on est nés. C'était la pleine lune. C'est rare au solstice d'hiver. Mais des jumeaux qui naissent à la pleine lune au moment de la nouvelle saison, c'est encore plus rare. Alors Pa nous a fait un tatouage pour montrer combien on est particuliers.

On a eu dix-huit ans à notre dernier anniversaire. Ça doit faire quatre mois, c'est pas très vieux.

Quand on mourra, je dis, tu crois qu'on deviendra deux étoiles côte à côte ?

Arrête de penser à des trucs comme ça. Je t'ai déjà dit, c'est juste les bêtises de Pa, tout ça.

Puisque tu sais tant de choses, dis-moi, qu'est-ce qui se passe quand on meurt ?

Il soupire et s'allonge par terre en clignant des yeux vers le ciel.

Je sais pas... Tout s'arrête. Ton cœur bat plus, tu respires plus, et t'es juste… plus là.

Et c'est fini, je dis.

Ouais.

C'est idiot, je râle. On passe notre vie à faire tout ça… à dormir, à manger, à réparer des toits et puis… c'est fini, et c'est tout. Je comprends pas à quoi ça sert.

C'est comme ça.

Lugh, tu partirais pas sans moi, hein ?

Bien sûr que non. Même si j'essayais, tu me suivrais.

Je te suivrai partout où t'iras !

En disant ça, je fais des grands yeux et ma tête bizarre qu'il aime pas.

Jusqu'au fond du lac… jusqu'au bout de la terre… jusqu'à la lune… jusqu'aux étoiles !

Il saute sur ses pieds.

Arrête ! Je parie que t'es même pas capable de me suivre pour aller faire des ricochets, il lance en partant en courant.

Hé ! Attends-moi ! je crie.

*

On court longtemps sur le lit asséché du lac pour trouver assez d'eau. On passe devant le petit bateau que Pa avait construit quand on était enfants. Maintenant, il est en plein milieu de la terre alors qu'à cet endroit, avant, c'était la rive.

On marche jusqu'à être hors de vue de Pa et Emmi. Le rude soleil de midi cogne et j'enveloppe ma tête dans mon sheema pour me protéger. J'aimerais ressembler à Ma, comme Lugh, mais moi, je tiens de Pa. Malgré nos cheveux noirs, on a la peau qui brûle si on se couvre pas.

Lugh porte jamais de sheema. Il dit qu'il se sent prisonnier avec et que, de toute façon, le soleil le gêne pas. Pas comme moi. Quand je lui dis qu'il l'aura bien mérité s'il a une insolation un jour, il rétorque, Si ça arrive, tu pourras dire que tu m'as prévenu.

Je me gênerai pas, je réplique.

Je trouve presque tout de suite une pierre parfaite. Je passe mes doigts sur sa surface lisse et douce. Je la soupèse.

J'en ai une belle, j'annonce.

Pendant que Lugh cherche une pierre, je m'amuse à marcher sur les mains. C'est à peu près la seule chose que je sais faire et pas lui. Il dit que ça lui est égal, mais je sais que c'est faux.

T'es bizarre à l'envers, je dis.

Les cheveux dorés de Lugh brillent au soleil. Il a une longue tresse qui lui arrive presque à la taille. Moi aussi j'en porte une, mais mes cheveux sont aussi noirs que les plumes de Nero.

Son collier se reflète dans les rayons du soleil. J'ai trouvé le petit anneau en verre vert à la décharge et je l'ai cousu sur un bout de cuir. Je lui ai offert pour notre dix-huitième anniversaire, et il l'a plus quitté depuis.

Et moi, qu'est-ce que j'ai eu comme cadeau ? Rien. Comme d'habitude.

J'en ai une, il annonce.

Je m'approche en courant.

Elle est pas aussi bien que la mienne, je commente.

Je vais faire huit ricochets aujourd'hui, il déclare. Je le sens dans mon corps.

Dans tes rêves, oui, je proteste. Moi, je dis sept.

Je prends mon élan et lance la pierre sur l'eau. Elle rebondit une, deux, trois fois... Quatre, cinq, six...

Sept ! je m'écrie. Sept ! T'as vu ça ?

J'en reviens pas. Je suis jamais allée plus loin que cinq.

Désolé, dit Lugh. Je regardais pas. Tu vas devoir recommencer.

Quoi ! C'est mon plus beau coup et t'as pas... Salaud ! Tu m'as vue ! T'es juste jaloux.

Je croise les bras.

Vas-y. Montre-moi que tu peux faire huit. Je parie que tu peux pas.

Il fait sept. Puis je fais cinq, comme d'habitude. Il est en train de reculer le bras pour essayer encore quand Nero plonge vers nous en croassant comme un fou.

Saloperie d'oiseau, râle Lugh, il m'a fait perdre ma pierre.

Il se baisse pour la retrouver.

Va-t'en ! je crie à Nero en agitant les mains. Vilain garçon ! Va chercher quelqu'un d'autre pour...

Mais un nuage de poussière apparaît à l'horizon. Une montagne de poussière orange qui tournoie. Elle est si haute qu'elle va jusqu'aux nuages. Elle avance vite. Elle fonce droit sur nous.

Euh... Lugh, je dis.

Il a dû sentir quelque chose dans ma voix. Il lève aussitôt la tête. Il lâche la pierre. Et se remet lentement sur pied.

Oh, il fait.

On reste immobiles. On regarde. On a connu tous les temps ici. Les vents chauds, les orages, les tornades, et une ou deux fois, on a même eu de la neige en plein été. J'ai déjà vu plein de tempêtes de poussière. Mais jamais comme celle-là.

C'est un drôle de nuage, je déclare.

On ferait bien de partir, dit Lugh.

On commence à battre en retraite lentement, sans quitter le nuage des yeux. Puis Lugh crie, Saba, viens !

Il me prend par la main, me tire et on se met à courir. On file vers chez nous à la même allure que des chiens de chasse.

En regardant par-dessus mon épaule, j'ai un choc. Le nuage de poussière a déjà atteint la moitié du lac. J'en ai jamais vu qui avance si vite. On a une minute, deux maximum avant qu'il soit sur nous.

On court pas assez vite ! je crie à Lugh. Il est trop rapide !

Quand la hutte est en vue, on se met à hurler en agitant les bras.

Emmi est toujours sur son tricycle à deux roues.

Pa ! Pa ! Emmi ! Tempête de poussière !

Pa sort sur le seuil. Il met sa main en visière. Puis il fonce vers Emmi, l'attrape et court à toute vitesse vers la cave antitempête.

La cave est qu'à cinquante pas de la hutte. Il soulève la trappe en bois et fait descendre Emmi. Il agite les bras dans notre direction comme un fou.

Je regarde derrière moi. La grosse montagne de poussière orange fonce sur nous en rugissant. Comme une bête vorace, elle engloutit tout sur son passage.

Plus vite, Saba ! m'appelle Lugh.

Il enlève sa chemise et la met autour de son visage.

Nero ! je m'exclame. Je m'arrête pour regarder partout autour de moi. Où est Nero ?

Pas le temps ! dit Lugh en m'attrapant par le poignet.

Pa hurle quelque chose que j'entends pas. Il descend dans la cave à tempête et ferme la trappe.

Je peux pas le laisser là ! je crie en me libérant. Nero ! Nero !

Trop tard ! lance Lugh. Il va se débrouiller tout seul ! Allez, viens !

Un éclair fourchu touche le sol. On compte.

Un, deux, trois…

Le tonnerre gronde.

L'orage est à moins d'une lieue ! s'écrie Lugh.

Tout devient noir. On est dans le nuage. J'y vois plus rien.

Lugh ! je hurle.

Tiens bon !

Juste après, un grand frisson me parcourt. J'en ai le souffle coupé. Lugh doit le sentir, car il me lâche la main, comme s'il avait été brûlé.

L'éclair arrive ! il hurle. À terre !

En s'accroupissant, on s'éloigne un peu l'un de l'autre. On se baisse le plus possible. J'ai la gorge serrée.

Répète, Saba. Si l'orage te surprend dehors, que fais-tu ?

Je m'accroupis, tête baissée, pieds regroupés, les mains sur les genoux. Je mets ni les mains ni les genoux par terre. C'est ça, Pa, non ?

Ne te couche surtout pas. N'oublie jamais ça, Saba, ne te couche surtout pas.

J'entends clairement la voix de Pa dans ma tête. Quand il était petit, il a été frappé par un éclair. Il a failli mourir parce qu'il savait pas ce qu'il fallait faire, donc il veut être sûr que nous, on sait.

Dans l'obscurité, un éclair brillant surgit et un grand bruit retentit. Je m'envole, et je me cogne la tête par terre en retombant. J'essaie de me relever, mais je retombe. Je suis tout étourdie. J'ai la tête qui tourne. Je gémis.

Saba ! crie Lugh. Ça va ?

Un autre éclair et un grand bruit fendent l'obscurité. Je crois que l'orage s'éloigne, mais j'en suis pas certaine, tellement ma tête tambourine et mes oreilles sifflent.

Saba ! hurle Lugh. T'es où ?

Ici ! j'appelle d'une toute petite voix tremblante. Je suis ici !

Lugh apparaît, il s'agenouille devant moi et il m'aide à m'asseoir.

Il passe un bras autour de moi, il m'aide à me relever. Mes jambes tremblent.

Tu es blessée ? Ça va ? Tu as été touchée ?

Je… euh… je suis tombée, c'est tout, je dis.

L'obscurité se dissipe.

Et le monde devient rouge.

Rouge vif comme le cœur d'une flamme. Partout. Le sol, le ciel, la hutte, Lugh, moi, tout est rouge. Des particules de poussière rouge emplissent l'air et se déposent partout. Un monde plus rouge que rouge. J'ai jamais vu ça.

Lugh et moi, on se regarde.

On dirait la fin du monde, je dis.

Ma voix est assourdie, comme si je parlais sous une couverture.

Et là, dans ce brouillard rouge, des cavaliers apparaissent.

*

Ils sont cinq. Ils chevauchent des mustangs aux longs poils.

En temps normal, personne vient à Silverlake, alors c'est encore plus un choc de voir des étrangers surgir juste après la pire tempête de poussière depuis des années. Les cavaliers s'arrêtent près de la hutte. Ils descendent pas de cheval. On court vers eux.

Laisse-moi parler, dit Lugh.

Quatre d'entre eux portent de longues tuniques

noires, de grands gilets en cuir par-dessus et des sheemas autour de la tête. Ils sont couverts de poussière. Quand on approche, je vois que le cinquième est notre voisin, Procter John. Il est sur son cheval, Hob.

Quand il arrive à portée de voix, Lugh lance, Drôle de jour pour une promenade, hein, Procter John ?

Personne lui répond. Comme leur sheema leur couvre le visage, on voit pas leur expression.

On est tout près d'eux, maintenant.

Procter, qui sont tes amis ? demande Lugh.

Procter dit rien. Il garde ses mains sur ses rênes.

Regarde, je souffle à Lugh.

Du sang coule de la tête de Procter.

Qu'est-ce qui se passe, Procter ? demande Lugh.

Au son de sa voix, je comprends qu'il y a un problème. Mon cœur s'emballe.

C'est lui ? dit l'un des hommes à Procter John. Le garçon blond ? Le garçon né pendant le solstice d'hiver ?

Procter John lève pas la tête. Il acquiesce.

C'est lui, il répond tout bas.

T'as combien d'années, garçon ? demande l'homme à Lugh.

Dix-huit, dit Lugh. Mais qu'est-ce que ça peut vous faire ?

T'es vraiment né au solstice d'hiver ?

Ouais. Et alors ?

Je vous ai dit que c'était lui, insiste Procter John. Je le sais. Je le surveille depuis tout ce temps, comme vous m'avez demandé. Je peux partir, maintenant ?

L'homme acquiesce.

Désolé, Lugh, dit Procter John en évitant de nous regarder. Ils m'ont pas laissé le choix.

Il talonne Hob et fait demi-tour. L'homme sort une arbalète de sa tunique. Ça doit aller très vite, pourtant c'est comme si la scène se passait au ralenti. Il appuie sur la détente en visant Procter. Hob se cabre de peur. Procter glisse à terre et bouge plus.

De la sueur froide me coule dans le dos. On a des ennuis. J'attrape Lugh par le bras. Les quatre hommes s'avancent vers nous.

Va chercher Pa, me dit Lugh. Vite. Je vais les attirer loin de la maison.

Non, je dis, c'est trop dangereux.

Vas-y, bon sang !

Il fait demi-tour et il part en courant vers le lac. Les hommes talonnent leurs chevaux et se lancent à sa poursuite. Je file à toute vitesse vers la cave, aussi vite que mes pieds me portent.

Pa ! je hurle. Pa ! Viens vite !

Je regarde par-dessus mon épaule. Lugh est à mi-chemin du lac. Les quatre cavaliers s'écartent pour l'encercler. Lugh continue à courir, mais il est pris au piège. Ils se rapprochent de lui. L'un d'eux défait une corde attachée à sa selle.

Je tape du pied sur la trappe de la cave.

Pa ! je hurle. Pa ! Ouvre !

La trappe craque. La tête de Pa apparaît.

Ils sont là ? il dit. Ils sont arrivés ?

Tu le savais. Tu l'as lu dans les étoiles.

Ils sont quatre ! je crie. Vite ! On doit les arrêter !

Emmi, reste ici !

Pa sort de la cave.

On peut pas les arrêter, Saba. C'est le début.

Ses yeux sont vides. Il a le regard vide.

Non, parle pas comme ça, je proteste.

Lugh est entouré par les quatre hommes. Il trébuche, tombe, se relève. Dans le brouillard rouge, rien ne semble réel.

Reste pas là à rien faire ! je hurle à Pa. Aide-moi !

Je cours à la hutte. J'attrape mon arc et j'enfile mon carquois. Je saute sur l'arbalète de Pa. Vide. Je la jette en râlant. Je prends son arc et ses flèches.

Je ressors à toute vitesse.

Pa ! je crie. Ils ont attrapé Lugh ! Je le prends par le bras, je le secoue violemment. C'est pour de vrai ! Tu dois te battre !

Il s'anime enfin. Il se redresse, ses yeux brillent, et je retrouve le Pa que je connaissais. Il m'attire à lui et me serre si fort que j'ai du mal à respirer.

Je vais bientôt mourir, il dit très vite.

Non, Pa !

Écoute. Je sais pas ce qui se passe après. Je n'ai eu que des visions. Mais ils vont avoir besoin de toi, Saba. Lugh et Emmi. Et d'autres encore. Beaucoup d'autres. Ne cède pas à la peur. Sois forte, comme je sais que tu es. Et n'abandonne jamais, tu as compris, jamais. Quoi qu'il arrive.

Je le dévisage.

J'abandonnerai pas, je dis. Je suis courageuse, Pa.

Tu es bien ma fille.

Il prend son arc et son carquois.

Prête ? il dit.

Prête, je dis.

On part en courant vers Lugh et les hommes à cheval.

Un cavalier a fait un lasso avec sa corde.

Armez ! crie Pa.

On met chacun une flèche sur notre arc. On lève notre arc.

Visez ! crie Pa.

Le lasso attrape Lugh à la jambe. La corde se resserre autour de lui et le fait tomber.

Tirez ! crie Pa.

On lâche nos flèches. La distance est trop longue.

Armez ! crie à nouveau Pa.

Le cavalier qui tient le lasso et un autre sautent à terre. Ils roulent Lugh sur le dos. L'un s'assied sur lui. L'autre lui met les bras par-dessus la tête et lui attache les poignets, puis les chevilles.

Arrêtez ! crie Pa. Laissez-le !

On court toujours. On vise. L'un des cavaliers se retourne. Il nous voit. Il lève son arbalète. Il tire.

Pa hurle. Ses bras jaillissent en l'air.

Pa ! je crie.

Il chancelle et il tombe.

Pa !

La flèche lui a traversé le cœur. Je l'attrape par les épaules, je le soulève. Sa tête retombe en avant.

Non ! je le secoue. Non, non, non, non, non, non ! Fais pas ça, Pa ! Tu peux pas mourir ! Je t'en supplie, meurs pas !

Je le secoue à nouveau. Sa tête roule en arrière.

Pa, je murmure.

Je suis pétrifiée. Je peux pas bouger. Il est mort. Ils ont tué mon père.

Une colère sauvage monte en moi. Une colère rouge vif. Elle m'envahit. Elle m'empêche de respirer. J'attrape mon arc. Je bondis et je me mets à courir vers les hommes. Et tout en courant, j'arme mon arc.

Je vise. Je tire. Mais la colère rouge fait trembler mes mains et je tire de travers. La flèche part sur le côté.

Une autre flèche arrive en sifflant. Une douleur vive dans ma main droite. Je crie. Mon arc me tombe des mains.

Je continue à courir.

Je passe près des chevaux, je me jette sur l'homme qui ligote Lugh. On roule par terre. Je le bourre de coups de pied, de coups de poing, je hurle. Il me repousse. Il est debout. Il m'attrape par le bras, me soulève, me lâche. J'atterris sur le dos. Je cherche à respirer. Je trouve plus d'air. Je peux plus respirer.

Et puis.

Je me relève et je leur fais face en titubant.

Les quatre cavaliers sont tous descendus de cheval maintenant. Ils entourent Lugh. Ils me regardent même pas. C'est comme si j'étais pas là. Comme si j'existais pas.

Je porte ma main en sang sur ma poitrine.

Laissez-le ! je crie.

Ils m'accordent aucune attention.

Lugh relève la tête. Les yeux écarquillés. Le visage livide. Terrifié. Comme je l'ai jamais vu.

Je m'approche. Emmenez-moi avec vous, je supplie.

Le chef secoue la tête. Ils soulèvent Lugh et le mettent à cheval.

Je vous en prie, je dis. Emmenez-moi avec vous. Je vous causerai pas d'ennuis. Mais me laissez pas seule ici sans lui.

Ils l'attachent sur le dos d'un cheval. Le cavalier tient les rênes et monte derrière l'un de ses camarades. Ils font demi-tour dans un tourbillon de poussière.

Lugh ! je crie.

Je cours près de lui. Je respire toujours pas.

Lugh lève la tête. Nos regards se croisent. Son regard bleu comme un ciel d'été. Je lui prends la main.

Je te retrouverai, je dis. Où qu'ils t'emmènent, je te jure que je te retrouverai.

Non, il répond. C'est trop dangereux. Restez à l'abri. Emmi et toi. Promets-le-moi.

Ils attrapent Hob au passage. Ils l'emmènent, lui aussi.

Ils prennent le galop.

Je peux pas courir aussi vite. Ma main lâche celle de Lugh.

Promets-le-moi, Saba, il répète.

Je continue à courir derrière eux.

Je te retrouverai ! je hurle.

Ils disparaissent dans le brouillard rouge.

Lugh ! je hurle. Lugh ! Non !

Mes jambes cèdent sous moi. Je tombe à genoux.

Emmi est sortie de la cave antitempête. Elle arrive près de moi.

Elle regarde le monde couvert de rouge. Procter John, étendu près de la hutte. Puis elle voit Pa.

Pa ! elle hurle en courant vers lui.

Je peux pas parler. Je peux pas respirer.

Lugh est parti.
Mon cœur d'or est parti.
Je m'agenouille dans la poussière.
Les larmes roulent sur mes joues.
Et une grosse pluie rouge se met à tomber.

*

Il y a un couteau dans mon ventre.

Qui tourne, me déchire. À chaque battement de mon cœur, il s'enfonce un peu plus. Je peux pas vivre avec une telle douleur. Je mets mes bras autour de mon corps et je me roule en boule. Ma bouche forme un cri silencieux.

Je reste longtemps immobile.

La pluie continue. Autour de moi, la terre brûlée se transforme en une mer de boue.

Regarde, Pa, il pleut.

Trop tard.

Nero surgit et se pose sur mon épaule. Il me tire les cheveux.

Je me redresse lentement. Je suis engourdie. Je ressens rien.

Lève-toi. Tu as des choses à faire.

Ma main. Je la regarde. Elle semble si loin. C'est comme si elle appartenait à quelqu'un d'autre. La flèche l'a blessée. Ça doit faire mal.

Je me lève. Je fais bouger mes pieds. Gauche. Droit. Ils sont si lourds. J'avance péniblement dans la boue jusqu'à la hutte. Nero s'envole pour se blottir sous l'avant-toit.

Main. Nettoie ta main.

Je verse de l'eau dessus. Je la soigne avec de l'épilobe et je mets un tissu par-dessus.

Pa est mort. Il faut le brûler. Il faut libérer son esprit pour qu'il retourne vers les étoiles, là d'où il vient.

Je regarde la réserve de bois. Pas suffisante pour un bûcher. Mais je dois l'incinérer quand même.

Réfléchis. Réfléchis.

Je trouve le petit chariot. Je le fais rouler jusqu'au lac. Je le pousse dans la boue jusqu'à Emmi qui est debout devant Pa.

Elle est pieds nus. Trempée. Ses cheveux pendent comme des queues de rat. Ils retombent partout sur son visage et son cou.

Elle bouge pas. Elle me regarde pas. Elle regarde rien.

Je l'attrape par les bras, je la secoue.

Pa est mort, je dis. On doit l'emporter.

Elle se penche pour vomir dans la boue. J'attends qu'elle ait fini. Elle me lance un petit regard inquiet. Elle passe une main tremblante sur sa bouche. Elle pleure.

Ça va ? je lui demande.

Elle hoche la tête.

Prends-le par les pieds, je dis.

Je l'attrape par les aisselles et je tire. Emmi le prend par les pieds. Pa a maigri ces six derniers mois. Pas de pluie pendant une si longue période, ça veut dire que la nourriture devient rare, car presque rien ne pousse.

T'as pas fini ton assiette, Pa, t'as pas faim ?

Oh, j'ai assez mangé, les enfants. Tenez. Partagez-vous le reste.

Il savait qu'on savait, mais on faisait mine de rien.

Pa a beau être maigre, ça reste un homme. Il est trop lourd pour être soulevé par une petite fille et moi. On doit le tirer centimètre par centimètre. Emmi glisse. Elle arrête pas de pleurer. Elle est couverte de boue rouge.

On réussit à le mettre dans le chariot. Pa est grand, donc seul son buste y tient. Ses jambes pendent.

Où est Lugh ? sanglote Emmi. Je veux Lugh.

Il est pas là, je dis.

Il est où ?

Parti, je dis. Des hommes l'ont emmené.

Il est mort, mais tu veux pas me le dire, elle s'écrie. Il est mort ! Lugh est mort ! Mort ! mort ! mort ! mort ! mort ! mort !

Tais-toi ! je crie.

Elle se met à hurler. Elle halète, elle sanglote et elle hurle encore.

Emmi ! Arrête !

Mais elle en est incapable. Elle se contrôle plus.

Alors je la gifle.

Et elle s'arrête.

Elle aspire de grandes bouffées d'air pour se calmer. Elle s'essuie le nez sur sa manche. Elle me regarde. Il y a une marque rouge sur sa joue. J'aurais pas dû faire ça. Je sais que j'aurais pas dû. Lugh aurait pas fait ça. Elle est trop petite pour être frappée.

Je suis désolée, je lui dis. Mais tu peux pas dire ça. Lugh est pas mort. Dis jamais plus qu'il est mort. Tiens les pieds de Pa pour qu'ils traînent pas dans la boue. Tiens-les par ses bottes, ça sera plus facile.

Elle m'obéit.

Je commence à tirer le chariot. C'est dur de rouler sous la pluie et dans la boue. L'eau coule dans mes yeux, ma bouche, mes oreilles. La boue colle à mes bottes et je glisse.

Em m'encombre, comme d'habitude. Elle arrête pas de tomber mais, chaque fois, je m'arrête, je l'aide à se relever et on repart. Au moins, elle pleure plus. On arrive à la hutte. On fait entrer le chariot avec Pa.

Les murs de la hutte sont en pneus.

La maison que Pa a construite de ses mains sera son bûcher. Je parie qu'il y a jamais pensé.

Emmi m'aide à retourner notre grosse table en bois puis on tire Pa du chariot et on l'allonge sur la table.

Je vais jusqu'au coffre où on range nos quelques vêtements. Quand je soulève le couvercle, une odeur de sauge s'en échappe. J'attrape l'épaisse tunique d'hiver de Pa et je la lance à Emmi.

Déchire-la en lambeaux, je lui ordonne.

Je prends la tunique d'hiver de Lugh. J'enfouis mon visage dedans et je respire profondément. Mais on l'avait nettoyée avant de la ranger. Elle sent le tissu propre et la sauge. Pas son odeur à lui.

Je la déchire en morceaux.

On finit par avoir une bonne pile de tissu. Je récupère la fiole d'alcool de pomme de terre. Pa en distillait autrefois. On imbibe les bandes de tissu d'alcool. Puis je demande à Emmi de les glisser partout dans les murs, entre les pneus. Je dépose le reste autour du corps de Pa.

Je commence à remplir mon sac en écorce. Un

couteau, un silex, des herbes médicinales, une chemise de rechange.

C'est les hommes qui ont tué Pa qui ont aussi emmené Lugh, j'explique à Emmi. Je vais partir à leur recherche. Je sais pas où ils l'ont emmené. C'est peut-être loin. Ça risque de prendre du temps. Mais je le trouverai. Et je le ramènerai.

Je mets dans mon sac une outre, une corde, des baies sèches et du gâteau de racines, de quoi tenir quelques jours. Si on n'a plus rien, je devrai chasser.

Ils ont une longueur d'avance et ils sont sur quatre pattes, eux, et pas seulement sur deux comme moi. Je vais devoir faire vite.

Je rassemble l'outre d'Emmi, sa tunique et sa cape en peau de chien. Je la regarde pas en lui disant, Je vais te laisser chez Mercy à Crosscreek.

Non, dit Emmi.

Je mets ses affaires dans un autre sac en écorce. Pa et Lugh m'ont dit de te protéger, et là-bas, tu seras à l'abri. Mercy et Ma étaient amies. Elle l'a aidée à accoucher de Lugh et moi. Elle est venue à ta naissance, aussi.

Je sais, réplique Emmi.

Ce qu'on sait toutes les deux, mais qu'on dit pas, c'est que Mercy est arrivée trop tard. Emmi était née en avance, Ma était morte et Mercy aurait pu s'épargner trois jours de marche.

Mercy est quelqu'un de bien, j'insiste. Pa a toujours dit que s'il lui arrivait quelque chose, on devait aller la voir. Il nous a indiqué le chemin de Crosscreek, à Lugh et moi. Elle a peut-être même un enfant avec qui tu pourras jouer.

Je m'en fiche, répond Emmi, je viens avec toi.

C'est pas possible. Je sais pas où je vais ni combien de temps ça va mettre. T'es trop petite. Tu ferais que me retarder.

Emmi croise les bras et lève son menton d'un air buté. Lugh est mon frère à moi aussi ! elle s'écrie. J'ai le droit de le chercher, comme toi.

M'ennuie pas, Emmi. Je ramasse la petite poupée de chiffon que Pa lui a fabriquée et je la glisse dans le sac. C'est mieux comme ça. Quand j'aurai retrouvé Lugh, je reviendrai te chercher.

Non ! Tu me détestes. Tu adores Lugh mais moi, tu me détestes. J'aimerais que ça soit toi qu'ils aient emmenée !

Eh bien, c'est pas le cas. Pa et Lugh t'ont confiée à moi, et moi je te dis que tu vas aller chez Mercy. Un point, c'est tout.

Je glisse le lance-pierres de Lugh à ma ceinture. Je place le couteau de Pa dans un étui à l'intérieur de ma botte. Je mets mon carquois et mon arc dans mon dos.

Un rayon de lumière rouge brumeuse filtre par la petite fenêtre. Il éclaire le visage de Pa.

Je m'agenouille près de lui, je prends sa main dans la mienne. Emmi s'agenouille de l'autre côté et lui prend l'autre main.

Elle est encore chaude, souffle Emmi. Au bout d'un moment, elle dit, Tu dois prononcer les mots, maintenant.

Elle a raison. On prononce toujours des mots particuliers quand on renvoie un mort.

Pa en a prononcé pour Ma avant d'allumer son bûcher funéraire il y a tant d'années, mais je m'en rappelle plus. J'étais trop jeune pour y faire vraiment attention. Maintenant que c'est son tour de recevoir des mots, j'en trouve pas.

Allez, insiste Emmi.

Désolée, Pa, je commence.

Je voulais pas dire ça, mais ma bouche a bougé toute seule et c'est les mots qui sont sortis. Pourtant, c'est vrai que je suis désolée.

Je suis désolée que tu sois mort, je continue. Je suis désolée que ça ait été si dur pour toi ici, surtout dans la dernière période. Et je suis désolée que t'aies perdu Ma alors que tu l'aimais tellement. Je sais que tu as jamais plus été heureux depuis sa mort. Mais... Maintenant, tu vas être heureux. Vous allez vous retrouver. Vous allez être deux étoiles côte à côte.

Je pars à la recherche de Lugh, je poursuis. Je le ramènerai, Pa. Je serai pas en paix tant que je l'aurai pas retrouvé. Je te le promets.

Je jette un regard à Emmi.

Tu veux... l'embrasser pour lui dire au revoir ? je lui demande.

Elle l'embrasse sur la joue, puis je gratte mon silex et j'enflamme les bouts de tissu autour de son corps.

Willem de Silverlake, je déclare, je libère ton esprit pour qu'il rejoigne les étoiles.

Les flammes commencent à lécher la table.

Au revoir, Pa, murmure Emmi. Tu vas me manquer.

On se lève et je lui tends son sac.

Sors, je lui dis.

J'enflamme les bouts de tissu glissés dans les murs. J'attends que les pneus prennent à leur tour et que les flammes commencent à courir le long du mur.

Au revoir, Pa, je lance.

Je sors en refermant la porte derrière moi.

*

La pluie cesse. Un vent chaud se met à souffler. Le soleil descend dans le ciel.

Nero flotte dans l'air au-dessus de nous, il se laisse porter par les courants ascendants. Comme l'avait dit Lugh, il a su se mettre à l'abri pendant la tempête. Si seulement on avait pu faire ça, nous aussi.

On dirait un jour comme un autre. Ça pourrait être hier, la semaine dernière, il y a un mois. Mais non. C'est pas un jour comme un autre.

Jusque-là, je savais pas. Je savais pas que tout peut aller bien à un instant et si mal au suivant, comme si l'instant d'avant avait été un rêve.

Ou peut-être que je suis en train de rêver. De faire un long cauchemar sur une tempête et des hommes en noir qui tuent Pa et emmènent Lugh. Peut-être que je me suis réveillée avant la fin de mon rêve, c'est tout. Quand je le raconterai, on secouera tous la tête en disant combien c'est étrange, parfois, les rêves.

Je sens ma main droite s'engourdir. Je la regarde. Il y a un bandeau autour, sale et déchiré. Je le retire. Une douleur aiguë remonte dans mon bras. Elle a l'air bien réelle.

Quelqu'un parle.

La voix d'Emmi.

Saba ? Saba ?

Hein ?

Et Procter John ?

Je baisse les yeux. Son corps est étendu par terre, il a le visage tordu de douleur. Je pense qu'il est pas mort sur-le-champ.

Je vous ai dit que c'était lui. Je le sais. Je le surveille depuis tout ce temps, comme vous m'avez demandé.

On le laisse aux vautours, je déclare.

Le vent disperse l'odeur des pneus qui brûlent. Mon crâne me démange. Ça aussi, c'est réel.

Je mets mon sac sur mon épaule. Et je pars. Je me retourne pas. Je reviendrai jamais ici.

Un lac mort. Une terre morte. Une vie morte.

SUR LA PISTE

*

Y a une seule piste qui part de Silverlake. Sinon, c'est le désert. Des buissons, des cailloux et les ruines de quelques bâtiments des Destructeurs.

La piste va vers le nord-est. Crosscreek, où je vais laisser Emmi, est à trois jours de marche dans cette direction. Mais c'est trois jours pour Pa. Ça sera pas trois jours pour les petites jambes d'Emmi. Elle marche si lentement.

Allez, viens, Emmi, je dis. On se dépêche.

Je me mets en route. Après une dizaine de pas, je jette un coup d'œil par-dessus mon épaule. Elle est plantée au milieu du chemin, les bras croisés sur sa maigre poitrine d'oiseau. Son sac est par terre dans la boue à ses pieds.

Viens ! je crie. Je peste et je fais demi-tour. Je m'approche d'elle et je demande, Qu'est-ce qu'il y a ?

On peut pas partir, elle dit, le menton levé d'un air boudeur.

Je suis prise de colère. Je sais ce que ça signifie. Elle va vouloir négocier.

Et pourquoi ?

On doit rester ici. Si Lugh revient et qu'on n'est pas là, il sera inquiet.

Il va pas revenir.

Il va s'échapper, elle dit, je le sais. Et ensuite, il va revenir et on sera pas là, et il saura pas où nous chercher ni rien.

Tu les as pas vus. Moi, si. Ils étaient quatre. Ils lui ont attaché les pieds et les mains et ils l'ont chargé sur un cheval comme un paquet. Il peut pas s'échapper. C'est pour ça que je pars à sa recherche. Seule. Je lui ai promis que je le retrouverais, et je vais tenir ma promesse.

Et quand tu l'auras retrouvé, tu reviendras ici ?

Je vois qu'elle a compris qu'on reviendra jamais, mais elle veut l'entendre de ma bouche.

C'est pas un endroit pour vivre, ici. Tu le sais. On trouvera un autre endroit. Mieux. Lugh, moi… et toi.

Ses yeux s'emplissent de larmes.

Mais c'est là qu'on vit, elle proteste. C'est chez nous, ici.

Je secoue la tête.

Plus maintenant. C'est plus possible.

Au bout d'un moment, elle dit, Saba ?

Quoi ?

Je me sens pas bien. Je pense qu'on devrait pas partir. Je suis effareyée.

J'ouvre la bouche pour lui dire de pas être bête, mais je me retiens. Je suis responsable d'elle maintenant, et je veux pas qu'elle plante les talons chaque fois que je lui dis quelque chose. J'essaie de faire comme Lugh. Il la cajolerait, il la consolerait.

Je fais mine d'être surprise.

Qu'est-ce que ça veut dire, que t'es effareyée ? Comment tu peux être effareyée avec moi ?

Elle fait un petit sourire. T'es pas effareyée, toi ?

Elle dit ça presque comme si elle avait peur de moi.

Moi ? Non, je suis effareyée par rien. Je suis effareyée par personne.

Vraiment ?

Vraiment.

J'hésite. Puis je tends la main. Elle y glisse la sienne.

Allez, viens, je dis. On y va.

*

Au bout d'une demi-lieue, on trouve des traces de sabots de chevaux dans la boue qui commencent à sécher. Cinq chevaux. Les cavaliers ont pris cette piste avec Lugh.

Je m'agenouille et je trace le contour d'un sabot. Je ressens un immense soulagement, j'en suis presque étourdie. J'avais peur qu'ils aient pris par le désert en quittant Silverlake.

Dans ce cas, j'aurais perdu beaucoup de temps à emmener Emmi à Crosscreek puis à revenir sur mes pas pour suivre leurs traces.

Ils sont allés tout droit. Vers le nord-est. La même direction que nous. Notre première petite chance.

Allez, viens, je dis à Emmi. On doit se dépêcher.

Je la ménage pas. Je marche vite, à grands pas saccadés. Pas de temps à perdre.

Elle trotte pour me suivre, son sac tape contre son dos. Nero vole devant nous.

Lugh est passé par là. Il a pris ce chemin.

Lugh est toujours devant, et moi derrière. Mais je vais le rattraper. Comme toujours. J'ai toujours fait ça.

Je te retrouverai. Où qu'ils t'emmènent, je te jure que je te retrouverai.

J'accélère le pas.

*

Deuxième jour, milieu de l'après-midi. Je dois arrêter de crier sur Emmi. De marcher trop vite. De courir.

Emmi.

Difficile d'aller plus lentement, et c'est sa faute.

J'ai envie de l'abandonner sur le bord du chemin et d'oublier qu'elle existe. Je voudrais qu'elle disparaisse de la surface de la terre. Mais je peux pas. J'ai pas le droit. C'est trop méchant. Elle est du même sang que moi et que Lugh.

Non, pas le même que Lugh.

Y a personne comme Lugh.

Elle est pas comme Lugh.

On sort d'un petit bosquet de pins presque morts.

Les traces de sabots quittent le chemin à cet endroit. Elles partent plein nord.

Attends une seconde, je dis à Emmi.

Je suis les traces jusqu'à ce que la terre se couvre d'herbe sèche. Les traces disparaissent. Je mets une main en visière. Je regarde partout. Il y a un peu d'herbe mais ensuite, je vois que le désert. Plat. Vide. Je suis jamais venue jusque-là, mais je sais ce que c'est.

Sandsea.

Un endroit terrible, balayé par les vents et plein de dunes qui se déplacent. Une terre dangereuse. Une terre de secrets.

Avant la naissance d'Emmi, quand Ma était encore en vie et que tout allait bien, Pa racontait des fois à Lugh et moi des histoires des Destructeurs. Il y en avait plusieurs sur Sandsea. Il nous parlait de campements entiers de gens ensevelis sous des dunes mouvantes. Puis, un jour, les vents tournent, la dune se déplace, et les abris réapparaissent. Pas les gens. Tous disparus. Aucune trace d'eux, même pas leurs os. Juste leur âme transformée en sable et leur esprit qui hurle dans la nuit et pleure leur vie perdue. Pa menaçait de nous y conduire si on n'était pas sages.

Je fais un petit tas de pierres pour retrouver l'endroit à mon retour.

Je reviens vers le chemin. Emmi est assise dans la poussière, tête baissée. Elle a retiré ses bottes.

On y va, je lance.

Je baisse les yeux. Et je vois ses quelques mèches de cheveux châtains. Avec son petit cou tout fin et ses cheveux, Emmi ressemble plus à un bébé qu'à une petite fille.

C'est incroyable que je lui aie pas brisé le cou quand je l'ai giflée. Rien que d'y penser, je m'en veux. Je sais qu'Emmi avait jamais été frappée de sa vie. Lugh aurait jamais fait ça, jamais. Il serait fou de rage s'il l'apprenait.

Je m'accroupis à côté d'elle. Qu'est-ce qui se passe ? je demande.

Et là, je vois ses talons. Ils sont en sang. Elle a pas l'habitude de marcher autant. Ça doit faire très mal, mais elle a rien dit.

Pourquoi tu me l'as pas dit ?

Je voulais pas que tu me cries dessus.

Je regarde sa figure si petite et si maigre. J'entends la voix de Lugh dans ma tête.

Elle a que neuf ans, Saba. Tu pourrais essayer d'être gentille avec elle de temps en temps.

Tu aurais dû le dire, je lance.

Je nettoie ses blessures et j'enveloppe ses pieds dans des bouts de tissu propre.

Bon, je dis en passant ses bras autour de mon cou.

Je la soulève. Je la porte jusqu'à la fin de la journée, mais même une petite fille maigrichonne de neuf ans, ça finit par peser. Je dois porter nos sacs aussi, alors je la pose par terre de temps en temps. Elle finit par marcher pas mal, au bout du compte.

Pendant la nuit, elle pleure tout bas.

Je me sens malheureuse quand je l'entends. Je veux la prendre par le bras, mais elle rejette ma main et se retourne.

Je te déteste ! elle crie. Je voudrais qu'ils t'aient tuée au lieu de Pa !

Ensuite, je mets ma cape sur ma tête pour pas entendre ses pleurs.

On doit avancer.

Je dois retrouver Lugh.

*

Troisième jour, à l'aube.

Je nettoie à nouveau les pieds d'Emmi et on repart. Elle fait deux pas et elle s'écroule. Elle marchera pas aujourd'hui. Je dis rien. Je la prends dans mes bras et je l'allonge dans un coin à l'ombre.

Je me passe la main dans les cheveux. Je regarde le ciel. J'ai envie de crier, de courir, de… N'importe quoi pour me débarrasser de ce qui serre mon ventre, ma gorge, mon cœur. Je frappe si violemment le sol avec mon pied que je me fais mal à l'orteil. Je crie très fort.

Je suis désolée, Saba, murmure Emmi.

J'essaie de sourire, de faire comme si c'était pas grave, mais j'y arrive pas. Je détourne la tête.

C'est pas ta faute, je dis. Je vais trouver quelque chose.

Je passe le reste de la matinée à fabriquer un traîneau. Je sectionne les deux branches les plus solides et les plus souples que je trouve. Je les pose par terre et je dispose des petites branches en travers pour qu'Emmi s'y allonge. Je les attache avec de la corde. Puis je fabrique un joug pour mes épaules et je le rembourre avec nos tuniques de rechange.

Au milieu de l'après-midi, j'y attache Emmi et nos sacs. J'enveloppe mes mains avec du tissu. Ma main droite est toujours enflée, alors je mets d'abord un bandage propre. Je veux pas qu'elle s'infecte.

Puis je commence à tirer. Le traîneau rebondit sur le sol, mais Emmi se plaint pas, gémit pas, pleure pas. Elle fait pas un bruit.

Le soleil tape. Il est sans pitié. Méchant. Il me donne des pensées cruelles comme :

Pourquoi ils ont pas tué Emmi plutôt que Pa ?

Pourquoi ils ont pas pris Emmi plutôt que Lugh ?

Emmi sert à rien. Ça a toujours été comme ça. Et ça sera toujours comme ça.

Elle me ralentit. Elle me fait perdre du temps.

Mon cerveau crie. Mon cœur crie. Mes os crient.

Laisse-la… Laisse-la… Va-t'en, laisse-la. Et si… elle meurt ? N'y pense pas. Elle compte pas. Mais si Lugh… Retourne au tas de pierres. Traverse Sandsea… C'est par là qu'ils sont passés… Tu pourrais y être en deux heures si tu marches vite…

Je secoue la tête et je me bouche les oreilles. Je peux pas laisser Emmi. Je dois l'emmener à Crosscreek pour la confier à Mercy.

Lugh a dit que je devais la protéger. Quand je le retrouverai, je devrai lui dire qu'elle est en sécurité. Que je me suis occupée d'elle aussi bien que lui.

En tirant le traîneau, je me demande où il est. S'il a peur. Si je lui manque autant qu'il me manque.

Il me manque tellement que j'ai mal partout dans le corps. C'est comme… du vide. Le vide devant moi, en moi, autour de moi, partout où Lugh était avant. J'ai jamais vécu sans lui. Pas un instant depuis notre naissance. Avant notre naissance, même.

S'ils lui font du mal, s'ils le blessent, je les tue. Je les tuerai de toute façon pour les punir de l'avoir emmené.

J'ai mal aux épaules. J'ai mal à la main. Le soleil est violent. Je serre les dents et je m'oblige à aller plus vite.

Pourquoi Emmi pleure pas ? Pourquoi elle gémit pas ?

Je préférerais. Comme ça, je pourrais lui crier dessus.

Je pourrais la détester.

Je chasse ces mauvaises pensées dans les endroits en moi que personne peut voir.

Mais Emmi pleure pas. Pas une seule fois.

*

Cinquième jour. Minuit.

On est couchées dans un trou au bord de la piste. Enveloppées dans nos peaux de chien. Emmi s'est blottie contre moi. Nero est pelotonné de l'autre côté, prêt à dormir, la tête sous une aile.

C'est une douce nuit de printemps. Une petite brise soulève les cheveux sur mon front. Au loin, un chien-loup hurle et un autre lui répond. Ils sont loin. Y a pas à s'inquiéter.

Je regarde le ciel. Les millions d'étoiles dans la nuit. Je regarde la Grande Ourse. La Petite Ourse. Le Dragon. L'étoile du Nord.

Je pense à Pa. À ce qu'il disait. Que notre destin, l'histoire de notre vie, est écrit dans les étoiles. Et qu'il savait les lire.

Puis je pense à ce que Lugh disait.

T'as pas encore compris ? Tout est dans sa tête. Il a tout inventé. Y a rien d'écrit dans les étoiles. Y a pas de grand projet. La terre tourne, c'est tout. On est en train de gâcher notre vie dans ce coin désert, c'est tout. Et ça va continuer comme ça jusqu'à notre mort.

Je pense à Pa qui faisait ses cercles avec des bâtons, ses sorts et ses incantations pour essayer de faire tomber la pluie. Il arrêtait pas de dire qu'il lisait dans les étoiles, et que les étoiles disaient que la pluie arrivait, mais la pluie arrivait jamais.

Elle a attendu la mort de Pa. Trop tard. Soit ça veut dire que Pa lisait mal dans les étoiles, soit que les étoiles lui racontaient des mensonges.

Peut-être que c'est ça, la vérité. Que Pa ne pouvait pas lire dans les étoiles parce qu'il y avait rien à y lire. Que ses sorts et ses incantations montraient juste qu'il voulait tellement que la pluie tombe qu'il essayait n'importe quoi, même les choses les plus stupides.

J'aimais bien regarder le ciel avant. J'aimais me dire qu'un jour, Pa m'apprendrait peut-être à lire dans les étoiles. Maintenant, elles me paraissent juste froides et lointaines.

Je tremble.

Je pense que Lugh a raison. Comme toujours.

Y a rien d'écrit dans les étoiles.

Ce sont que des lumières dans le ciel. Qui montrent la route dans la nuit.

*

Pourtant.

Pa connaissait ces hommes. Il savait qu'ils allaient venir chercher Lugh. Avant que je lui annonce.

Ils sont là ? Ils sont arrivés ?

On peut pas les arrêter, Saba. C'est le début.

Et il savait qu'il allait mourir, aussi. Il connaissait son histoire jusqu'à la fin.

Je vais bientôt mourir. Je sais pas ce qui se passe après.

Si Pa ne pouvait pas lire dans les étoiles, et si les étoiles avaient rien à dire, comment il savait tout ça ?

Comment il pouvait savoir ?

CROSSCREEK

Sixième jour. Fin d'après-midi.

La brise souffle, et quelque part au-dessus de ma tête, j'entends des cliquetis. Je m'arrête. Je lève les yeux et je vois des os accrochés très haut dans un arbre.

J'entends la voix de Pa dans ma tête.

Au bout de trois jours, tu traverseras une profonde forêt de pins. Ouvre grands les yeux. Quand tu verras le carillon dans l'arbre, tu sauras que tu as atteint Crosscreek.

Sans la brise, je l'aurais raté. Je passe ma langue sur mes lèvres sèches.

Emmi, je dis. Le carillon. On y est.

J'ai jamais été aussi soulagée de ma vie. Depuis hier midi, tous les trous d'eau, tous les ruisseaux sont à sec ou couverts de vase jaune. Et on a terminé nos provisions hier matin. On n'aurait pas pu continuer très longtemps.

C'est Crosscreek? demande Emmi.

Je pose une dernière fois le joug.

Je ferme les yeux et je reste immobile. J'ai le corps tellement raide, douloureux et fatigué que j'aimerais ne plus jamais avoir à bouger.

J'essaie d'ouvrir les doigts, mais ils refusent. Ils ont été fermés sur le bois tellement longtemps qu'ils resteront sans doute comme ça jusqu'à ma mort. J'aurais jamais pensé que je tirerais Emmi et les sacs pendant trois jours. Elle est couverte de bleus des pieds à la tête. Elle aussi, elle a souffert.

Je la détache du traîneau et je l'aide à se relever. Je veux la porter, mais elle m'en empêche en disant, Non, je vais marcher.

Tu es sûre ?

Elle hoche la tête. Je prends nos sacs. Je cache le traîneau dans les buissons.

Quitte la piste. Prends le sentier qui descend vers le vallon.

C'est presque pas un sentier. Si on sait pas qu'il existe, on peut pas le trouver. On serpente à travers les arbres. Les aiguilles de pin étouffent nos pas et libèrent une douce odeur quand on les écrase. Nero vole de branche en branche au-dessus de nos têtes. Il croasse, il est tout excité, il nous dit de nous dépêcher.

La pente devient plus raide et les aiguilles de pin glissent. J'attrape Emmi par la main pour qu'elle tombe pas. Des fois, on se laisse même glisser sur les fesses. On continue.

Puis je sens une odeur de cuisine. De la viande. J'en ai l'eau à la bouche.

C'est un ragoût ? demande Emmi.

J'espère bien, je lui réponds.

On atteint le bas de la colline. On sort de la forêt et on découvre un autre monde.

Un poney aux longs poils broute dans un pré tout vert. Il lève la tête en nous voyant, puis il cesse de s'intéresser à nous.

On est dans le vallon dont Pa nous a parlé.

Sur le flanc opposé, deux ruisseaux qui descendent de la colline se rejoignent tout en bas pour former une rivière, Crosscreek. Elle scintille dans la vallée.

Un pont la traverse et sur la rive d'en face, cachée derrière des pins, il y a une cabane en bois. La maison de Mercy. Avec un banc rouge près de l'entrée et une marmite suspendue audessus d'un feu.

Il y a aucun bruit à part le murmure de l'eau sur les pierres. Comme si la vallée était assoupie, aussi paisible qu'un chat dans le soleil de l'après-midi.

J'ai jamais vu un endroit pareil. J'avais même jamais imaginé que ça pouvait exister. Des larmes coulent de mes yeux. Pa nous a jamais décrit ça. Il nous a jamais dit.

Il savait que cet endroit existait et il nous a fait vivre toutes ces années près d'un lac mourant où la nourriture devenait toujours plus rare. À quelques journées de marche seulement d'ici. Je comprends pas pourquoi il nous a pas amenés ici. Lugh avait raison. Pa s'en fichait de nous, il s'en fichait de ce qui nous arriverait.

Je marche comme dans un rêve.

Si Mercy n'est pas là, assieds-toi sur le banc rouge et écoute la rivière couler. Elle reviendra vite. Elle n'est jamais très loin.

Je traverse le pont, je pose les sacs. Je délace mes bottes et je les jette au loin. Je m'avance dans la rivière. Elle m'arrive aux chevilles. Je m'agenouille et je prends de l'eau entre mes mains. Propre. Fraîche. Douce. Je bois. Je m'asperge le visage, le cou, la tête.

Puis je m'allonge. Je me couche dans l'eau qui coule autour de moi.

Et je ferme les yeux.

*

C'est pas tous les jours que je trouve quelqu'un endormi dans mon ruisseau, dit une voix.

J'ouvre les yeux. Il y a un visage au-dessus de ma tête. À l'envers. Je cligne des paupières. Je me sens gênée. Stupide. J'ai dû m'endormir une seconde ou deux.

Vous êtes à l'envers, ou c'est moi ? je demande.

Ça dépend de ton point de vue.

Un chien poilu plonge la tête vers moi. Sa grande langue rose me lèche.

Hé, je proteste.

Tracker, assis !

On me tend une main puissante. Je l'attrape. Une fois debout, l'eau ruisselle de mes cheveux et de mes vêtements.

C'est une femme. Elle aussi, elle est debout dans le ruisseau. Grande. Mince. Bronzée. Un visage ridé et des petits yeux marron. Des pommettes saillantes. Des cheveux blancs coupés court. Il y a neuf ans, ils étaient noisette, brillants et ils lui arrivaient aux genoux. Un chien-loup aux yeux bleus avec une oreille qui tombe est plaqué contre ses jambes.

J'ai failli rater le carillon, je dis. Vous êtes pas facile à trouver.

J'aime bien me tenir à l'écart des allées et venues.

Elle pose un doigt sur mon tatouage de naissance.

Saba de Silverlake, elle dit tandis qu'un coin de sa bouche se recourbe. Tu as grandi depuis la dernière fois que je t'ai vue. Je suis Mercy.

*

Encore un peu, Emmi ? propose Mercy.

Miam !

Emmi vide son bol alors qu'elle a encore la bouche pleine et le tend à Mercy.

Ton père ne t'a donc pas appris les bonnes manières ? proteste Mercy.

Emmi, je dis en fronçant les sourcils. Il faut dire s'il te plaît.

Emmi mâche, avale, mâche encore.

Oh oui, s'il vous plaît. Encore, s'il vous plaît.

Elle mange comme un chacal, je dis. Pa la laisse faire tout ce qu'elle veut.

Cette enfant est tellement maigrichonne qu'elle a l'air malade, dit Mercy. Et si tu me permets, toi aussi tu pourrais être un peu plus en chair. Les temps sont durs à Silverlake ?

Je fronce les sourcils.

Non, je réponds.

T'en veux un peu plus, toi aussi ?

Je lui tends mon bol vide. Elle me regarde en haussant un sourcil.

Euh, s'il vous plaît, je dis.

On mange dehors. Mercy et moi assises sur le banc rouge, Emmi sur la marche. Nero a dîné lui aussi et, perché sur le toit de la cabane, il se lisse les plumes.

Apportez vos bols, dit Mercy. Je suis pas une servante.

Elle boite jusqu'au feu. Emmi et moi, on la suit. Elle remue le contenu de la marmite et nous sert une deuxième part de ragoût de lapin aux racines. Je la suis jusqu'au banc, je mange en marchant. On s'assied et je désigne son pied d'un signe de tête.

Qu'est-ce qui vous est arrivé ? je demande, la bouche pleine.

Je me suis cassé la cheville il y a plus d'un an. J'ai dû la réparer toute seule, et j'ai pas fait du bon boulot… comme tu peux le voir.

Comment vous vous en sortez, toute seule ?

Elle hausse les épaules.

Je me débrouille.

Ça doit être dur. Vous êtes plus toute jeune, je dis.

Elle me foudroie du regard.

Et toi, tu es plutôt mal élevée, elle rétorque. On te l'a jamais dit ?

Je me sens rougir. Mes joues me brûlent.

Je lui dis tout le temps, dit Emmi, mais elle s'en moque. Lugh est gentil, lui. Vous l'aimeriez bien.

Tais-toi, Em, je la coupe. Écoutez. On est venues ici… On n'est pas seulement venues vous parler de Pa et de Lugh.

Je m'en doute, dit Mercy.

Il y a une bassine d'eau propre entre nous. Elle prend une teinture dans un petit flacon en verre, y plonge un bout de tissu et nettoie ma main blessée.

Je vais aller à la recherche de Lugh, je dis. Je vais le ramener. Je voudrais partir demain matin. Et vous laisser Emmi.

Je vois, elle dit.

Elle me regarde. Comme si elle attendait la suite.

Pa a toujours dit que, s'il nous arrivait quelque chose, on devait venir vous voir.

Vraiment ? Mercy secoue la tête. Je ne sais pas trop... Tracker et moi, on a nos petites habitudes. On n'aime pas trop la compagnie.

Mais vous étiez l'amie de Ma, je dis. Je vous en supplie, Mercy. Vous êtes la seule qui peut m'aider.

Elle se tait longtemps. Puis elle soupire.

Elle devra travailler pour gagner sa croûte, elle dit.

Elle travaillera, je réponds.

Qu'est-ce qu'elle en pense ? demande Mercy. Emmi ?

Emmi dit rien. Elle est penchée sur son bol, tête basse, et elle mange lentement. Mais je sais qu'elle écoute.

Arrête de faire la sourde oreille, Emmi, je dis. Mercy demande si tu es contente de rester ici et de l'aider pendant que je pars à la recherche de Lugh.

Elle répond pas. Elle hausse les épaules et elle replonge la tête dans son bol.

Je secoue la tête. Elle va changer d'avis, je dis.

J'espère, répond Mercy.

Elle vous fera pas d'ennuis, je lance. C'est promis.

*

À quoi ressemblait Ma ? demande Emmi.

Tracker a la tête posée sur les genoux de Mercy.

Elle le caresse derrière les oreilles, et il ferme les yeux de bonheur. Nero somnole, pelotonné sur mon épaule.

C'est vrai que tu l'as pas connue, dit Mercy. Mais Saba doit s'en souvenir.

Pas tellement, je proteste. Plus maintenant. C'est comme si elle s'était… effacée.

Elle riait davantage que tous les gens que j'ai connus, raconte Mercy. Il y a pas beaucoup de choses drôles dans cette vie, mais Allis en trouvait toujours. Je pense que c'est pour ça que Willem, votre père, l'aimait tant.

Lugh est comme ça, lui aussi, je dis. Il a tout pris de Ma. Mais Pa a plus jamais ri après la mort de Ma. En tout cas, je m'en souviens pas.

C'est possible, reprend Mercy. Sans doute pas.

On garde le silence un moment.

C'est ma faute si elle est morte, finit par dire Emmi.

Elle dessinait dans la poussière avec un bâton et tout à coup, elle appuie très fort dessus. Il se casse en deux.

Mercy me regarde avec ses yeux perçants. Je détourne la tête.

Tu sais, donner la vie présente toujours un risque, dit Mercy. Et tu es arrivée avec un mois d'avance. Je vais t'avouer quelque chose : parfois, je pense que c'est ma faute.

Votre faute ? demande Emmi, l'air étonné.

Oui, dit Mercy. Je devais venir l'aider à accoucher. C'était prévu. Je devais arriver deux semaines avant la date de ta naissance pour être là au moment de l'accouchement, comme je l'avais fait pour Saba et Lugh. Parfois, je me dis que si j'étais arrivée plus tôt, que si j'avais été là, peut-être qu'Allis aurait survécu. Mais on ne peut pas s'arrêter à ça. Sinon, on devient fou. Je suis arrivée à temps pour te sauver, espèce de petite chose toute rouge que tu étais. Je me console avec ça. Avec la pensée qu'Allis est partie, mais que sa fille vit. Je la vois en toi.

Vraiment ? dit Emmi, les yeux écarquillés.

J'en suis sûre. Sauf pour les yeux, qui sont ceux de ton Pa, mais sinon, tu lui ressembles. Là aussi. Et en disant ça, Mercy touche son cœur et sa tête. Je le vois. Tu veux que je te dise autre chose ?

Oui, dit Emmi.

Ta mère te désirait tant, reprend Mercy, qu'elle a été folle de joie quand elle a appris la nouvelle de ton arrivée… elle et ton père.

J'ai jamais su ça, murmure Emmi.

Eh bien, maintenant, tu le sais. Et moi, je sais qu'elle serait fière que tu aies si bien grandi.

Emmi me jette un coup d'œil puis elle baisse à nouveau rapidement la tête.

J'avais toujours accusé Emmi d'être responsable de la mort de Ma. Et je n'en faisais pas mystère. Maintenant, à entendre ce que dit Mercy, je commence à penser que personne a demandé à naître en ce bas monde. Et que personne peut s'empêcher de naître. Même pas Emmi.

Les bébés ont une horloge à eux, dit Mercy en prenant la main d'Emmi. C'est la faute de personne si ta mère est morte. Personne est à blâmer.

Pa dit que c'était écrit dans les étoiles, annonce Emmi.

Oh, mon enfant, s'exclame Mercy, il n'y a rien d'écrit dans le ciel. Il y a juste certaines personnes qui meurent trop tôt.

Mais Pa savait lire dans les étoiles, je proteste. Il nous a toujours dit que tout était écrit dans les étoiles, depuis le début. Que l'histoire de tout le monde s'y trouve.

Sur ce point, Willem et moi, on n'était pas d'accord, elle explique. C'est pour ça qu'on s'est séparés quand on a quitté Hopetown. Il cherchait des réponses dans le ciel. Moi, je regarde droit devant moi, et en moi.

Lugh pense que c'est juste quelque chose que Pa a inventé, je dis.

Et toi, qu'en penses-tu ? elle me demande.

Saba pense toujours comme Lugh, lance Emmi.

Mais non !

Si.

Eh bien, reprend Mercy, le moment est peut-être venu de te forger ta propre opinion. En ce qui me concerne, les étoiles ne sont… que des étoiles.

Elle rejette la tête en arrière. Elle regarde si longtemps le ciel que c'est presque comme si elle était partie là-haut, comme si elle avait oublié notre présence. Je m'éclaircis la voix. Elle sursaute. Et nous sourit.

Mais bien sûr, je peux me tromper.

Il a fallu très longtemps pour qu'Emmi accepte de s'allonger sur la banquette de Mercy dans la cabane, alors qu'elle dormait déjà debout. Mercy est couchée sur le banc rouge, les bras sous la tête, pour observer le ciel étoilé. Tracker est par terre, non loin.

Je suis assise près du feu. Je remue les braises du bout de ma botte.

Pourquoi Pa nous a emmenés là-bas ? je demande.

Je parle tout bas pour pas réveiller Emmi.

Mercy me chuchote, Ça n'allait donc pas bien à Silverlake ?

Non. Ça allait de plus en plus mal.

Je lui ai proposé de venir, elle m'explique. Après la mort d'Allis. Je suis peut-être pas très sociable, mais je n'ai jamais refusé de l'aide à un ami dans le besoin. Il y aurait eu de la place ici pour vous tous. On aurait pu s'adapter les uns aux autres. Mais il n'a pas voulu en entendre parler. Il m'a dit qu'il ne souhaitait pas que je l'aide.

Lugh pense qu'il voulait pas quitter Silverlake à cause de Ma.

Mercy soupire.

C'est en partie vrai. Mais il n'y a pas que ça. Il pensait que vous seriez à l'abri, là-bas. Ils le pensaient tous les deux.

À l'abri ? je m'étonne. À l'abri de quoi ?

Mercy dit rien pendant un moment, elle réfléchit.

Tu ne connais rien du monde, elle finit par dire. C'est un endroit dur. Dangereux. Ta mère et ton père le savaient, eux. C'est pour ça qu'ils se sont installés à Silverlake, où il y a si peu de passage. Et pas de voisins. Comme ici, à Crosscreek.

Je pense à combien Mercy est protégée ici. Pas de sentier, aucun moyen de la trouver si on connaît pas le carillon dans l'arbre.

Est-ce que tu... te caches, Mercy? je demande.

Je n'emploierais pas le mot se cacher, elle répond. Plutôt rester à l'abri.

Je fronce les sourcils.

À l'abri de quoi? C'est pour ça que Pa nous gardait à Silverlake? Pour qu'on soit à l'abri?

Oui, c'est ce qu'il voulait. Mais ce n'est pas comme ça que ça s'est passé, finalement, non?

Il y a quelque chose dans sa voix, dans la façon dont elle dit ça qui m'intrigue. Je me lève, mes poings se serrent. Tu sais quelque chose? je demande. Sur Lugh?

Je ne sais pas. Je...

Dis-le-moi!

Elle jette un coup d'œil à la cabane où dort Emmi. Allons faire un tour, elle propose.

*

Tracker se réveille. Mercy lève une main. Reste ici, mon chien, elle dit, et il se recouche avec un soupir.

Je lui emboîte le pas sur le pont et dans le champ. On remonte la rive. La lune éclaire le chemin d'un rayon argenté. Le ruisseau scintille et murmure sur les pierres. Je respire l'air frais et doux de la nuit.

Raconte-moi ce qui s'est passé, me demande Mercy. Raconte-moi tout. Ne laisse aucun détail de côté, même si tu penses qu'il n'a aucune importance.

Je m'exécute. Je lui raconte Lugh et moi qui allons à la décharge à l'aube, Lugh qui crie sur

Pa, la tempête de sable et les quatre cavaliers qui apparaissent avec Procter John.

Quatre cavaliers, répète Mercy. Habillés comment ?

Avec de longues tuniques noires et de lourds gilets en cuir par-dessus avec des lanières qui vont des poignets aux coudes.

Des armures, elle dit. Ça ressemble aux Tontons.

Aux quoi ?

Aux Tontons. Ils sont… ils sont beaucoup de choses. Des messagers, des espions, des indicateurs, des gardes du corps. Parfois même des bourreaux.

J'en ai jamais entendu parler. Comment tu sais des choses sur ces… Tontons ?

Ton père et ta mère n'ont pas toujours vécu à Silverlake, Saba. Ni moi à Crosscreek. On s'est rencontrés dans un endroit qui s'appelle Hopetown.

J'en ai jamais entendu parler non plus.

C'est une ville. Avec un peu de chance, en une semaine de marche, tu y es. Si tu as de la chance. Parce qu'il faut traverser Sandsea.

Sandsea, je répète. Pa nous racontait des histoires dessus. Les cavaliers… les Tontons… ont pris cette direction avec Lugh. À un moment, les traces quittent la piste et partent vers le nord. Tu penses qu'ils l'ont emmené à Hopetown ?

C'est possible. Hopetown est la ville qui attire toute la vermine que contient cette terre. Les voleurs, les assassins, les voyous prêts à te tuer rien que parce qu'ils n'aiment pas la façon dont tu les regardes, ils s'y retrouvent tous. Elle est contrôlée par des gens mauvais, et ce uniquement dans leur propre intérêt. Et les Tontons dominent tout ça. Ils font régner l'ordre avec violence à l'aide de quelque chose qui s'appelle le chaal.

Les feuilles que Procter John mâchait, j'avance. Pa nous a dit de ne jamais y toucher.

Il a eu raison, elle répond. Le chaal te ramollit le cerveau. Il te fait croire que tu es intelligent quand ce n'est pas le cas. Et si tu en prends trop, tu deviens très excité, incontrôlable. Allis, Willem et moi, on n'est pas restés longtemps là-bas. Quand on a vu ce qui s'y passait, on est partis avant qu'il soit trop tard. Et on est allés aussi loin qu'on a pu. On voulait plus jamais entendre parler de Hopetown ou du chaal.

Mais pourquoi les… Tontons ont emmené Lugh ?

Raconte-m'en davantage sur ce jour-là, elle ordonne.

Ils sont venus le chercher. L'un d'eux a dit à Procter John, C'est lui ? Le blond ? Le garçon né pendant le solstice d'hiver ? Puis ils ont demandé la même chose à Lugh, et ils se sont assurés qu'il avait dix-huit ans. Procter John leur a juré, Je vous ai dit que c'était lui. Ils savaient tout sur Lugh. Ils étaient venus le chercher.

Mercy dit rien. Elle se contente de regarder le ciel nocturne.

Mais comment ils pouvaient savoir des choses sur lui ? je demande. Et qu'est-ce que ça a comme importance qu'il soit né pendant le solstice d'hiver ? On est jumeaux. Pourquoi ils m'ont pas prise, moi aussi ?

Je ne sais pas. Mais réfléchissons.

On se tait un moment. Puis Mercy avance, Peut-être qu'ils ne voulaient pas d'une fille. Peut-être qu'ils voulaient un garçon. Un garçon né pendant le solstice d'hiver dix-huit ans plus tôt.

Mais pourquoi ? Et comment ils savaient où le trouver ? Comme tu dis, Silverlake est au milieu de nulle part. À part toi et nous, personne connaît, sauf le chiffonnier et Procter John. C'est ce que Pa nous a dit.

Ton père a menti, dit Mercy.

*

Pa a menti ?

Ce n'est peut-être pas le bon mot. Mentir est sans doute exagéré. Peut-être qu'il a juste... oublié.

Mais quoi ?

Tu sais que j'étais là quand ta mère a donné naissance à Lugh et toi.

Oui.

Eh bien, je n'étais pas seule.

Il y avait quelqu'un d'autre ? Qui ça ?

Un homme, elle répond. Un étranger. Il avait fait halte à Silverlake deux jours avant votre naissance. Il a pas dit grand-chose. Il a pas dit d'où il venait ni où il allait. Et il était pauvre, ça c'est sûr. Il était à moitié mort de faim, avec à peine une chemise sur le dos. Il a dit qu'il s'appelait Trask, mais va savoir si c'était vrai ? Willem s'est d'abord méfié de lui, mais il semblait inoffensif, alors tes parents lui ont donné à manger et même de vieux vêtements de Willem.

Mais il était là à notre naissance, je reprends.

Pas à la tienne. Il était déjà parti. Tu es née deux heures après Lugh, tu sais. C'était étrange. Lugh venait de naître, il criait et il donnait des coups de pied pour faire savoir qu'il était bien vivant, quand Trask a été pris d'une grande excitation. Il n'arrêtait pas de dire que la naissance d'un garçon au solstice d'hiver, c'est quelque chose de rare, de merveilleux. Il n'arrêtait pas de le répéter. Comme si c'était essentiel pour lui. Ensuite, quand je l'ai cherché un peu plus tard, il était parti. Il avait même pas dit au revoir. Je l'avais presque oublié, jusqu'à maintenant.

Pourquoi Pa nous en a jamais parlé ?

Peut-être qu'il a oublié, comme moi. Ça ne paraissait pas important. On a pensé que c'était un fou.

Donc, tu crois que Trask est l'un des hommes qui ont pris Lugh ? Un Tonton ?

Oh non, il serait bien trop vieux maintenant. Les Tontons sont jeunes. Trask devait avoir au moins quarante ans à l'époque, et cela fait dix-huit ans.

Il a dû parler de Lugh à quelqu'un.

Apparemment. Et votre voisin ?

Procter John ? Je fronce les sourcils. Je cherche un souvenir à la lisière de ma mémoire. Et tout à coup, je me souviens ! Il a dit quelque chose d'étrange. Il a dit aux hommes, Je suis sûr de son âge, je le surveille depuis tout ce temps, comme vous me l'avez demandé.

Mercy laisse échapper un long soupir. Un espion, elle dit. Les Tontons l'ont obligé à surveiller Lugh. Ils le tenaient sans doute par le chaal et les menaces.

Trask a dû le dire aux Tontons, je conclus. Mais je comprends pas pourquoi ils devaient prendre Lugh. Et pourquoi ils ont attendu dix-huit ans.

Je ne sais pas non plus. Mais si tu trouves pourquoi, tu pourras peut-être récupérer ton frère.

*

L'aube se lève quand je quitte la cabane.

Je voudrais te donner plus de provisions, me dit Mercy. C'est pas un peu de viande et d'igname séchées qui vont te nourrir longtemps.

T'as pas beaucoup de réserves, je proteste. Et à cause de nous, t'as maintenant deux bouches à nourrir.

Je m'occuperai bien de la petite, me promet Mercy.

Et moi, je serai prudente. J'ai plein d'eau. Je tapote mon arc. Et pour le reste, j'ai ça.

Si tu le dis…

T'inquiète pas.

Mercy passe un bras autour des épaules d'Emmi.

Ça te dit d'accompagner Saba jusqu'au bout du champ ? Pour lui dire au revoir ?

Emmi hausse les épaules. Elle serre sa poupée de chiffon.

Comme tu veux.

Je sais que je suis pas la personne qu'Emmi préfère, et qu'elle veut pas que je la laisse avec Mercy, mais elle paraît moins hostile aujourd'hui. De toute façon, elle s'habituera vite. Et elle sera à l'abri avec Mercy et Tracker. Peut-être même qu'elle s'amusera un peu pour une fois, à monter le poney et à jouer dans l'eau. Une petite fille doit s'amuser.

Elles m'escortent jusqu'au pont. Nero vole devant, poursuivi par Tracker. Les hautes herbes nous chatouillent les jambes.

Je m'arrête et je me retourne. Je regarde une dernière fois cette paisible vallée verte avec son eau limpide et son air doux. Je sens un poids dans ma poitrine. Des larmes me montent aux yeux. Je le retrouverai jamais. J'y arriverai jamais. Je peux pas y arriver toute seule.

Saba ? souffle Mercy en me caressant doucement le bras.

Je prends deux grandes bouffées d'air. Je m'en veux de ma faiblesse. Je m'essuie les yeux. Lugh compte sur moi. Rien que sur moi.

Ils vont avoir besoin de toi, Saba. Lugh et Emmi. Et d'autres encore. Beaucoup d'autres. Ne cède pas à la peur. Sois forte, comme je sais que tu es.

Je suis courageuse, Pa.

Qu'est-ce qu'il y a, Saba ? demande Emmi.

Je me retourne.

Rien.

J'ai quelque chose pour toi, me dit Mercy. Tends la main.

J'obéis. Elle y met un objet et referme mes doigts dessus.

Qu'est-ce que c'est ? demande Emmi.

J'ouvre la main. Dedans, il y a une pierre rose. Lisse, en forme d'œuf d'oiseau, à peu près de la taille de mon pouce. Elle est fraîche. Froide, même. Elle est attachée à un lacet de cuir pour la mettre autour du cou. Je la soulève, et la lumière la traverse. Elle devient d'un gris laiteux.

C'est joli, dit Emmi.

C'est une pierre de cœur, explique Mercy. C'est ta mère qui me l'a donnée.

Je la touche. Un cadeau de ma mère. J'ai jamais rien eu d'elle.

C'est quoi une pierre de cœur ? demande Emmi.

C'est une pierre qui te dit quand tu as trouvé l'amour, répond Mercy.

Et comment elle fait ? demande Emmi en fronçant les sourcils.

Tu sens combien elle est froide maintenant ? Et pourtant, elle est contre la peau de Saba ?

Oui, dit Emmi en la touchant.

Une pierre normale se réchaufferait au contact de son corps. Mais pas celle-ci. Elle reste froide jusqu'à ce que tu approches de ton amour. Là, la pierre devient tiède. Plus tu t'en rapproches, plus elle chauffe. C'est comme ça que tu sais.

Je fronce les sourcils.

Je pensais que tu croyais pas à ce genre de choses, je dis.

Pas vraiment, répond Mercy, pas vraiment, mais ta mère y croyait. Elle m'a dit que la pierre l'avait conduite à Willem, ton père. Alors elle me l'a donnée. Elle m'a dit qu'elle espérait m'aider à trouver l'amour.

Et ça a marché ? je demande.

En tout cas, j'ai trouvé cette vallée. C'est sans doute ça, mon amour.

Est-ce que la pierre est devenue chaude ? je demande.

Mercy reste silencieuse un moment. Puis elle répond, C'était il y a si longtemps. Je ne m'en souviens plus.

Je la regarde. Je sais pas si elle ment ou non.

Pourquoi tu la donnes à Saba ? demande Emmi.

Allis m'a dit qu'on ne possède jamais une pierre de cœur, explique Mercy, qu'on la porte un temps. Quand on a trouvé l'amour, on la passe à quelqu'un d'autre. Quelqu'un qui a besoin d'aide.

J'ai pas besoin d'aide, je rétorque. Je connais déjà mon amour. C'est Lugh, et je dois le ramener.

Je n'en doute pas, insiste Mercy. Mais que tu y croies ou non, c'est bien d'avoir quelque chose qui ait appartenu à ta mère. Cette pierre était importante pour elle.

Merci, je dis. Pour ça, et… pour tout. Je dois y aller.

Quand tu arriveras à Hopetown, ne pose surtout pas de questions. Tu ne ferais qu'attirer l'attention sur toi, et tu aurais des ennuis. Tiens-toi sur tes gardes. Ne fais confiance à personne.

J'en suis capable, je dis.

Et… fais attention en traversant Sandsea, Saba. C'est un endroit dangereux. Écoute les vents. J'aimerais que tu suives mon conseil de voyager de nuit.

Mercy me serre fort contre elle.

Je regarde Emmi. Qui a les yeux fixés par terre.

On sera de retour avant que tu t'en aperçoives, je lui glisse. Lugh et moi.

Je veux lui passer la main dans les cheveux, mais elle se baisse.

Je ramasse mon sac et je me mets en route. J'ai pas fait plus de dix pas que j'entends, Saba !

Emmi court vers moi et entoure ma taille avec ses bras, elle me serre fort. Fais vite ! elle murmure.

Sois gentille avec Mercy, je dis. Je compte sur toi.

Je m'écarte.

Au revoir, Em, je lance.

Au revoir, Saba.

Quand j'atteins les bois, à la seconde où je suis hors de vue, je retire la pierre de mon cou et je la glisse dans ma poche.

Je connais déjà mon amour.

J'ai pas besoin d'une pierre pour me dire quand je l'aurai trouvé.

SANDSEA

L'aube, à nouveau.

J'ai marché très vite. Parfois, je courais presque. Depuis que j'ai quitté Crosscreek hier matin, j'ai tellement voulu rattraper le temps perdu que j'ai marché toute la journée et toute la nuit, je me suis juste arrêtée deux heures pour dormir. Je sens pas la fatigue. Je voudrais plus jamais avoir besoin de dormir. Pas avant d'avoir retrouvé Lugh.

J'arrive au tas de pierres que j'ai laissé à l'endroit où les traces de sabots s'arrêtent. J'ai le cœur qui se met à battre plus vite. Au fond de moi, j'avais peur qu'il soit plus là. Que j'aie juste rêvé l'avoir fabriqué.

Les traces de sabots sont toujours visibles. Les dernières traces de Lugh. Si la pluie les efface pas, le vent mettra longtemps à les balayer. Peut-être qu'elles seront encore là quand je reviendrai avec lui.

Je pose mes affaires par terre. Mon sac, mon arc, mon carquois. Nero s'amuse à plonger vers moi, puis il s'installe sur mon barda pour se reposer.

Je soulage mes épaules pendant que je dévisse mon outre et je bois une longue gorgée. J'en verse un peu sur mes mains et je nettoie la poussière sur mon visage brûlant. Puis je me sèche avec un bout de mon sheema. Je mets un peu d'eau dans ma gamelle et je la pose par terre pour Nero.

Je regarde Sandsea. Le désert s'étend à perte de vue. Pas d'arbres, pas de collines, rien à part de la terre plate. À l'instant où je passe mon tas de cailloux, j'entre dans un monde inconnu. Hopetown est au nord, au pied des Black Mountains, m'a dit Mercy. Si j'ai de la chance, j'y serai dans une semaine. Si j'ai de la chance.

Avant que je m'en rende compte, ma main glisse dans ma poche et y attrape la pierre. Mes doigts se referment sur sa fraîcheur. Je la caresse.

Mon amour. Comme si un caillou pouvait m'aider à le retrouver. Je secoue la tête. Si Lugh était là, on en rirait. Je la remets dans ma poche et je charge mon matériel sur mon dos.

On y va, je dis à Nero.

Je dépasse le tas de pierres.

Un pas plus près de Lugh.

Je me retourne pas.

*

C'est un campement de Destructeurs. Comme dans les histoires de Pa.

Des campements engloutis par les dunes mouvantes, de grandes vagues de sable capables de recouvrir un endroit en quelques minutes. Puis, des mois ou même des années plus tard, le sable se déplace à nouveau, et le campement réapparaît.

Il y a douze cabanes métalliques, deux vieilles voitures, une girouette et des débris des

Destructeurs. Un endroit sec, hostile, sinistre. Qui n'a pas été pillé. Sinon, il n'y aurait plus de portes, de murs, plus rien, alors que les cabanes sont toujours là, juste un peu affaissées, sans doute à cause du poids du sable.

Ça veut dire qu'elles sont sorties du sable il y a pas longtemps. C'est étrange de penser que si j'étais passée la semaine dernière, hier ou peut-être même deux heures plus tôt, le campement aurait pu être invisible. J'aurais pu marcher dessus sans le savoir.

J'avance lentement, Nero perché sur mon épaule. Je regarde partout. On sait jamais, on peut toujours trouver quelque chose d'utile. Mais j'ai pas envie de traîner dans cet endroit. Il me fait peur.

Il y a un puits. L'eau y est sans doute pas bonne, c'est souvent comme ça avec les vieux puits des Destructeurs mais, dans le désert, on peut pas se permettre de manquer d'eau. À l'instant où je vais soulever le couvercle rouillé, je vois les traces presque effacées dessus. Un crâne et des os croisés. Un puits empoisonné. Je lâche le couvercle dans un grand bruit. Ça résonne si fort dans le silence que ça me fait sursauter. Nero s'envole, affolé.

Puis je les vois. Trois rangées de croix dans le sable. Le bois délavé par le soleil est devenu gris, il est poli, parfois brisé. Une croix est prête à tomber.

Une petite brise cherche à faire des bêtises. Elle tournoie autour de mes pieds, puis elle m'envoie du sable dans les yeux. Elle va gémir au fond du puits, elle fait craquer les portes des cabanes.

Comme si quelqu'un allait les ouvrir et me proposer d'entrer.

La croix brinquebalante se soulève dans le vent puis retombe par terre. Et s'envole.

Un puits empoisonné. Des sables mouvants.

Les pauvres.

Vivre ici.

Et mourir ici.

Au moment où je quitte le campement, Nero plonge sur quelque chose par terre. Il fait un vacarme effroyable, il croasse et il bat des ailes. Je m'approche rapidement.

Qu'est-ce qui te prend ? je lui demande.

Il a un petit anneau de verre vert dans le bec. Mon cœur s'arrête.

Ça alors.

Je tombe à genoux près de lui. Je tends la main. Il y dépose l'anneau. Doucement.

C'est à Lugh. C'est le bout de verre du collier que je lui ai fabriqué pour son anniversaire. Il est toujours cousu dans le cuir, mais les lanières ont cédé. Lugh a dû l'arracher quand on le regardait pas.

Nero croasse.

Je sais, je dis. Il a laissé des traces derrière lui pour qu'on le suive.

Je te retrouverai. Où qu'ils t'emmènent, je te jure que je te retrouverai.

Non. C'est trop dangereux. Reste à l'abri. Emmi et toi. Promets-le-moi.

Mais il me connaît. Il sait que je vais partir à sa recherche.

On est sur la bonne piste, je dis. Je prends Nero

dans mes bras et je lui embrasse la tête. Il a une odeur de plumes chaudes et poussiéreuses.

Tu es l'oiseau le plus intelligent sur terre. Tu le sais ?

Il fait un petit bruit qui montre qu'il est content de lui. Puis il s'agite pour que je le lâche. Nero n'aime pas trop les câlins.

Le vent me hurle de partir, il soulève des pans entiers de désert et me les projette au visage.

C'est bon, j'y vais, je lance.

Quand on a parcouru une demi-lieue environ, je me retourne. Le campement a disparu. Englouti.

Avalé une fois de plus par le sable.

*

J'aperçois le plateau vers le milieu de la matinée. Un rocher rouge, des arbres hauts et nus. Du sommet, on doit voir dans toutes les directions. Peut-être que j'apercevrai Hopetown et les Black Mountains.

Nero vole jusqu'au sommet puis redescend me voir. Il est toujours étonné par ma lenteur, par le temps que je mets à couvrir les distances à pied. Je crois qu'il est désolé pour moi que j'aie seulement deux jambes.

J'atteins le plateau au moment où le jour décline. Je commence mon ascension en serpentant parmi les rochers et les éboulis. Nero saute de rocher en rocher, puis il revient me dire de me dépêcher.

Frimeur, je lui lance.

Je me hisse sur les derniers mètres et j'atterris

sur le ventre. Je reprends mon souffle puis je me mets debout. Le plateau est moins grand que je l'aurais pensé. Il fait pas plus de cinquante mètres de large.

Je suis à l'autre bout en un rien de temps. Et là, j'ai le souffle coupé.

Aussi loin que je peux voir, il n'y a que du sable. Des crêtes de sable, des collines de sable doré en forme de vagues, de pics et de vallées. Lisses d'un côté, rugueuses de l'autre. À l'infini.

Aucune trace de ville. Aucune trace de montagne.

J'en reviens pas. Je pensais avoir traversé une bonne partie de Sandsea, mais j'ai encore rien vu. C'était que le début. C'est maintenant que la traversée commence vraiment.

Je sens mon moral plonger. Mon ventre se serre. Je me passe la langue sur les lèvres.

Nero s'approche et se pose sur mon épaule.

C'est grand. T'en penses quoi ?

Il croasse en agitant la tête de haut en bas.

Pas de problème ? Facile à dire pour toi.

Je regarde à nouveau le désert. C'est trop grand. C'est beaucoup trop grand.

Ne cède pas à la peur. Sois forte, comme je sais que tu es.

Je suis courageuse, Pa.

Si je les ménage, mes provisions d'eau et de nourriture dureront trois jours. Après ça, il me restera mon arc et ma débrouillardise.

Nero décolle du bord du plateau. Il plane au-dessus du désert en m'appelant, impatient que je me mette en route.

OK, je dis, j'arrive. T'as intérêt à avoir raison.

Et j'entame ma descente.

*

Le crépuscule tombe. Je vais bientôt devoir m'arrêter pour la nuit.

Tout à coup, le vent se lève. Il vient de nulle part, il gémit, il crisse. Il souffle au sommet d'une dune non loin et fait voler le sable. Qu'est-ce qu'a dit Mercy ?

Fais attention en traversant Sandsea. C'est un endroit dangereux. Écoute les vents.

Je fais un autre pas sur la dune. Je m'arrête. Je regarde autour de moi. Partout, les dunes commencent à se soulever et à changer de forme.

Oh non. J'enveloppe ma tête dans mon sheema et je le serre autour de mon nez et de ma bouche.

Le vent se fait plus fort. Plus violent. Il me pousse, il essaie de me faire tomber. Il veut m'attraper. Le sable pénètre dans mes yeux. Ma cape me fouette les jambes et s'envole dans le vent.

Nero ! je crie. Nero ! Où tu es ?

Les mots sortent déformés de ma bouche.

Nero plonge vers moi en croassant comme un fou. Je crie plus fort que le rugissement du vent. J'agite les mains. Va-t'en, va te mettre à l'abri ! T'inquiète pas pour moi !

Il disparaît.

La terre hurle sa colère. Elle est si grande et moi si petite. Le sable sous mes pieds commence à glisser, comme s'il voulait se débarrasser de moi.

La panique me prend à la gorge. J'ai les yeux irrités. Le sable m'aveugle. Fais quelque chose. Vite. Je mets mon sheema sur mes yeux. Maintenant, je vois plus rien.

Qu'est-ce que je dois faire ? Qu'est-ce que je dois faire ?

Avance à tâtons. Rampe. Et finir enterrée vivante ? Alors continue debout. Et être balayée ?

Qu'est-ce que je dois faire ? Qu'est-ce que je dois faire ?

La dune s'effondre sous mes pieds. Pas le choix.

Je suis emportée.

*

Il fait noir.

Chaud.

Je peux pas respirer. Oh non, je peux pas respirer.

J'ai un poids sur la poitrine.

Je bouge. Lentement. Je glisse. Je peux rien faire. Rien du tout.

Je peux pas respirer, je dois respirer, je peux pas respirer, je dois respirer.

Je me sens projetée hors du sable.

Je suis éjectée tête la première et je retombe durement sur le sol. Je halète. Je respire. Je tousse. Je roule sur le côté et je baisse mon sheema. Je tousse encore et je prends de grandes bouffées d'air. Je le respire, je le bois, j'en ai jamais assez.

Puis j'attrape mon outre, je me rince la bouche et je recrache du sable.

Au bout d'un moment, je commence à me calmer. Je suis allongée, je regarde le ciel rose du crépuscule. J'arrive pas à croire que je suis en vie.

Puis je comprends. Je regarde le ciel et je vois les premières étoiles qui apparaissent. J'avale plus de sable. Le vent est parti. Il a dû s'en aller aussi vite qu'il est venu.

Lentement, je me mets debout. Je fais tomber le sable que j'ai sur moi et je vérifie que j'ai encore toutes mes affaires. Puis je lève la tête.

Je suis dans une plaine. Les dunes ont disparu. Plus aucune trace. À croire qu'elles ont jamais existé. À croire que j'ai rêvé.

Tout autour de moi, au sol, il y a des machines volantes.

*

On dit aussi des navions.

Cachés. Ils dormaient sous les dunes mouvantes de Sandsea depuis je sais pas combien de temps. Un jour, une semaine, un an? Peut-être même des centaines d'années. Peut-être depuis que les Destructeurs les ont laissés ici.

Ils sont alignés sur le sable, comme si on les avait plantés là en se disant qu'ils finiraient par pousser.

Ils s'étendent loin. Il y a tellement de rangées, tellement de machines volantes que je peux même pas les compter.

Je m'avance.

Il y en a de toutes les tailles. Des grandes, des petites et entre les deux. Elles bougent pas, comme si elles attendaient quelque chose.

Elles sont toutes rouillées, leurs vitres sont cassées, leurs pneus à plat, et leurs carcasses ont été découpées par des pilleurs. Il y a des trous dans leurs flancs, qui font comme des blessures.

Un cimetière de machines volantes.

J'ai entendu parler des navions. J'en ai même vu des morceaux.

Un jour, Pa a rapporté à la maison une plaque de métal recourbée qu'il avait trouvée à la décharge et il a dit que c'était sans doute un morceau de navion. Il s'en est servi pour réparer le toit. Mais le plus drôle, c'est qu'à peine deux jours plus tard, un grand vent chaud a balayé Silverlake et la seule chose qui s'est envolée, ça a été cette plaque. Comme si elle rêvait de repartir dans le ciel. Le reste du toit a pas bougé. Pa a dit que ça prouvait que ça venait d'un navion.

J'atteins l'un des plus gros. Je me mets sur la pointe des pieds, mais j'arrive même pas à le toucher.

Nero apparaît dans le ciel qui s'assombrit. Il se pose sur ma tête en battant des ailes.

Hé, Nero. Je le fais descendre sur ma main. Je lui frotte la tête tout en marchant au milieu de ces géants endormis. Tu penses que Lugh est passé par là ? Tu penses qu'il a vu ça ? Il aurait aimé en voir un vrai, c'est sûr.

J'arrive à un petit à taille humaine. Je touche son métal couvert de peinture écaillée. Il est frais. Dans le sable, le soleil pouvait pas lui réchauffer la peau.

Je mets ma main sur sa portière. Si je fais attention, je vois pas comment je pourrais lui faire du mal.

Sois sage, je dis à Nero. Touche à rien.

La portière craque. Le sable se déverse alors que je monte dedans. Je nettoie le siège, je me glisse dessus et je regarde par l'endroit où se trouvait la vitre. Je me demande à quoi ressemblait le monde quand ce navion était neuf, il y a si longtemps. Ce que ça ferait de voler.

Quand Lugh et moi, on était petits, Pa nous racontait comment les Destructeurs montaient dans le ciel avec leurs navions. Ils volaient et ils descendaient en piqué, comme des oiseaux. Parfois, il disait, il y avait des centaines de Destructeurs dans un même navion.

Lugh et moi, on se disait que c'était pas possible. On le croyait pas. Et quand on demandait à Pa pourquoi ils faisaient ça, il répondait qu'il savait pas, qu'ils le faisaient, c'est tout. On en avait conclu qu'il nous racontait des histoires. Mais maintenant, je vois ça de mes yeux. Peut-être que c'était vrai, en fait.

La nuit tombe. Plus de vent. Même pas un souffle d'air. Je me sens si fatiguée. Mes paupières sont lourdes, j'ai du mal à les garder ouvertes. Je me pelotonne sur le siège. Nero se blottit contre ma poitrine, sous mon menton. Je vais peut-être piquer un somme avant de repartir. Pas longtemps.

Juste quelques minutes.

Juste…

Un bruit.

Je me réveille aussitôt. Les muscles tendus. Prêts à bondir.

Nero ouvre un œil. Je mets un doigt sur mes lèvres. Il sait ce que ça signifie.

Encore du bruit. Quelque chose qui bouge dehors. Puis un ébrouement. Un cheval. Un cheval à l'air un peu inquiet.

Je pose Nero par terre. Puis je roule de mon

siège et je rampe vers le fond de l'avion, qui est ouvert. Je me glisse dehors. Je vais me cacher derrière les roues arrière.

La nuit est claire. Le cheval approche. Ses membres apparaissent. Je vois pas son cavalier. Le cheval s'arrête juste devant le navion. Je retiens mon souffle. Il s'ébroue à nouveau et agite ses membres. Puis le cavalier donne un coup de talon et il repart.

Un cheval. Quatre jambes au lieu de deux. Je pourrais rejoindre Lugh en quelques jours au lieu de quelques semaines, si j'étais à cheval. On dirait que cette nuit me porte chance. Je sors le lance-pierre de Lugh de ma ceinture. Et je prends un caillou assez gros dans ma poche.

Je me déplace comme un chat, je me glisse entre les navions. Mais mes genoux tremblent. Mes mains aussi. J'essaie de me dire que je suis avec Lugh, qu'on est en train de poursuivre une poule d'eau.

Je m'assure qu'il n'y a qu'un homme à cheval, et qu'il me tourne le dos. Puis je me redresse et je vise avec le lance-pierre.

Je veux juste le faire tomber, pas le tuer. Je lâche ma pierre, mais je tremble trop. Je l'atteins au bras. Il hurle.

Je dois récupérer ce cheval.

Je cours vers lui. Je lui saute dessus, je le fais tomber. Il se défend pas. Je lui plaque un bras dans le dos et il se met à crier d'une voix aiguë en me donnant des coups de pied dans les chevilles.

Et tout le temps où je tiens son bras dans le dos, je réfléchis… Je me demande ce qu'un type aussi malingre fait là tout seul… Cette voix aiguë… On dirait plus une fille qu'un homme… Mais que me rappelle cette voix ? Son capuchon tombe et…

*

Lâchez-moi ! elle crie. Lâchez-moi, espèce de salaud !

Emmi ? je dis. J'y crois pas. Mon cœur manque de s'arrêter. Emmi ! Qu'est-ce que… ?

Je lui lâche le bras et je lui relève le menton pour mieux voir. Mon sang circule si vite que ma tête va exploser.

Qu'est-ce que tu fabriques ici ? je hurle.

Saba ?

D'après toi ?

Je pensais que c'était un esprit des sables, comme dans les histoires de Pa ! Emmi tend le doigt vers mon visage. T'es toute blanche !

Je me frotte la joue. Du sable. Je dois être couverte de sable.

Qu'est-ce que tu voulais faire, me tuer ? Tu m'as fait mal ! elle crie en se frottant le bras là où ma pierre l'a touchée.

Quand j'en aurai fini avec toi, tu regretteras que je t'aie pas tuée. Mais qu'est-ce que tu fiches ici ?

Je viens t'aider à retrouver Lugh ! elle me lance avec un regard noir, le menton levé. C'est mon frère à moi aussi.

Mais, Emmi. Je t'ai dit… Je me prends la tête entre les mains. Qu'est-ce que tu as fait ? Mais qu'est-ce que tu as fait ?

Et toi !

La ramène pas ! J'attrape la corde qui sert de bride au cheval. Je connais la réponse, mais je pose la question malgré tout. C'est le poney de Mercy ?

Emmi croise les bras sur sa poitrine. Elle garde la bouche fermée.

Je grince des dents. Tu. As. Volé. Le cheval. De. Mercy. Réponds-moi tout de suite.

Non ! elle dit. Non, non ! C'est pas bien de voler, je le sais ! Je l'ai juste… emprunté.

Tu l'as emprunté, je répète. Tu as dit, Au fait Mercy, je vais retrouver Saba, ça te dérange pas si je prends ton cheval ? Et elle t'a répondu, Non, bien sûr que non, vas-y. Te tracasse pas pour ma cheville cassée, même si ce cheval est mon seul moyen de transport. C'est comme ça que tu as emprunté son cheval à Mercy.

Non… Je… Oh, et puis va te faire foutre !

Elle met aussitôt une main sur sa bouche. Trop tard.

Emmi, je t'interdis de parler comme ça ! Que je te reprenne jamais à parler comme ça !

Mais toi, tu le dis tout le temps !

Non !

Si ! De toute façon, je jure si je veux !

Non ! Et d'abord, tu sais quoi ? Si Mercy meurt, ça sera ta faute.

Dis pas ça !

Pourquoi ? C'est vrai.

T'es la personne la plus méchante du monde ! Je te déteste !

Tu peux pas me détester la moitié de ce que je te déteste en ce moment !

Elle fond en larmes, mais je me sens froide

à l'intérieur. Je suis tellement furieuse qu'elle pourrait mourir à force de pleurer, ça me dérangerait pas. Puis elle réussit à dire, J'étais effareyée que tu m'abandonnes pour toujours. Comme les autres. Ma, Pa et Lugh. Je sais que tu m'aimes pas, pas comme t'aimes Lugh, mais… je t'en supplie, Saba, m'abandonne pas. T'es tout ce que j'ai.

Mon cœur se serre.

Ils vont avoir besoin de toi, Saba. Lugh et Emmi.

Je sens un poids lourd dans ma poitrine. J'essaie de m'en débarrasser.

Tu peux pas venir avec moi, je dis. C'est trop dangereux. Tu dois retourner à Crosscreek. Mais j'ai pas le temps de t'y ramener. Tu vas devoir te débrouiller toute seule. Tu te souviens du chemin, non ?

Non, elle dit en croisant à nouveau les bras.

T'as assez d'eau ?

Elle me tend son outre à l'envers. Plus une goutte.

De la nourriture ?

J'ai tout mangé.

Mais bon sang, Emmi, qu'est-ce que t'as emporté ?

Elle sort Fern de sa poche. La petite poupée de chiffon que Pa lui avait fabriquée.

Une poupée, je dis. Tu as emmené une poupée.

Je suis partie en vitesse, elle répond.

Je ferme les yeux. Le poids revient dans ma poitrine.

T'es vraiment bonne à rien.

C'est pas vrai ! La preuve, j'ai réussi à te retrouver, non ?

Reste ici, je dis. Si tu bouges un seul doigt, je te tue. Et essuie-toi le nez.

Elle s'essuie sur sa manche.

Tu m'emmènes ? elle demande. Retrouver Lugh ?

Ce que j'ai envie de faire, je dis, c'est te laisser ici pour que les vautours te dévorent.

Je prends tout ce que j'ai laissé dans le navion. Nero, mon sac et mes armes. Je charge le matériel sur le cheval et je la hisse sur son dos.

Emmi, je dis, tu fous toujours le bordel.

*

J'ai pas adressé la parole à Emmi depuis deux jours. J'en ai pas envie. Je suis toujours furieuse contre elle.

Au début, elle a essayé de me parler un peu, puis elle a renoncé quand j'ai répondu que par des grognements. Ça a pas trop l'air de la gêner. Elle parle à Nero et elle chante des chansons. Je sais pas comment elle fait pour être si gaie.

J'ai tenté de chasser un peu, mais j'ai pas tué grand-chose. Il y a quelques jours, j'ai abattu un gros lièvre avec le lance-pierre. Rôti, il était pas mauvais, mais très dur. On a tenu jusqu'à hier soir grâce à ça, mais désormais, on a le ventre qui gargouille.

Je garde toujours un petit bout pour Nero, mais sinon, il se débrouille. Il se plaint jamais, il se contente de ce qu'il a. Et le solide petit cheval de Mercy, qui s'appelle Nudd, maintenant qu'on a quitté les dunes pour l'herbe et les buissons, semble trouver ce qui lui faut. J'aurais pu me douter qu'une créature appartenant à Mercy saurait s'en sortir toute seule.

La nourriture se fait rare, mais c'est pas ça qui m'inquiète le plus, c'est l'eau. On n'a plus beaucoup de réserves. Et y a rien d'humide dans cette plaine. Même Nudd trouve pas d'eau.

On se restreint et je collecte la rosée la nuit, mais entre nous deux, Nero et Nudd, ça suffit pas.

J'aperçois des montagnes au loin. Elles sont à un ou deux jours de marche, peut-être un peu plus. Dans le désert, c'est dur d'évaluer les distances, avec la chaleur qui miroite et tout ça. J'espère qu'on va tenir. De toute façon, on n'a pas le choix. Il y aura de l'eau dans ces montagnes.

Et pendant ce temps, le soleil brille et le vent souffle. Ils me prennent toute mon énergie. Et mon esprit.

Je sais qu'on devrait faire comme Mercy a dit, voyager de nuit, mais je peux pas m'arrêter.

Je peux pas me reposer. Tant que j'aurai pas retrouvé Lugh.

Alors on marche.

*

Midi.

Je me dis que c'est le moment de faire halte quand j'entends un grand bruit derrière moi. Emmi est tombée. Nudd la renifle et s'ébroue doucement.

Je reviens sur mes pas. Je la regarde. J'ai la tête vide. Pendant un moment, je sais pas quoi faire. Puis je pense à… de l'eau. Emmi a besoin d'eau.

Je m'agenouille, je la prends dans mes bras et je dévisse le bouchon de mon outre. J'en verse un peu dans sa bouche. Elle gémit en tournant la tête.

Emmi! Tu dois boire. Je lui tape la joue. Emmi!

J'approche à nouveau le goulot de ses lèvres. L'eau coule sur son menton. Et tout à coup, c'est comme si elle revenait à la vie. Elle attrape l'outre, essaie de prendre une grande gorgée, mais je l'écarte. L'eau se répand par terre. Le sol assoiffé l'aspire aussitôt.

Emmi! Regarde ce que tu as fait!

Elle lève les yeux sans comprendre.

Prends des petites gorgées, je dis. Sinon, tu vas avoir des crampes.

Quand je considère qu'elle a assez bu, qu'elle commence à avoir l'air mieux, je donne à boire à Nero, puis je remplis un récipient pour Nudd, qu'il vide en un instant avec sa grosse langue rose.

Je tâte l'outre pour voir ce qui nous reste. Et j'ai peur. Une moitié, c'est tout. Je prends une minuscule gorgée, puis je la remets sur mon épaule.

Emmi est assise. Ses yeux bleus brillent sur son visage couvert de sable. Et je me demande comment je l'ai encore jamais remarqué. Elle a les mêmes yeux que Lugh.

Désolée, Saba, elle dit.

C'est pas grave. De toute façon, c'était le moment de faire halte.

*

Je hisse Emmi sur Nudd pour qu'on reparte.

Le vent m'envoie du sable dans les yeux. Je les

protège avec mon sheema. Le vent reprend, on va devoir faire attention. Je veux mettre le sheema d'Emmi sur ses yeux aussi, mais elle arrête ma main.

Qu'est-ce qu'il y a ?

C'est quoi, ça ?

Elle tend le doigt droit devant elle.

À environ une lieue, un panache de poussière s'avance vers nous.

C'est quoi ? demande Emmi. Une tempête ?

Je mets une main en visière et je cligne des yeux.

Je sais pas. C'est trop loin pour voir, et il y a trop de poussière. Mais.

Quoi ?

On dirait une voile, je dis en fronçant les sourcils.

Une voile ? Comme celle que Lugh avait faite pour le bateau ?

Ouais. Ça y ressemble.

Mais les bateaux, ça va sur l'eau, elle réplique. Pas sur la terre.

La poussière se disperse un instant, et je vois mieux.

Sauf celui-là, je réponds.

*

C'est un bateau. Ou plutôt, un radeau. Une plateforme en bois avec de gros pneus et une hutte adossée au mât. La voile gonflée par le vent est composée de plein de tissus différents. Il file vers nous.

Ils ont dû nous voir. Je regarde autour de moi.

Aucun endroit pour se cacher. Pas de monticule, pas même un rocher. Tout est plat.

J'attrape mon arc sur mon dos. Je tends l'outre à Emmi.

Emmi, écoute-moi. Si je te dis de partir, tu pars. Pas de questions, pas de discussion, pas de coup en douce. Tu fais faire demi-tour à Nudd et tu t'en vas. Laisse-le faire, il te ramènera à Mercy et à Crosscreek. Il saura comment retourner chez lui. Et il saura où trouver de l'eau. Si Nudd la boit, ça veut dire que toi aussi, tu peux la boire. T'as compris ?

Oui, elle répond.

Bien. Maintenant, jure-moi que tu feras ce que je te dis.

Elle hésite. Je lui prends la main, je la regarde droit dans les yeux.

Jure-le-moi sur la tête de Ma et Pa. Si je te dis de partir, tu pars.

Juré, elle dit.

J'encoche une flèche. Mon cœur bat contre mes côtes, mes genoux tremblent, mon souffle se fait court et rapide.

Le bateau terrestre file droit sur nous dans la plaine. Il avance vite. Il y a quelqu'un à la proue. Penché en arrière, qui tire fort sur ce qui ressemble à un gros gouvernail en bois.

Je vise.

J'entends un cri. Alors que le bateau approche, je commence à comprendre ce qu'il dit.

Baisse la voile ! Baisse-la !

Tout à coup, le haut de la voile en patchwork est arraché par le vent. Elle s'effondre et forme bientôt un gros tas sur le pont.

Le bateau est devenu incontrôlable.

L'ancre ! crie la voix. Jette l'ancre !

Quelque chose jaillit de la poupe au bout d'une longue corde. Un gros bout de métal. On dirait un hameçon. Il heurte le sol et glisse, ce qui provoque des nuages de poussière.

Mais le bateau continue à avancer.

Attention ! s'exclame la voix. Tous aux abris !

Il y a un grand bruit. Un pneu arrière se détache, rebondit et va rouler dans la plaine. Le bateau penche vers l'arrière et touche le sol avec un énorme craquement. Il part de travers et glisse en grinçant dans un nuage de poussière.

Je reste immobile, mon arc bandé.

Saba ! crie Emmi. Qu'est-ce que tu fais ?

J'attrape la corde de Nudd et on s'écarte. Nero s'envole dans un bruit affolé.

Le bateau réussit à s'arrêter juste devant nous.

Il y a un silence pendant quelques instants. Puis un gémissement, et le bateau bascule vers l'avant. Nouveau silence.

Une voix dit, Il faut vraiment que j'améliore les arrêts d'urgence.

*

J'aperçois un homme de petite taille. Il s'accroche au mât comme un lézard sur un rocher.

Dis rien, je souffle à Emmi. Je m'en occupe.

Bonne journée ! il s'exclame. Je, euh… laissez-moi juste sortir mon…

Il tend la main vers sa poche.

Pas un geste ! je hurle en courant à l'avant du

bateau. Je le vise entre les deux yeux. Les mains en l'air !

Attendez ! il s'écrie. Nous venons en paix ! Nous ne vous voulons aucun mal !

Lâchez ce mât !

Je fais deux pas en avant.

Mains en l'air !

Nous n'avons rien d'intéressant, chère amie apeurée ! Je vous le jure !

Nous ? Vous êtes combien ? Dites aux autres de sortir.

J'ai dit nous ? Je voulais dire je. Il n'y a que moi ! Ma langue a fourché, c'est une erreur commune due à la tension nerveuse !

Je décoche ma flèche. Elle se plante dans le mât juste au-dessus de sa tête. Il pousse un petit cri. Puis il appelle, Miz Pinch ! Miz Pinch !

Une tête sort de la voile. Une femme.

Sors de ton nid, ma colombe, il demande. Il y a, euh… une délicieuse jeune fille qui souhaite faire ta connaissance.

Elle a beau avoir les cheveux gris, elle est très costaude, la femme qui repousse la voile et se redresse. Elle a une grande tête de cheval et la peau vérolée.

Elle me lance un coup d'œil et dit, T'es un imbécile, Rooster.

J'ai dit, les mains en l'air !

Ils lèvent tous les deux les bras. C'est sans doute le couple le plus étrange que j'aie jamais vu. Il lui arrive à la taille, il a un gros ventre sur des jambes maigres et une casserole sur la tête en guise de casque. Sa tunique est faite avec les déchets qu'on trouve dans une décharge – des bouts de tissu, des sacs, des disques brillants, etc. Il a des morceaux de pneu autour des genoux.

C'est tout ? je demande. Y a que vous deux ?

Oui ! Il agite la tête de haut en bas, comme un oiseau. Rien que nous ! Je vous en supplie, je vous en supplie, ma chère, ne nous faites pas de mal. J'ai le cœur fragile et…

C'est une gamine, espèce d'imbécile !

Miz Pinch lui donne un coup de pied dans la cheville. Il se plie en deux de douleur.

Oui, mon cœur adoré ! il souffle. Mais comme tu peux le voir, c'est une vraie guerrière armée et…

Gardez les mains en l'air ou je tire à nouveau ! je crie.

Ils lèvent les bras.

Si vous êtes une voleuse, nous n'avons rien à voler.

Suis pas une voleuse, je rétorque. Qui vous êtes ? Qu'est-ce que vous faites ici ?

Rooster Pinch, à votre service. Homme d'affaires et capitaine du magnifique vaisseau *Le Cygne du désert*. Puis-je vous présenter ma ravissante épouse, Miz Pinch, que vous avez déjà… ?

Taisez-vous. Je fais un signe de tête à la femme. C'est vous qui parlez.

On est des camelots, elle dit. On va à Hopetown. On a été déviés par le vent.

Montrez-moi ce que vous vendez.

Qu'est-ce que t'attends ? elle lui dit. Montre-lui le coffre.

Je… je dois baisser les bras pour cela, il fait remarquer.

Allez-y, je lui permets. Mais pas de blagues.

Il disparaît dans la hutte et il en ressort à reculons en tirant un vieux coffre de métal. Il soulève le couvercle et commence à montrer plein de détritus. Deux bouteilles sales en verre, des objets des Destructeurs tout cassés, une pelle, une vieille botte.

Bon, rejoignez votre femme. Puis je dis à Emmi, Viens ici ! Elle arrive sur le dos de Nudd. Va jeter un coup d'œil dans cette hutte. Regarde s'ils ont des armes.

Elle descend du dos de Nudd, se hisse à bord, passe devant eux et plonge dans la misérable petite hutte. Je garde mon arc pointé sur eux.

Il s'éclaircit la gorge.

Belle journée, il fait.

Sa femme le frappe derrière l'oreille.

Emmi ressort.

C'est bon ? je lance.

Elle fait un signe de tête.

C'est bon, elle dit en sautant par terre pour me rejoindre.

Vous avez de l'eau à bord ? je demande.

Miz Pinch agite la tête et part dans la hutte. Elle revient avec un gros jerricane.

Prends-le, Emmi. Et remplis les outres.

Rooster lui tend le jerricane et Emmi se dépêche de faire ce que je lui ai demandé.

Maintenant que je sais qu'ils n'ont pas d'armes, qu'ils sont que deux pauvres camelots, je sais plus trop quoi faire. Je vois pas l'intérêt de les tuer. Ils ont toujours les mains en l'air, et ils me regardent.

À ce moment-là, Nero décide d'aller voir ce qui se passe. Il se pose sur la casserole de Pinch. Puis il se penche et lui pique le nez.

Aïe ! fait Pinch en le chassant. Sale bête ! Va-t'en !

J'abaisse mon arc.

Bon, ça va. Vous pouvez baisser les mains.

Et voilà, mon trésor, dit Pinch à sa femme. Je t'avais dit qu'elle était gentille.

Miz Pinch renifle et rentre dans la hutte.

C'est ce que j'appelle de la magnanimité ! s'écrie Pinch. C'est ce que j'appelle se montrer chic ! Il se laisse glisser le long du *Cygne*, vient me serrer la main et la secoue de haut en bas. Bienvenue, amie gladiatrice ! Vous avez une âme généreuse ! Une âme pleine de compassion ! Une chose rare en ces temps obscurs, je vous assure. Maintenant… Je sais qu'un tel modèle de justice ne voudrait pas entraver les efforts d'un homme pour remédier aux causes de sa plus infortunée, euh… Oh mon Dieu, j'ai perdu le fil de ma pensée.

Vous devriez réparer cette roue, je dis.

Voilà, c'est ça ! il s'exclame. Exactement !

Alors, on y va.

Pinch va chercher le pneu qui a rebondi au loin. J'aide Emmi à finir de remplir nos outres. Puis on boit jusqu'à plus soif et on vérifie que Nudd et Nero ont tout ce qu'il leur faut. Des bruits et une odeur de cuisine commencent à s'échapper de la petite hutte du *Cygne du désert*.

Emmi renifle l'odeur.

Ça sent bon, elle dit.

Mon ventre gargouille. J'en ai l'eau à la bouche. Ça fait si longtemps qu'on a fini ce lièvre.

Pinch réapparaît en faisant rouler le pneu devant lui. Il est hors d'haleine et en sueur.

Vous voulez un coup de main ? je propose.

*

Je l'aide à redresser le bateau. Puis il va chercher sa boîte à outils et on tente de remettre le pneu. Emmi est assise en tailleur un peu à l'écart, elle dessine dans la poussière avec un bâton.

Il faut des fixations plus serrées, je dis. Laissez-moi voir votre boîte.

Il lève les mains au ciel.

Non seulement elle est gentille, mais en plus elle est mécanicienne, il s'exclame.

Pendant que je cherche dans un bocal rempli de bouts de métal, il dit, J'ai peur que nous autres intellectuels n'ayons guère l'esprit pratique, ma chère. Je suis un souci constant pour Miz Pinch, la croix qu'elle porte chaque jour, mais elle ne me reproche jamais mes échecs, au moins pas autant que je le mérite.

Vous parlez vraiment bizarrement, je dis.

Ah, je savais que vous étiez un cas ! il répond.

Il s'essuie les mains sur un mouche-noir, puis plonge la main dans une poche et en sort quelque chose. Il le tient comme si c'était un petit oiseau, une plume ou encore l'objet le plus précieux au monde. Ça ressemble pas à grand-chose. Deux morceaux de cuir autour de petits bouts de papier, ou quelque chose comme ça.

C'est un livre, il annonce.

Il me regarde comme si je devais avoir l'air impressionnés.

Sans blague, je dis.

Il soulève l'un des bouts de cuir. Puis la première feuille. Puis la seconde. Elles sont couvertes de gribouillis noirs.

C'est des drôles de feuilles, je dis en tendant le doigt pour en toucher une.

Attention ! proteste Pinch en repoussant ma main. C'est du papier. Des pages en papier. C'est très ancien. Fragile. Rare. Je l'ai trouvé dans une boîte en métal.

J'ai déjà vu des gribouillis comme ça, je réplique. Sur des déchets dans la décharge. Je crache par terre. Ça a rien de spécial. C'est que des machins pourris des Destructeurs.

Oh, non, ma chère, au contraire, c'est de la bonne marchandise. Noble, même ! Qui date du début des temps. Ces gribouillis, comme vous dites, sont des lettres. Des lettres qui forment des mots. Et des mots racontent une histoire. Celle-ci, par exemple.

Il tourne les pages comme s'il ne voulait pas les abîmer.

C'est l'histoire d'un grand roi, il déclare. Il s'appelait Louis croix Un V. Le Roi-Soleil de France.

De France, je répète. C'est par ici ?

Oh, non, ma chère. C'était une contrée lointaine, il y a très, très longtemps. Du temps des Destructeurs. Le Roi-Soleil est mort il y a des centaines d'années. Mais voici à quoi il ressemblait.

Il me tend le livre. Les lignes et les gribouillis ont laissé place à un dessin qui représente un homme.

Il a d'épais cheveux noirs et bouclés sur les épaules qui lui remontent haut sur la tête et une peau d'animal qui traîne derrière lui. Une drôle de chemise avec un col et des poignets bouffants. Un pantalon court et gonflé qui laisse voir le bas de ses jambes. Des chaussures à hauts talons. Une épée sur le côté et une canne.

Ses sujets le vénéraient, il explique. Ils pensaient que c'était un dieu.

Jamais entendu parler, je lance. Il irait pas loin avec ces chaussures. Comment vous savez tout ça ?

Il y a des gens, quoique très peu, qui, figurez-vous, connaissent toujours les mots et les livres. Dans mon enfance, j'ai eu la chance de rencontrer une femme de ce type, et elle m'a tout appris.

Alors, la façon que vous avez de parler, tous ces drôles de mots. C'est par la… lecture ?

Oui. Sans doute.

Je rate rien, alors, je dis.

Rooster ! Rooster Pinch ! Où t'es passé ? crie Miz Pinch d'une voix aiguë.

Ici, mon ange ! répond Pinch.

Travaille au lieu de discuter !

Bien sûr, mon ange ! Bien sûr !

Il remet le livre dans sa poche.

On s'attaque aux réparations. Mais on dirait qu'il peut pas s'empêcher de parler, parce que, presque aussitôt, il reprend, Elle a l'air maligne, votre petite sœur. Vive comme l'éclair. Ça se voit.

Elle est casse-pieds, je réponds. Vous avez des enfants ?

Un fils, il annonce. Mais aussitôt, il ajoute, Le soleil est atrocement chaud, aujourd'hui, ne trouvez-vous pas ? Il s'essuie la tête et lève les yeux vers le ciel. Il n'y a pas d'autre mot pour décrire ça qu'atroce. Puissamment inconfortable. Nous supporterions aisément un temps plus frais… mais désolé, ma fille, vous me demandiez… ah, oui, les enfants. Par malchance, ma femme et moi n'avons jamais été bénis par ce bonheur.

Il baisse la tête. Comme s'il évitait désormais mon regard.

Tu mens, Rooster Pinch. Pourquoi tu mens sur ton enfant ?

On travaille en silence un moment.

Puis je lance, Au fait, vous avez dit que vous alliez où, déjà ?

Hopetown.

Mon cœur bondit dans ma poitrine.

Il ajoute, Comme ma chère épouse l'a mentionné, le vent a tourné et *Le Cygne* a dévié sa course. Nous devrions aller plein nord.

Hopetown est plein nord ? je demande.

En effet.

Eh bien, quel hasard, je dis. Hopetown est aussi là où on va. C'est justement notre direction.

Il me décoche un petit regard.

Bien, bien. Quelle coïncidence extraordinaire. Quelle rencontre fortuite. Mais je suppose que vous n'apprécieriez pas trop de... monter à bord pour naviguer avec nous ?

Je pense que ça nous plairait beaucoup, je déclare.

Dans ce cas, marché conclu ! Il me tend sa main pleine de graisse et attrape la mienne. Vous vous êtes trouvé une monture, jeune dame.

*

Pourquoi tu lui as dit ça ? chuchote Emmi.

Je la prends par le bras et l'emmène là où on peut pas nous entendre. T'as pas compris ? je souffle. Ils vont à Hopetown. C'est l'endroit dont Mercy nous a parlé, où ils ont peut-être emmené Lugh. Il est peut-être là-bas. Et même s'il y est pas, c'est un bon début. On pourra sans doute trouver une piste.

Donc on va aller avec eux ? elle demande.

Oui.

Elle croise les bras sur sa poitrine maigre et secoue la tête.

Ça me plaît pas, elle dit. Je les aime pas. Pas du tout.

Je m'en fous que tu les aimes ou non, je dois retrouver Lugh. Et tout ce qui m'aidera à le retrouver plus vite, je prends.

Tu m'écoutes jamais, elle répond, boudeuse. Et Nudd ? On peut pas le laisser là.

Il a l'air de comprendre qu'on parle de lui. Il baisse la tête et donne un petit coup dans les côtes d'Emmi.

On va le renvoyer chez lui. Mercy sera contente de le retrouver.

On doit le faire maintenant ?

Je hoche la tête.

Emmi lui caresse les naseaux et l'embrasse.

Au revoir, Nudd. Prends soin de toi.

Puis elle recule.

Rentre chez toi, Nudd, je dis. Va voir Mercy.

Je lui donne une claque sur la croupe et il part au galop dans la plaine, vers là d'où on vient.

C'est bizarre de le laisser partir comme ça, dit Emmi.

La voix de Miz Pinch s'élève derrière nous. Je sursaute.

Un poney comme ça a aucune chance face à une meute de loups, elle dit.

Saba ! crie Emmi. Rappelle-le !

T'inquiète pas, Em, je dis. Il va s'en sortir.

Tout à coup, alors qu'elle est tout près de moi, je me rends compte à quel point Miz Pinch est grande. Elle mesure plus d'un mètre quatre-vingt-dix, elle a des épaules larges, des mains solides et des gros bras couverts de poils noirs.

Le dîner est prêt, elle annonce.

*

On s'installe sur le pont. Moi assise sur un seau retourné, Emmi par terre et les Pinch sur de vieilles chaises en bois qu'ils ont sorties de la hutte.

Miz Pinch remue le contenu de la marmite avec une longue cuiller en bois et sert une portion dans un vieux bol en métal.

Sanglier séché et baies rouges, elle annonce. Elle me tend le bol. Ça va te remplir le ventre.

Pinch veut l'attraper. Elle le repousse et lui donne un coup de cuiller sur la main. Si fort qu'il crie. Elle lui lance un regard méchant.

C'est pas pour toi, elle dit.

Elle remplit un autre bol et le tend à Emmi, qui se jette dessus.

Et ça, c'est pour toi, ma petite, elle ajoute.

Mon ventre est tellement content que j'engloutis mon bol. Quand j'ai fini, Miz Pinch me tend un morceau de galette. Elle en donne aussi un bout à Emmi.

Et voilà, elle dit. Saucez bien vos bols. Faut pas gâcher de la bonne nourriture comme ça. C'est agréable de voir des jeunes avec autant d'appétit, hein, Rooster ?

De partager notre modeste repas avec des compagnons de voyage sur la route poussiéreuse de la vie. Bien sûr, ma chère. Je ne te le fais pas dire !

Mangez jusqu'à la dernière miette, elle nous conseille. Voilà. C'est fini ?

Merci, je dis.

Je lui rends le bol. Je bâille. Emmi se frotte les yeux.

Vous êtes fatiguées, les filles ? demande Miz Pinch.

Mes paupières sont tout à coup très lourdes. Je bâille encore.

Je crois que... je suis pas habituée à marcher comme ça...

Saba, dit Emmi en bâillant. Pourquoi je me sens si... fatiguée ?

Elle se recroqueville sur le pont et s'endort aussitôt. Il y a quelque chose de bizarre. Je me lève. Je titube un peu. Je secoue la tête en essayant de me réveiller.

J'ai la tête si lourde que je peux à peine la tenir droite. Les Pinch me regardent d'un air sournois.

Et là, je comprends.

La nourriture..., je dis. Vous avez mis quelque chose... dans la nourriture.

Je veux récupérer mon arc dans mon dos, mais mes doigts m'obéissent plus. Mes genoux cèdent sous moi. Je m'écroule sur le pont.

Pourquoi vous avez... fait ça ? je demande.

Mes paupières se baissent.

Une fois.

Deux fois.

*

Je suis couchée sur quelque chose de dur. Du bois. J'ai mal au cou. Et à la tête. Très mal. Je lèche mes lèvres sèches. J'ai mal aux épaules. Et aux poignets. Je gémis.

Je soulève la tête, je me force à ouvrir les yeux. Des bancs en bois, des marmites accrochées sur des murs branlants. Où est-ce que je... je me rappelle de rien... Si... Le bateau terrestre... *Le Cygne du désert*... Rooster Pinch... sa femme. Je dois être dans *Le Cygne du désert*...

Je veux bouger les bras mais... je peux pas. Des bouts de métal s'enfoncent dans mes poignets.

Je suis maintenant bien réveillée. Et je commence à réfléchir à toute allure.

Je suis couchée sur un banc, enchaînée par les poignets et les chevilles à des anneaux en métal fixés dans une poutre. Emmi est couchée sur un autre banc à quelques pas de là. Elle aussi est enchaînée. La hutte n'est pas aussi légère qu'elle en a l'air. Il y a une structure en métal derrière les panneaux de bois.

On est prisonnières. Une colère rouge me submerge. Un mélange de fureur et de peur.

Pinch ! Je rugis en tirant sur mes chaînes. Pinch ! Emmi ! je crie. Emmi ! Réveille-toi !

Elle lève doucement la tête, les paupières lourdes.

Réveille-toi, Emmi ! Emmi !

Elle écarquille les yeux en me voyant. Puis elle se regarde et voit ses poignets et ses chevilles attachés. Son visage se crispe, et elle se met à respirer à toute vitesse.

Saba ! Qu'est-ce qui se passe ? Qu'est-ce qu'ils vont nous faire ?

Puis je remarque que le sol tremble. Les marmites accrochées au mur se balancent. *Le Cygne* est en mouvement.

Pinch ! je hurle. La porte de la hutte s'ouvre. Miz Pinch s'avance et referme derrière elle.

Enfin réveillées. Vous avez fait de beaux rêves, j'espère.

Relâchez-nous ! Vous avez pas le droit de faire ça !

Le droit a rien à voir là-dedans. En ce monde, il faut prendre ce qu'on a. Elle hausse les épaules. Et nous, on te veut.

Qu'est-ce que ça veut dire, que vous me voulez ?

Elle soulève le couvercle d'un seau et y plonge une vieille tasse en métal.

T'es jeune, elle dit. Et forte. Une guerrière-née. Je l'ai tout de suite vu. Tu vas être parfaite.

Parfaite pour quoi ?

Elle me regarde de ses petits yeux sombres aussi froids que la pierre.

Parfaite pour le combat en cage.

Le duvet sur mes bras se hérisse. Je me mets à trembler.

T'as raison, ma fille. Tu peux avoir peur. Le combat en cage, c'est dur et cruel. C'est une grosse attraction à Hopetown. Tu vas te battre pour nous.

Je ferai rien pour vous, je dis.

T'auras pas le choix.

Vous pouvez pas m'obliger.

Oh si, tu feras exactement ce que je te dirai.

Allez vous faire foutre, oui ! Relâchez-nous ! Pinch ! À l'aide ! Pinch !

Garde ton souffle, elle me murmure. Il fait tout ce que je lui dis.

Elle s'approche avec la tasse remplie d'eau puis elle se penche et me lève la tête.

Bois, elle dit. Je peux pas me permettre que t'aies soif. Les lutteurs en cage doivent être en bon état.

Je l'observe tout en buvant. Je garde l'eau dans ma bouche, puis la lui crache à la figure. Elle dit rien. Elle me fixe un moment pendant que l'eau coule sur son visage.

T'aurais pas dû faire ça.

Elle s'approche d'Emmi.

Non ! je crie. La touchez pas !

Elle la gifle. Fort. Emmi hurle. Je vois que sa lèvre a éclaté. Le sang coule de sa bouche sur son menton. Elle se met à pleurer.

Laissez-la tranquille ! je proteste. C'est une enfant ! Elle vous a rien fait !

Miz Pinch revient et s'agenouille près de mon banc. Elle met son visage tout près du mien ; du coup, je peux voir chaque trou dans sa peau. Et je dois respirer sa mauvaise haleine, aussi. On dirait de la viande qui a pourri au soleil. Elle sourit.

Chaque fois que tu me désobéiras, elle me menace, chaque fois que t'essaieras de t'enfuir, je frapperai ta petite sœur. Je la frapperai ou je la… brûlerai. Et je pourrais même aller jusqu'à lui casser le bras. Mais je te frapperai pas. Toi, je te frapperai jamais, ma beauté.

Elle fait glisser un doigt sur ma joue. Ses ongles noirs me griffent la peau.

Et tu sais pourquoi ? Tu vaux trop cher. Ta sœur… elle vaut rien. Pour moi, en tout cas. Mais je pense qu'on va découvrir combien elle vaut pour toi.

*

Je sens le bateau ralentir. *Le Cygne* va de moins en moins vite et finit par s'arrêter. Il y a un bruit quand l'ancre heurte le sol. On fait sans doute halte pour la nuit.

On a regardé Miz Pinch vider et dépouiller un lézard avant de le mettre à bouillir dans une marmite en chantonnant. Comme si on n'était pas là.

J'ai pas ouvert la bouche depuis qu'elle a menacé de faire mal à Emmi. J'ai essayé de trouver un plan. J'ai essayé de trouver ce que Lugh ferait à ma place. Comme j'aimerais qu'on soit là tous les deux, plutôt qu'Emmi et moi. Ça serait pas si affreux. Je me dirais qu'on a peut-être une chance.

Ça va, Emmi ? je murmure.

Elle hoche la tête, les yeux écarquillés. Sa lèvre est toute gonflée là où Miz Pinch l'a frappée, le sang a séché et il est devenu noir. J'ai du mal à croire que moi aussi je l'ai frappée, quand on était encore à Silverlake, alors que je suis de la même chair qu'elle. Elle a pleuré un moment quand Miz Pinch l'a giflée, mais depuis, elle a pas dit un mot.

T'avais raison, je souffle. J'aurais dû t'écouter.

Tant pis, elle répond.

Non, pas tant pis. Et c'est ma faute si elle t'a frappée. J'aurais pas dû lui cracher dessus.

Je suis contente que tu l'aies fait.

Emmi, je vais nous sortir d'ici. Je te le jure.

Arrêtez de parler ! nous crie Miz Pinch. Puis elle ouvre la porte et s'exclame, On bouffe !

Rooster Pinch se glisse dans la hutte.

Espèce de sale menteur ! je lui lance.

Il prend une tête de chien battu et évite mon regard. Il fait comme s'il avait pas entendu.

Ça sent délicieusement bon, ma chérie ! Il se frotte les mains en faisant semblant d'être joyeux et il renifle. Quel délicieux fumet !

Tais-toi, elle ordonne. Mange.

Ils s'installent. Quand il a fini, il met ses doigts dans son bol et lèche la sauce. Elle fait un signe de tête vers nous.

Tu ferais bien de les nourrir, elle dit.

Moi, ma chère ? Oh ? Penses-tu que ce soit raisonnable ? Tu serais bien meilleure pour…

Sa grosse main surgit et elle le frappe derrière l'oreille. Il file chercher deux écuelles et les remplit de ragoût. Il va d'abord voir Emmi. Il l'aide à s'asseoir, prend une cuiller et la lui tend. Elle me regarde.

Mange, je lui dis en souriant.

Elle me rend mon sourire et elle se met à manger avec appétit en prenant à peine le temps de mâcher.

Bonne fille, dit Pinch. C'est bien. Il regarde par-dessus son épaule. Miz Pinch débarrasse en chantonnant à nouveau, sans faire attention à nous. Il me lance un regard, et il nous murmure, Il vaut mieux faire ce qu'elle vous dit, mes petites. Sinon, croyez-moi, votre vie va être dure.

Vous devez nous aider, je souffle. Je vous en supplie.

Je ne peux pas. Je n'en ai pas le courage. Si vous essayez de vous enfuir, elle vous tuera. C'est ce qu'elle a fait à la dernière. Elle voit tout. Elle…

Miz Pinch remarque son manège.

Qu'est-ce qui se passe ici ? J'espère que tu parles pas aux filles, Rooster.

Moi ! Oh, non, bien sûr que non ! Je ne me permettrais pas !

T'as pas intérêt. Si je découvre que tu me mens, tu sais ce qui se passera, hein ? La brûlure. T'aimes pas ça, hein ?

Mais je ne leur parle pas, mon trésor, il dit.

Puis il recommence à nourrir Emmi à toute vitesse.

Quand il a fini avec elle, il s'approche de moi.

Qu'est-ce que vous voulez dire, qu'elle a tué la dernière ? je murmure. Quelle dernière ?

Il répond pas. J'essaie de croiser son regard, mais il m'évite, il se contente de regarder l'écuelle. Il a le visage brillant de sueur, et la cuiller tremble dans sa main. Pour la première fois, je remarque que ses mains et ses poignets sont couverts d'horribles marques de brûlure. Comme si on l'avait frappé avec un tison chaud.

C'est ça qu'elle voulait dire. C'est ce qu'elle lui fait quand il l'énerve. Il va pas nous aider. Il a trop peur.

On est seules.

Mais je me sens apaisée.

Ça semble fou, alors qu'Emmi et moi, on est toutes les deux enchaînées par les pieds et les mains et que personne nous aidera, mais je suis apaisée. Parce que maintenant, je sais ce que je dois faire. Et ce que je dois pas faire, c'est-à-dire croire que quelqu'un va nous secourir. Que quelqu'un va nous libérer. Je peux compter que sur moi.

Donc je dois guetter. Chercher. Réfléchir. Et trouver un plan. Je dois me débrouiller pour qu'on reste en vie, Emmi et moi. Je ferai ce qu'il faudra. Je ferai tout ce que cette sorcière me dit de faire.

Mais je guetterai et j'attendrai. Et, quand le moment viendra, quand ça sera le bon moment pour passer à l'action, je serai prête. Je saurai quoi faire pour nous sortir de là.

Et puis j'irai chercher Lugh. Je lui ai promis. Je suis courageuse. Je suis courageuse.

*

Miz Pinch s'avance vers moi. Elle a un couteau. Elle l'approche et je me blottis contre le mur. Elle m'attrape violemment par la nuque.

Je te nourris, je te donne à boire, et ensuite je te tranche la gorge, elle dit. Je sais que tu crois ça. Mais non, t'auras pas cette chance.

Elle attrape ma longue tresse et la tord, si bien que je dois baisser la tête. Je grimace quand la douleur se propage à tout mon crâne. Elle se met à couper la base de ma tresse. Et elle la brandit.

C'est une jolie queue, elle déclare. Je devrais en tirer un bon prix.

Puis elle apporte une bassine d'eau, un savon et un rasoir. Sans dire un mot, elle me lance l'eau à la figure. Puis elle me passe le savon sur la tête. Il coule et me pique les yeux. Je dis pas un mot. Je jette un coup d'œil à Emmi, et lui fais un petit sourire pour la rassurer.

Et je regarde droit devant moi. Quand Miz Pinch m'a assez savonnée à son goût, elle attrape le rasoir et commence à me raser le crâne. Les mèches tombent par terre avec un bruit humide.

Faut pas de cheveux dans la Cage, elle dit. Une lutteuse maligne se rase la tête. Faut pas que ton adversaire puisse s'accrocher. Et oublie jamais ça, la laisse pas t'attraper les oreilles. Sinon, elle te les arrachera. Le combat en cage, c'est pas très propre.

À cet instant, je vois ce qu'elle a autour du cou : ma pierre. La pierre rose que ma mère a donnée à Mercy. Puis que Mercy m'a donnée. Elle a dû fouiller dans mes poches et la trouver.

Je respire un grand coup. J'ai la gorge serrée. J'ai envie de lui arracher la pierre. De la griffer au sang pour avoir même osé toucher cette pierre. Je m'écarte d'elle.

Rendez-moi ça ! je crie.

Elle sursaute, étonnée. Puis elle voit ce que je regarde. Ses lèvres s'étirent en un sourire méchant.

Oh, tu admires mon nouveau collier. Je l'ai trouvé je sais plus où. C'est incroyable que les gens fassent pas plus attention à leurs bijoux, tu penses pas ?

Je lui lance un regard plein de haine. Je tire sur mes chaînes, mes poings serrés.

Attention, ma beauté.

Elle lève le rasoir et regarde Emmi. Je me jette en arrière.

Elle m'attrape et elle me rase la tête jusqu'à ce qu'il n'y ait plus rien dessus. Jusqu'à ce que je sois complètement chauve.

*

Ils ont détaché Emmi pour la faire travailler. Elle doit récurer le sol, aller chercher de l'eau et faire la vaisselle. Tout le sale boulot qu'ils veulent pas faire eux-mêmes.

Et juste pour être sûre que je comprends comment ça marche, qu'elle met ses menaces à exécution, Miz Pinch frappe Em dès qu'elle la surprend à me parler ou qu'elle va pas assez vite. Elle la frappe à la tête ou elle lui pince le bras. Une fois, elle lui a fait un croche-pied alors qu'Emmi portait un seau d'eau, puis elle l'a battue pour l'avoir renversé.

Em dit rien et se remet au travail. Elle proteste pas.

Moi non plus. Mais je serre si fort mes poings que mes ongles s'enfoncent dans mes paumes et les font saigner.

On voyage avec le vent. On s'arrête quand il tombe, on avance quand il se lève. Mais il tombe plus souvent qu'il se lève. J'aperçois juste la lumière du jour ou la nuit quand Pinch entre et sort de la cabine. J'ai aucune idée du temps qui passe, Emmi pas plus que moi. On dirait qu'on est là depuis toujours.

Le visage d'Emmi est de plus en plus pâle et tiré. Et elle pleure en silence la nuit.

Ils me donnent les meilleurs morceaux à manger. Ils veulent que je prenne des forces.

Je passe mon temps assise sur le banc. Je suis enchaînée au mur par un pied et une main pour qu'ils soient tranquilles. Miz Pinch me libère trois fois par jour pour que je m'étire les bras et les jambes, mais seulement dans la hutte. Pendant ce temps, elle tient un couteau sur la gorge d'Emmi.

Mais c'est pas n'importe quel couteau. C'est mon couteau. Celui qu'était dans ma botte. Celui qu'elle m'a pris. Miz Pinch sourit, me nargue, me provoque. Vas-y, dit son sourire. Essaie. Essaie pour voir ce qui va se passer. Elle en serait tellement ravie. De faire mal à Emmi avec mon couteau.

Donc je suis libre, mais je peux rien faire.

Je montre pas ce que je pense.

La laisse pas voir la haine qui brûle dans tes yeux. La colère qui te ronge le ventre.

Je fais comme si de rien n'était.

Mais je la surveille. Sans arrêt.

J'attends le bon moment.

Si le vent souffle bien, demain on sera à Hopetown.

HOPETOWN

*

Rooster Pinch jette l'ancre du *Cygne du désert* devant Hopetown.

Miz Pinch me détache et me fait un signe de tête.

Je lui emboîte le pas sur le pont, une cheville et un poignet toujours enchaînés. Je cligne des yeux dans la lumière du soleil. Je me sens tout étourdie. J'étais dans l'obscurité de la hutte depuis qu'on a été faites prisonnières, ça doit bien faire cinq ou six jours maintenant. Je lève la tête vers le soleil. Il est midi.

Hopetown s'étend devant nous à moins d'une demi-lieue. La ville est blottie au pied d'une colline terreuse et s'étire jusqu'à son sommet. J'avais jamais vu autant de cabanes en même temps. J'ai entendu dire que les Destructeurs vivaient entassés dans des villages ou des villes, mais j'avais jamais cru que je verrais ce genre d'endroit un jour.

Et ça m'a pas non plus traversé l'esprit que si je voyais ce genre d'endroit, ça serait que des cabanes adossées les unes aux autres. On dirait que si l'une tombe, toutes les autres suivront, et qu'il suffirait pour ça de donner un bon coup de pied dedans.

Quelle belle vue ! s'exclame Pinch. Il n'y a rien de tel que l'excitation de la ville pour vous réchauffer le cœur !

Il y a de l'agitation partout. Des gens passent près du *Cygne* dans des nuages de poussière sur des chariots tirés par des chiens-loups à l'air méchant, des chevaux, des mules, des chameaux ou encore à pied. Ils se dirigent tous vers un grand trou dans la palissade de fortune qui encercle Hopetown. J'ai jamais vu autant de gens de toute ma vie. J'ai les yeux partout.

Emmi surgit près de moi. Les Pinch nous surveillent pas. Je soulève ma main enchaînée et elle se glisse dessous. Elle passe les bras autour de ma taille et elle me serre fort. Les Pinch la font travailler si dur qu'elle est encore plus maigre qu'avant.

Et voilà, je dis. Hopetown.

Qu'est-ce qui va se passer, maintenant ? elle me demande.

Je sais pas, mais on va vite le découvrir, je crois. En tout cas, quoi qu'il arrive, oublie pas de chercher Lugh.

À cet instant, j'entends un croassement familier. Je lève la tête. Un gros oiseau noir décrit des cercles dans le ciel. Je reconnaîtrais ce vol entre mille.

Nero ! je m'écrie.

Il plonge, passe juste au-dessus de nos têtes, puis repart dans le ciel. Mon cœur s'envole avec lui. Des larmes jaillissent de mes yeux. Il nous suit depuis qu'on est prisonnières.

Je savais qu'il nous abandonnerait pas ! s'exclame Em. Je le savais !

Éloigne-toi de moi avant qu'elle te voie, je dis.

Je lève la main et, à l'instant où Emmi s'écarte, Miz Pinch se retourne. Elle fronce les sourcils.

Qu'est-ce qui se passe ? Vous connaissez les règles, non ?

Elle attrape Emmi et lève le bras pour la frapper. À cet instant, Pinch crie, Ton char est avancé, mon amour !

Elle s'interrompt et regarde par-dessus son épaule.

Un dromadaire efflanqué approche. Il tire une vieille voiture attelée avec un harnais. D'après son air triste, il est pas ravi de son sort. Il roule des yeux et fait claquer ses longues dents jaunes en direction des jambes du petit garçon perché sur sa bosse.

Miz Pinch se retourne.

Je m'occuperai de toi plus tard, elle souffle à Em. Là, j'ai plus important à faire.

Allez, madame, j'ai pas toute la journée, dit le chamelier. On va où ?

Miz Pinch tire sur mes chaînes. Je titube.

Conduis-nous au Maître de la Cage, elle ordonne.

*

Je regarde partout pendant qu'on roule lentement vers Hopetown sur des pneus à plat. Il y a tellement de monde qu'on peut à peine avancer. Tous se pressent contre la voiture. Le chamelier se penche et leur donne des coups de fouet pour essayer de dégager le chemin.

Je cherche partout des cheveux dorés liés en une longue tresse et des yeux bleus comme un ciel d'été.

T'es là, Lugh ?

Un homme de dos. Épaules larges, cheveux dorés. Ils sont courts, mais on les lui a peut-être coupés, et la bonne taille. Mon cœur bondit. Chaque muscle de mon corps se tend.

Tourne-toi, tourne-toi, je t'en supplie, que je te voie.

Il se retourne. C'est pas Lugh.

À ce moment-là, un homme se penche par la fenêtre, m'attrape le bras et me tire avec mes chaînes.

Je prends pas le temps de réfléchir. Je me tortille, je lutte, je m'arc-boute contre la voiture, je pousse sur mes pieds.

Arrêtez ! Rooster Pinch frappe l'homme à la tête avec son parapluie tout cassé. Lâchez-la !

Saba ! crie Emmi.

Je me sens envahie par la colère rouge. Je mords la main crasseuse du type. Il hurle mais il tient bon. Je mords plus fort, jusqu'à sentir le sang. Il pousse un cri aigu et il finit par me lâcher. Il retombe en arrière et il disparaît dans la foule.

Bien fait ! crie Pinch. Va-t'en, misérable ! Espèce de lâche ! On ne s'oppose pas à Rooster Pinch !

Saba, ça va ? me demande Emmi.

Je crache par la fenêtre pour me débarrasser du goût de ce type, de son odeur, de celle de sa peau.

Puis je me rassieds et je m'essuie la bouche avec mes mains enchaînées.

Ça va, je dis.

Je jette un coup d'œil à Miz Pinch. Elle a pas bougé pendant toute la scène. Elle m'observait.

Et là, je vois un petit sourire sur ses lèvres.

*

Le chamelier gare la voiture devant un long bâtiment en pierre à la limite de Hopetown. C'est une vraie construction, pas une cabane fabriquée avec des détritus des Destructeurs.

T'amènes la gamine et t'oublies pas, tu te tais, dit Miz Pinch à Rooster au moment où on sort. C'est moi qui parle au Maître de la Cage.

Elle attrape ma main enchaînée et me tire derrière elle. Pinch tient Emmi. Deux gros types à l'air méchant s'avancent sur le seuil quand on approche. Mon cœur manque de s'arrêter. Ils portent de longues tuniques noires avec des armures en cuir par-dessus. Exactement comme ceux qui ont emmené Lugh. Ça doit être des Tontons, comme l'a dit Mercy.

Le Maître de la Cage est pas là, dit l'un.

Il sera là pour moi, rétorque Miz Pinch. Annonce-lui que Miz Pinch veut le voir. Annonce-lui que j'ai quelque chose de spécial pour lui.

Ils nous regardent méchamment. Ils ont des visages cruels.

Z'avez pas compris ? jette le Tonton. J'ai dit qu'il était pas là.

Si tu sais ce qu'est bon pour toi, va lui dire que je suis là, dit Miz Pinch.

L'un d'eux secoue la tête, l'autre ouvre la porte et disparaît. Il revient rapidement.

Vous pouvez entrer, il dit. Dépêchez-vous.

On s'avance tous ensemble.

Le Maître de la Cage est assis à une grande table en pierre dans une salle blanche. Derrière la table, il y a une grosse porte en bois. Des rugissements et des éclats de voix assourdis s'en échappent.

La table est couverte de nourriture : des galettes, de la viande rôtie, des œufs de pigeon et des bouteilles d'alcool. Le Maître de la Cage nous regarde à peine quand on entre, tellement il est occupé à manger. Il a un gros visage rond et rouge avec un triple menton et de longues mèches de cheveux aplaties en arrière sur son crâne. Il y a une serviette rouge autour de son cou.

Espèce de gros crapaud baveux. Tu me fais même pas peur.

Il attrape un moineau rôti et le glisse en entier dans sa bouche.

Qu'est-ce que vous voulez ? il lance. Je suis un homme occupé, Miz Pinch. Et je suis pas d'humeur à perdre mon temps.

Miz Pinch bronche pas. Elle est tendue comme un serpent qui va attaquer.

Les Tontons qui te gardent ont pris trop de chaal, Maître de la Cage, elle déclare. T'as intérêt à faire attention que mon… que certaines personnes découvrent pas que la qualité baisse.

Il devient tout pâle, arrache la serviette de son cou et essuie sa bouche pleine de graisse avec ses gros doigts.

Mes gardiens touchent pas au chaal ! Je le jure !

Moi, j'ai une autre impression, dit Miz Pinch. J'ai raison, Rooster, non ?

Oui, ma chérie, il renchérit. Tout ce que tu diras, ma colombe.

Je regarde Miz Pinch, puis le Maître de la Cage. Ils se dévisagent.

Les Tontons touchent pas au chaal.

Mais Miz Pinch aime pas le ton qu'il emploie pour lui parler.

Qu'est-ce que t'attends pour aller voir ? elle lance.

Il hésite, il continue à mâcher. Puis il se lève et fait le tour de la table.

DeMalo ! il hurle. DeMalo !

La porte derrière la table s'entrouvre. Le bruit s'engouffre, c'est un rugissement assourdissant, puis un homme apparaît. Et le bruit s'atténue quand il referme la porte derrière lui.

C'est un Tonton. Grand, comme tous les autres, et vêtu de noir de la tête aux pieds. Mais celui-ci porte une armure en métal sur sa tunique, alors que les autres n'ont que du cuir. Il a des protections aux bras qui vont du poignet au coude ; de longs cheveux noirs attachés en queue-de-cheval. Un air intelligent. Une grosse tête avec des pommettes larges.

On dit pas d'un homme qu'il est joli. Mais quand même, c'est ce qu'il est.

Il dit pas un mot. Il attend.

Le Maître de la Cage, si fier un instant plus tôt, se recroqueville. Il regarde à côté de DeMalo en disant, Euh, euh, Miz Pinch pense qu'il y a un problème avec les gardiens à la porte. Bien sûr, euh… je lui ai assuré qu'on est très exigeants, mais euh, ça serait gênant si…

DeMalo a même pas l'air d'écouter. Il s'avance vers la grande porte, aussi silencieux qu'un chat. En passant près de nous, il s'arrête. Juste à ma hauteur.

Nos regards se croisent. Le sien est noir. Noir comme un corbeau. Et plein d'ombres.

Le temps s'arrête. Je peux pas bouger. Je peux pas respirer. Je peux pas retirer mes yeux des siens.

Il regarde au fond de moi.

Il lit mes pensées les plus sombres, mes peurs les plus terribles.

Je te connais, murmure une voix. Toi, je te connais.

Mon sang se glace. Je tremble. Ce froid me parcourt des pieds à la tête. Il le sent. Il le voit. Son regard flanche pas. Puis il repart, passe par la porte et disparaît.

Ça a duré qu'un instant. Lui et moi, enfermés le temps d'un battement de cœur, sans la moindre échappatoire.

Personne dit rien pendant un moment. Personne bouge. C'est comme si on ressentait tous la même chose. Comme si on avait tous arrêté de respirer.

Qu'est-ce qui s'est passé ? Qui c'est ? Ils ont tous peur de lui.

Puis le Maître de la Cage plonge vers la table, se sert une tasse d'alcool et la boit cul sec. Il s'affale dans son fauteuil et il s'essuie le front avec sa serviette.

Bon, dit Miz Pinch, je pense qu'on se comprend.

Évidemment. Vous m'avez apporté quelque chose. Votre dernière trouvaille, je parie. Il me regarde avec des petits yeux sournois. Vous pensez qu'elle sera bonne dans la Cage ?

Je le pense pas, dit Miz Pinch, je le sais. Elle est rare. Elle est parfaite.

Pas comme la dernière, alors. Quelle déception. Elle a pas du tout coopéré. Je commençais à me dire que la qualité baissait, ah ah !

Le cou de Miz Pinch devient tout rouge. Elle serre les poings.

Fais attention à tes paroles, Maître de la Cage.

Je... je voulais pas vous manquer de respect, Miz Pinch. Vous me connaissez, je...

Oublie pas à qui tu parles. Qui je suis. Je me suis occupée de la fille. Elle a eu ce qu'elle méritait.

J'en doute pas. Vous êtes formidable. Bien, examinons ce petit bijou.

Avance-toi, elle me dit.

Elle veut me donner un coup entre les épaules, mais je la repousse.

Ne cède pas à la peur, Saba. Sois forte, comme je sais que tu l'es.

Je prends le temps d'approcher de la table. La chaîne autour de ma cheville heurte le sol à chaque pas. J'attrape une chaise avec le pied, je la tire et je m'assieds.

Je lève ma main enchaînée, j'attrape un moineau rôti et je lui croque la tête. Puis je me sers une tasse d'alcool et je la bois sans quitter le Maître de la Cage des yeux. Je pose la tasse vide retournée sur la table.

Il plisse les yeux.

Elle a du cran, ça c'est sûr, il déclare. Debout, ma fille, que je te voie.

Je le regarde de haut en bas. Et je retrousse les lèvres.

En un instant, il a fait le tour de la table. Il m'attrape par le bras et me met debout. Qui aurait cru qu'un obèse pourrait se déplacer aussi vite ? Il est bien plus fort qu'il en a l'air, aussi. Il me serre fort.

Fais attention, il me souffle à l'oreille. C'est moi le chef ici. Je me fous de qui tu es et d'où tu viens. À Hopetown, c'est moi qui fais la loi. La poussière sous mes pieds est plus utile que toi. Compris ?

Je fais un signe de tête.

Bien.

Il me lèche lentement l'oreille, puis il s'écarte. J'en ai l'estomac retourné. Je sens le rouge me monter aux joues. J'ai envie de m'essuyer l'oreille, de vomir, de partir en courant, mais je peux pas. Alors je bouge pas. Je regarde droit devant moi.

Elle est forte, dit Miz Pinch. Et intelligente, aussi.

Forte, intelligente et culottée. Le Maître de la Cage me contourne en me regardant de haut en bas. Eh bien, elle est impressionnante. Vous avez peut-être trouvé la perle.

Je te l'ai dit.

Le Maître de la Cage me dévisage. Puis il demande, Mais est-ce qu'elle peut se battre ?

Y a qu'un moyen de le savoir, dit Miz Pinch.

Ouais. Et y a rien de tel que maintenant. Viens, il me dit.

Le Maître de la Cage se dirige vers la porte

où DeMalo est apparu et il l'ouvre en grand. Le rugissement se répand à nouveau dans la pièce. Il s'avance. On le suit.

On se retrouve sur un balcon au-dessus d'une immense foule.

Bienvenue au Colisée, il déclare.

*

Je regarde partout autour de moi. Le bâtiment du Maître de la Cage est situé au sommet d'une colline. En dessous, taillés dans son flanc, il y a des gradins et trois allées qui vont de haut en bas.

Des gens sont entassés sur les gradins. Ils crient, certains sautillent en tendant le doigt et en agitant le poing. Ils regardent tous dans la même direction.

Celle d'une cage. Au pied de la colline, il y a une grande place avec une immense cage en métal.

À l'intérieur, deux hommes se battent. Vu les cris de la foule, l'odeur et l'excitation dans le Colisée, on dirait que la fin du combat est proche.

Les adversaires sont tous deux pieds nus, bras et jambes nus. Ils portent des tuniques courtes. Pas d'armes. Ils se donnent des coups de poing et de pied, ils s'empoignent, ils escaladent les barreaux pour se jeter l'un sur l'autre.

L'un d'eux a l'air fatigué. Du sang coule de son nez, et il commence à tituber, à frapper dans le vide.

On dirait que la fin d'Artashir est proche, annonce le Maître de la Cage.

Son adversaire l'a bloqué dans un coin, il le

prend à la gorge à deux mains et serre en le frappant contre les barreaux. Artashir devient tout mou. Son adversaire le lâche, et il s'effondre par terre.

Le vainqueur lève les mains au-dessus de sa tête, puis brandit son poing, et la foule est prise de folie. Elle montre la Cage en hurlant. Certains se battent, et des gardiens surgissent pour les séparer. Ils ont le regard fou.

Artashir se relève lentement et se tient debout en chancelant. La foule le hue. Puis elle se tourne face au balcon et hurle, Au lynchage, au lynchage !

Artashir lève les yeux vers le Maître de la Cage. Le Maître de la Cage le regarde.

En général, j'aime ce moment, il déclare. Mais ce lutteur-ci… Son désir de vivre semblait plus fort que la plupart. Je pense que c'est pour ça qu'il a tenu si longtemps. Il a fait gagner beaucoup d'argent. Mais inutile de s'apitoyer. Il a perdu ses deux derniers combats, ça fait trois avec celui-là. La règle est la règle.

Il attrape un mouche-noir et le lève au-dessus de sa tête. La foule crie encore plus fort.

Le Maître de la Cage soupire.

Qu'on en finisse, il déclare.

Et il baisse le bras.

Deux gardiens ouvrent la Cage pour faire sortir Artashir. La foule se précipite vers l'allée centrale qui coupe les gradins du Colisée.

Des gardiens armés la repoussent pour laisser l'allée libre.

Ils vivent que pour ça, soupire le Maître de la Cage. Ils sont pires que des animaux. C'est l'effet du chaal. Quels imbéciles.

Puis tous se mettent à taper du pied. Les

gradins tremblent, y compris notre balcon. Ils tapent de plus en plus fort.

Les gardiens poussent Artashir devant eux. Il regarde le Colisée. Il prend une grande bouffée d'air, il a la tête haute. Puis son expression change. Se durcit. Comme s'il avait pris une décision. Il se tourne vers le Maître de la Cage et il crache par terre.

Le Maître de la Cage laisse échapper un petit rire.

Puis Artashir rejette la tête en arrière et rugit comme une bête sauvage prise au piège, mais qui se battra jusqu'au bout.

Il se met à courir vers l'allée centrale. Les mains des spectateurs se tendent, le frappent, attrapent sa tunique pour le faire tomber. Il donne des coups de poing et se libère. Il réussit à faire quelques pas de plus. Mais la foule lui bloque le chemin, elle hurle à la mort et se referme sur lui. On dirait des vagues qui s'abattent sur un homme en train de se noyer. Artashir disparaît.

Mon estomac se soulève.

C'est dommage qu'un bon lutteur finisse au lynchage, dit le Maître de la Cage en me regardant. Il tend une main humide et me caresse la joue. Maintenant, c'est ton tour.

*

La fille est plus petite que moi.

Elle m'attaque avec sauvagerie. Elle se déplace si vite que je vois même pas ses poings. Le premier coup m'atteint à la figure, puis aux côtes. Je réagis pas, c'est comme si je dormais.

Puis la colère rouge monte en moi et je comprends enfin ce qui se passe. Je suis devenue une bête. Et une bête ferait n'importe quoi pour survivre. Se ronger la patte si elle était prise dans un piège. C'est ça, la colère rouge. Je vais devoir apprendre à m'en servir si je veux survivre dans la Cage.

La fille est dure. Elle se bat violemment. Elle est méchante. Elle a perdu ses deux derniers combats. C'est sa dernière chance. Elle aussi, elle a la colère rouge.

Mais la mienne est plus forte.

Je regarde comment elle fait.

J'apprends vite.

Elle me frappe fort le temps que j'apprenne. Puis j'ai de la chance. Je la touche au ventre, elle atterrit contre les barreaux et c'est fini. Elle se relève pas jusqu'à ce que le gardien l'attrape.

C'est fini.

C'est fini pour elle, et ça commence pour moi.

On me dit pas son nom. Il y a un petit tatouage de naissance sur son visage. On dirait un papillon.

Comme a dit le Maître de la Cage, c'est dommage quand un bon lutteur finit au lynchage.

Mais l'une de nous doit y aller.

Et pas question que ça soit moi.

*

Les Pinch sont sur le pont du bateau. Ils fêtent leur bonne fortune avec une cruche d'alcool et un pigeon rôti. Ce soir, c'est notre dernière nuit sur *Le Cygne du désert*. Demain, ils s'installeront en ville. Les Pinch et Em. Moi, j'irai rejoindre la prison des lutteuses.

Je suis couchée sur mon banc. Enchaînée par les pieds et les mains, comme d'habitude. Em est assise près de moi. Elle tient un bout de tissu qu'elle plonge dans une décoction de géranium et elle tapote doucement la coupure près de mon œil.

Je te fais pas trop mal ? elle demande.

Je sais que j'ai mal. Ça peut pas être autrement. Mais je sens la douleur de loin, comme dans un rêve. Comme si j'étais plus dans mon corps, comme si je flottais quelque part autour. Je lui souffle que je suis désolée.

Désolée de quoi ? elle demande.

Tu devrais pas voir ça.

Les Pinch et Em sont restés sur le balcon avec le Maître de la Cage. Elle a tout vu, du début à la fin.

J'étais effareyée, elle dit. Elle t'aurait tuée si elle avait pu.

Je laisserai personne me tuer, je lui affirme. Je vais vivre. Je vais vivre, nous sortir de là et retrouver Lugh. Je lui ai promis mais… Emmi, Emmi, qu'est-ce qu'on va devenir ? Qu'est-ce que je vais devenir ?

Et là, je craque. Mes larmes surgissent tout d'un coup. Emmi essaie de les essuyer, mais elles coulent trop vite.

Chut… Elle me caresse le visage. Chut. Faut pas qu'ils t'entendent. Faut pas qu'ils t'entendent pleurer.

Elle me met le tissu contre la bouche.

Elle s'allonge près de moi sur le banc. Elle

enroule son petit bras maigre autour de moi et me serre fort. Ça va aller, Saba, elle dit. T'inquiète pas.

Je pleure encore plus fort. Je sanglote dans le tissu, tout mon corps tremble.

Je pleure pour la fille avec le papillon sur la joue.

Je pleure pour Emmi. Pour Pa. Pour Lugh. Pour moi.

Pour ce qu'on était.

Pour ce qu'on nous a pris.

Pour ce qui est perdu à jamais.

HOPETOWN,
UN MOIS PLUS TARD

*

On m'appelle l'Ange de la Mort.

Parce que j'ai jamais perdu un combat. Chaque fois qu'on me conduit dans la Cage, je laisse la colère rouge monter, et puis je me bats jusqu'à gagner.

Si c'est la troisième fois que la pauvre fille perd son combat, je lui tourne le dos pour pas la voir se faire lyncher. Mais j'entends quand même les aboiements de la foule prise par le chaal, qui se rapproche de sa proie comme une meute.

Je me bouche les oreilles. Je m'interdis d'y penser. Je dois rester en vie. Je dois sortir d'ici et retrouver Lugh. Il attend que je vienne le chercher. Je le sais. Ils le gardent peut-être même ici, à Hopetown.

Hopetown. Un trou à rats, comme l'a dit Mercy. Tous les vauriens nés sur un tas de fumier atterrissent ici.

Et puis, il y a les Tontons. Ils sont partout, comme Mercy avait dit aussi.

Ce sont les gardes du corps du Maître de la Cage, qui assiste aux combats depuis son confortable balcon. Ils contrôlent les portes de Hopetown, ils vérifient qui entre et sort de la ville. Ils ont des miradors, un à chaque coin de la palissade. Ils sont responsables des gardes armés qui surveillent la foule du Colisée et ils patrouillent dans les rues. Ils s'occupent aussi des minables qui gardent la prison – il y a le bâtiment des hommes et celui des femmes – et la cour d'exercice.

Le Tonton responsable de tout ça, c'est DeMalo. On raconte qu'il obéit au Maître de la Cage mais, de ce que j'ai vu le premier jour, il obéit qu'à lui-même. De temps en temps, il apparaît sur le balcon du Maître de la Cage pendant un combat. Je l'ai jamais revu de près. Et j'espère jamais le revoir.

Tous ces gardiens dans les miradors, les cellules verrouillées et les chaînes qui m'entravent… rien de tout ça m'empêchera de m'évader.

La première fois, j'ai attendu la nuit puis j'ai crocheté la serrure de ma cellule avec un clou rouillé que j'avais trouvé dans un coin de la cour d'exercice. J'ai été surprise en train de prendre ses clefs au gardien pendant qu'il faisait la sieste.

La deuxième fois, je revenais du Colisée quand j'ai donné un coup de poing à la figure du gardien et que je suis partie en courant.

Chaque fois, ils m'ont mise au trou pour essayer de me casser le moral. C'est ce qu'ils font avec les rebelles. Mais c'est pas quelques heures enfermée dans une caisse en métal sous terre qui vont m'ôter l'envie de m'évader, et ils le savent.

Alors maintenant, ils m'enchaînent à ma couchette dès que je suis dans ma cellule, ils me mettent dans une cage de transport pour aller du

Colisée à la prison. Et ils me fouillent à chaque fois.

Mais ils me font pas de mal. Ils lèvent jamais la main sur moi. Je me bats pas plus de deux fois par semaine. L'Ange de la Mort attire beaucoup de monde. Je suis la meilleure chose qu'est arrivée à Hopetown depuis longtemps. Ils veulent être sûrs que je dure un bon moment.

Je sais pas quel marché les Pinch ont passé avec le Maître de la Cage, mais ils doivent être riches, maintenant. Des fois, je vois Miz Pinch sur le balcon, elle vient assister à mes combats, mais sinon, j'ai plus jamais affaire à eux.

J'ai pas non plus revu Emmi. Je supporte mal de pas savoir comment elle va, mais j'ai aucun moyen de lui passer un message. Tout ce que je peux faire, c'est espérer qu'elle trouvera comment m'en envoyer un. Et qu'elle réussit à se tenir à l'écart du poing de Miz Pinch.

Je suis bien nourrie. J'ai ma cellule à moi avec une couchette et une couverture. Les autres filles sont gardées toutes ensemble dans une grande cellule, elles dorment par terre sur le sol glacé, la nuit.

Même le chef, Mad Dog, garde ses distances avec moi. On l'appelle Mad Dog parce que, certains jours, il est tellement bourré de chaal qu'il est capable de tout. Il est comme un chien devenu fou. Il est méchant avec les gardiens, avec les filles. Mais pas avec moi. Il ose pas me toucher.

Je mange ce qu'on me donne, je me bats quand on me le demande, et je cherche un moyen de m'évader. Je saisirai n'importe quelle chance. Un gardien qui regarde pas ; une porte laissée ouverte au bon moment. N'importe quoi. Ils peuvent me mettre au trou s'ils veulent. Il suffira d'une fois.

Au cœur de la nuit, je reste assise ou je marche dans ma cellule. Je dors pas plus d'une heure ou deux. Dès que je ferme les yeux, les ténèbres m'envahissent. Elles surgissent et m'enveloppent dans leurs bras froids. Elles se glissent dans mon sang, dans mes os, dans mon âme. Et elles brisent tout espoir.

Si je les laisse faire, je sortirai jamais d'ici. Je resterai en prison et je me battrai dans la Cage jusqu'à ce que je commence à perdre. J'y resterai jusqu'à ce que je meure lynchée.

J'ai si peur qu'au bout d'un moment les ténèbres deviennent plus fortes que la colère rouge.

Dès que je ferme les yeux, elles apparaissent.

Les ténèbres surgissent.

Les ténèbres et les rêves.

*

Je suis au Colisée.

Tout est silencieux. Vide. Noir. C'est le cœur de la nuit.

Je suis dans la Cage, pieds nus, avec des vêtements en haillons. Je secoue la porte, mais elle est verrouillée. Je suis prisonnière.

Je sens un souffle sur ma nuque. Je me retourne lentement.

Elles sont toutes là. Toutes les filles que j'ai battues. Toutes les filles que j'ai envoyées au lynchage. Enfermées dans la Cage avec moi. Elles ne sont plus que des ombres, je vois pas leur visage, mais je les connais. Chacune d'elles. La couleur de leurs yeux, la forme de leur nez, l'odeur de la peur sur leur peau.

Elles se mettent en marche, elles glissent vers moi sans un bruit.

Pardonnez-moi. Je le murmure, je le dis, je le hurle. Pardonnez-moi, pardonnez-moi, pardonnez-moi. Mais aucun son ne sort de ma gorge.

Elles sont sur moi maintenant. Elles me poussent par terre.

*

L'obscurité est épaisse comme une couverture.

Des voix. Des murmures. Des marmonnements. Des soupirs. Si lointains que je ne comprends pas les mots. Puis, Saba ! À l'aide !

La voix de Lugh. Sa voix de petit garçon. À l'âge d'Emmi.

Lugh ! j'appelle. Je suis là ! Je te cherche ! Où tu es ?

Je sais pas ! Dépêche-toi, Saba ! Il fait si noir ! Je… j'ai peur.

Il fond en larmes.

Tout va bien, Lugh ! j'appelle. Je vais te retrouver ! Continue à parler !

Je peux pas ! Je peux pas, Saba, ils arrivent !

Il hurle.

Lugh ! je crie, Lugh !

Silence.

Puis à nouveau les voix. Plus près maintenant, si bien que j'entends ce qu'elles disent.

Trop tard… Trop tard… Trop tard…

Non, je gémis. Non ! Je vous en supplie ! Lugh ! Je suis là ! J'arrive !

Je me réveille. Je suis trempée de sueur. Je m'assieds, le cœur battant.

J'attends. Il me faut toujours quelques minutes pour reprendre mon souffle. Ma couverture est entortillée autour de la chaîne à ma cheville droite.

Chaque nuit, je rêve de Lugh. Mais je le vois jamais. Je fais que l'entendre. Des fois, il a peur et il m'appelle, comme ce soir. D'autres fois, il est en colère et il crie.

Saba, t'es où ? Pourquoi tu mets tout ce temps ?

Mais le pire rêve, c'est celui où il me dit mes propres mots.

Je te retrouverai. Où qu'ils t'emmènent, je te jure que je te retrouverai.

Ça continue jusqu'à mon réveil.

Certaines nuits, je me rendors, d'autres j'attends que l'aube envahisse ma cellule. Je roule ma couverture en boule sous ma tête, je reste couchée et j'attends le jour.

Un mauvais rêve ? on me murmure depuis la cellule voisine, celle où ils mettent toutes les lutteuses ensemble.

Je réponds pas. J'aime pas parler aux filles que j'ai combattues ou que je vais combattre. Et aucune parle à l'Ange de la Mort. Elles ont peur de moi. C'est mieux comme ça. Je connais leurs voix à toutes, mais pas celle-là, ça doit être une nouvelle. Une voix douce et grave. Une jolie voix.

Je t'ai entendue la nuit dernière, elle dit. Et la nuit d'avant encore. Depuis que je suis arrivée.

Maintenant, je vois qui c'est. Ils ont amené une fille il y a trois jours. Grande et mince. L'air un peu malade. Quelques années de plus que moi, peut-être vingt ans. Elle a perdu son premier combat aujourd'hui.

Si elle m'entend, ça veut dire que les autres peuvent m'entendre aussi. C'est dangereux de montrer ses faiblesses à ses adversaires. La faiblesse, ça peut vous tuer, car c'est comme si on voyait dans votre tête.

Elle dit, T'inquiète pas. Personne d'autre sait, à part moi. Je dors pas beaucoup.

Je l'entends près des barreaux. Je peux pas la voir, même pas sa silhouette dans le noir. Les cellules ont pas de fenêtres. Elles sont éclairées par des torches la journée et, quand la nuit tombe, il y fait noir comme dans un four.

T'as perdu aujourd'hui, je dis. J'ai entendu les autres filles en parler. Elles disent que t'as même pas essayé de te battre.

Je suis pas une lutteuse, je suis pas comme toi. Plus vite je perds, plus vite c'est fini.

Tu veux mourir ? je demande.

Je veux être libre, elle répond, j'ai jamais été libre de toute ma vie.

Elle se tait pendant quelques secondes. Puis elle reprend, Ça te dérange qu'on t'appelle l'Ange de la Mort ?

Non.

Les autres ont peur de toi. Elles savent que si elles se battent contre toi, c'est fini pour elles.

Je dis rien.

Je m'appelle Helen, elle m'annonce.

Et moi Saba.

Saba. C'est un joli nom.

Je tire ma couverture sur moi et je m'allonge.

Bonne nuit, Saba, elle dit. Fais de beaux rêves.

Bonne nuit, Helen.
Et je m'endors.

*

Emmi a trouvé un moyen de se glisser dans la prison. Elle vient avec les porteurs d'eau, les pauvres gamins qui débarquent chaque matin juste avant l'aube. Ils arrivent avec leur seau d'eau qu'ils versent dans l'auge le long des cellules. Emmi les accompagne, puis elle revient à temps pour ses corvées du matin avant que les Pinch se réveillent.

C'est Emmi qui me raconte ce qui se passe à Hopetown, elle m'explique comment ça marche et aussi la géographie de la ville.

Elle s'est endurcie, ça c'est sûr. On a du mal à reconnaître la petite fille de Silverlake. Deux fois, elle est arrivée avec une lèvre ouverte ou un bleu qui me font serrer les poings mais, le plus souvent, elle réussit à éviter Miz Pinch.

Emmi. Toute seule dans un trou à rats comme ça. Mais elle se débrouille bien.

*

Ça fait quatre soirs qu'Helen m'a parlé pour la première fois. Elle et moi, on discute un peu chaque soir maintenant. J'ai jamais beaucoup parlé, sauf à Lugh, et depuis que je suis là, je parle encore moins.

Mais j'aime bien Helen. C'est à peu près la seule personne autour de moi qu'est pas folle. Et qui a pas peur de moi. Elle dit qu'elle vivra pas assez longtemps pour me rencontrer dans la Cage, donc pas de soucis, autant être amies.

On attend que les autres filles soient endormies et que les gardiens aient fait leur dernière ronde. Puis ils vont attendre la relève de l'aube dehors, donc une fois que la porte est refermée et la barre de fer en place, on est tranquilles.

Je quitte ma couchette. La chaîne à ma jambe est assez longue pour que je m'asseye près d'elle sur le sol froid, contre les barreaux. La chaleur de son corps me rappelle quand Lugh et moi, on était assis dos à dos, comment je sentais les battements de son cœur, son souffle.

Helen a perdu son deuxième combat aujourd'hui. C'est pas elle qui me l'a dit, mais j'ai entendu les filles en parler. On sait toutes les deux qu'il lui reste plus beaucoup de temps à vivre.

Elle me demande ce qui est arrivé à mon frère.

Je lui raconte ce qui s'est passé le jour où les Tontons sont venus, ont tué Pa et ont emmené Lugh. C'est un vrai soulagement de parler de lui alors qu'il est uniquement dans ma tête depuis si longtemps. Quand j'en arrive au moment où ils demandent si Lugh est né au solstice d'hiver, je sens qu'elle réfléchit.

Attends. Le solstice d'hiver. Tu te souviens de ce qu'ils ont dit ? De leurs mots exacts ?

J'ai même pas besoin de les chercher. Ces mots sont marqués au fer rouge dans ma mémoire. Le type a demandé à Procter John, c'est lui ? Le garçon blond ? Le garçon né pendant le solstice d'hiver ? Procter John a répondu oui, et le Tonton a demandé à Lugh quel âge il avait. Lugh a dit dix-huit, et il lui a redemandé, tu es né au solstice d'hiver ? Lugh a dit oui, et ils l'ont emmené.

Comme s'ils étaient venus le chercher, affirme Helen. Et qu'ils savaient qu'ils le trouveraient à Silverlake.

Je suis surprise qu'elle dise ça.

C'est ça, je dis. C'est exactement ça.

Il y a autre chose ?

Non, c'est tout. Ah, si. Mercy a dit qu'il y avait un étranger à la naissance de Lugh.

Qui ça ? Tu connais son nom ?

Oui. Trask. Mercy dit qu'il se faisait appeler Trask. Elle dit qu'il était tout excité par la naissance de Lugh, il arrêtait pas de dire qu'un garçon né au solstice d'hiver, c'est formidable. Il arrêtait pas de le répéter, personne savait pourquoi et puis… il a disparu. On l'a jamais revu.

Ça m'étonne pas, dit Helen.

Mon cœur tambourine contre mes côtes. Je tends le bras à travers les barreaux. Je trouve sa main et je la serre fort dans la mienne.

Helen, tu sais quelque chose. Dis-le-moi.

Non, je veux pas.

Dis-le, vite.

Saba, John Trask était mon père.

*

J'aurais aimé voir son visage. La regarder droit dans les yeux pour savoir si elle disait vrai. Je lui serre fort la main.

Me mens pas, je supplie.

Je te jure que c'est la vérité. Saba, ton frère

est en danger. C'est bien les Tontons qui l'ont emmené.

Il est à Hopetown ?

Je pense pas. Je pense qu'ils l'ont emmené dans un endroit qui s'appelle Freedom Fields.

Où c'est ?

Au nord d'ici. Loin dans les Black Mountains. C'est difficile d'accès. C'est bien caché.

Freedom Fields. Lugh est à Freedom Fields. Qu'est-ce que tu sais d'autre ?

Écoute, Saba. S'il est à Freedom Fields, ça veut dire qu'il est prisonnier du roi.

Le roi ? Jamais entendu parler.

Hopetown lui appartient. Hopetown et les terres autour, aussi loin que tu peux aller. DeMalo est son bras droit.

Et le Maître de la Cage ?

Il leur obéit. Il y a le roi, DeMalo, et les Tontons qui sont comme... son armée personnelle. C'est de lui que tu dois avoir peur.

Quoi d'autre ? Tu dois tout me dire.

Le roi a la tête qui tourne pas très rond. Les autres non plus. Ils croient à des choses bizarres. Mon père y croyait, lui aussi.

Ton père, John Trask.

Oui. Il était comme eux. Un Tonton, un espion du roi. Il est mort maintenant, mais c'était lui ce jour-là à Silverlake, sans aucun doute. J'avais beau être petite, je me souviens qu'à son retour à Freedom Fields, tout le monde était excité quand il a dit qu'il avait trouvé le garçon.

Trouvé quel garçon ?

Elle se tait.

Helen !

Je peux pas te le dire, elle murmure.

Tu dois me le dire. Je t'en supplie, Helen.

Il a dit qu'il avait trouvé le garçon. Le garçon qui doit être sacrifié au solstice d'été. Sacrifié pour que le roi vive.

*

Mon ventre se serre. Ma respiration se fait courte.

Je… je comprends pas, je dis. Qu'est-ce que ça veut dire, sacrifié pour que le roi vive ?

Elle se met à parler à toute vitesse. Tout bas, pour que personne entende.

C'est le chaal, Saba. Tu as bien vu, ici, tout le monde chique ou fume du chaal. Mad Dog, les gardiens, les gens qui viennent nous voir nous battre. Mais une seule personne contrôle le chaal. Il le fait pousser, il le récolte, et il le vend.

Le roi, je dis.

Parce qu'il y a qu'un seul endroit avec les bonnes conditions climatiques. Il faut la bonne terre, la bonne lumière et la bonne quantité de pluie.

Freedom Fields, je dis. Dans les Black Mountains.

Les Tontons font des prisonniers, et ils les emmènent à Freedom Fields pour servir d'esclaves, pour travailler dans les champs.

Et ils les contrôlent avec le chaal.

Tu commences à comprendre.

Donc l'homme qui contrôle le chaal, il contrôle tout le monde. Il est tout puissant, je dis.

C'est le roi.

Mais… Quel est le rapport avec Lugh ?

Tous les six ans, le soir du solstice d'été, ils sacrifient un garçon. Ils le tuent. Et ce garçon peut pas juste être un garçon. Il doit avoir dix-huit ans et il doit être né au solstice d'hiver.

Le duvet sur ma nuque se hérisse.

Lugh, je dis.

Le roi croit que quand le garçon meurt, il récupère son esprit et sa force. Et que son pouvoir est renouvelé pour six ans.

Mais c'est… n'importe quoi, je m'exclame.

Je te l'ai dit, ça tourne pas rond dans la tête du roi. Mais il y croit. Et puisqu'il y croit, les autres aussi. C'est le chaal, Saba. Une petite quantité suffit à rendre les gens idiots et dociles. Trop de chaal, et ils deviennent des bêtes sauvages, comme le public dans le Colisée quand un lutteur est lynché. Comme Mad Dog. Quand on commence le chaal, on peut plus s'arrêter. On veut plus s'arrêter.

Mais ce sacrifice, je reprends. J'arrive pas à y croire.

Je sais que ça semble bizarre, mais c'est vrai. Je l'ai vu. L'été prochain, ça fera six ans depuis le dernier sacrifice. Ton frère a dix-huit ans. Il est né au solstice d'hiver. C'est son tour.

Et c'est à cause de ton père qu'ils savent pour Lugh, je dis.

Oui, il leur a parlé de Lugh. Ensuite, ils ont surveillé ton frère pour être sûrs qu'il lui arrive rien.

Notre voisin. Procter John. C'est ça qu'il voulait dire, quand il a répondu, je le surveille depuis tout ce temps.

Lui en veux pas, Saba. Ils l'ont forcé.

Mais pourquoi ils ont pas pris Lugh à la naissance ? Ou plus tard ? Pourquoi ils ont attendu jusqu'à maintenant ?

Parce qu'ils avaient besoin que le garçon ait un esprit fort. Qu'il vive avec sa famille, en liberté.

Lugh est aussi fort qu'ils peuvent l'espérer, je murmure.

Plus il est fort à sa mort, plus fort deviendra le roi. Écoute, Saba, il reste moins d'un mois avant le solstice d'été. Si tu veux sauver ton frère, tu dois vite trouver un moyen de sortir d'ici. Tu dois…

La porte de la prison s'ouvre, et Mad Dog, le chef, entre. Il fait tournoyer une longue baguette entre ses mains. Il est ivre de chaal, énervé et il a les yeux brillants. Il rit tout seul. Les gardiens éclairent son passage avec des torches.

Comment vont mes filles, ce soir ? lance Mad Dog.

Les lutteuses de la grande cellule se réveillent aussitôt et vont se tapir dans l'ombre pour qu'il puisse pas les attraper. J'étais de retour à ma couchette un instant après que la porte s'est ouverte.

Il passe la baguette le long des barreaux.

Debout, il crie. Papa a envie de jouer.

Helen, je dis, file !

Mais, pétrifiée de peur, Helen reste recroquevillée près des barreaux où on était en train de parler.

Mad Dog l'a vue.

Qu'est-ce que tu fais ici ? Il passe la baguette entre les barreaux et la pique avec. Dégage, espèce de vermine !

Elle se recroqueville encore plus.

Laissez-la tranquille, je proteste.
Oh ! il s'exclame.
Il s'avance le long de ma cellule et me lorgne.
Si c'était pas l'Ange de la Mort…
Je le dévisage. Pour bien lui montrer à quel point je le hais.
Tu te prends pour qui ? il lance. Si ça dépendait que de Mad Dog, tu serais en train de prendre une raclée que t'oublierais jamais. Mais ce jour viendra. Et ce jour-là, tu me supplieras. T'es l'attraction de Hopetown en ce moment, et Mad Dog veut pas avoir de problèmes. Mais je m'ennuie. Je veux m'amuser un peu.
Il désigne Helen.
Amenez-moi cette vermine, il ordonne.
Il agite la tête pendant que les gardiens ouvrent la grande cage et s'avancent au milieu des filles. Ils tordent le bras d'Helen derrière son dos et la traînent.
Helen ! je hurle. Laissez-la tranquille !
Mad Dog tire une chaise jusqu'au milieu de la cellule et s'y assied à l'envers. Ses yeux pétillent d'excitation, il commence à frétiller. Ses doigts, ses épaules, ses pieds s'agitent. Les ennuis approchent.
Voyons, il dit. Et si tu me chantais une chanson ?
Je connais pas de chanson, répond Helen d'une voix grave.
Elle connaît pas de chanson. Mad Dog regarde autour de lui, l'air étonné. Tu sais danser, alors ? Fais-moi une petite danse, vermine. Vas-y, qu'est-ce que tu attends ? Danse.
Helen bouge pas.
J'ai dit, Danse !
Laissez-la tranquille, je m'écrie.

Tais-toi, toi ! Je dois tout faire moi-même ici ou quoi ?

Il jette sa chaise contre le mur, où elle se brise en petits morceaux. Et Mad Dog se met à danser. Il fait tourner sa baguette, il la lance en l'air, il danse autour.

Tu vois ? il hurle. Regarde comme c'est facile ! Je danse ! Allez, tout le monde danse ! Allez !

Helen bouge toujours pas, elle a les bras le long du corps, elle le regarde.

Tout à coup, il s'arrête. Qu'est-ce que tu regardes, vermine ? Je te demande ce que tu regardes !

Il hurle à pleins poumons, les veines de son cou saillent. Il l'attrape par le bras et la traîne vers la porte. Elle hurle.

Helen ! j'appelle. Lâche-la, espèce de salaud !

Je bondis vers les barreaux de ma cellule, oubliant que je suis enchaînée à ma couchette, et la couchette fixée au sol. J'atterris face contre terre, mais je me relève aussitôt.

Mad Dog jette Helen aux deux gardiens.

Emmenez-la dehors, il ordonne.

Ils la prennent par les bras et la poussent vers la sortie.

Helen ! je crie. Helen ! Non !

Mad Dog déverrouille la porte de ma cellule. Je me tapis sur ma couchette et je lui donne des coups de pied alors qu'il détache mes chaînes. Il m'attrape par le bras, me force à me lever et à sortir de ma cellule. Il ouvre la trappe en métal dans le sol de la prison et me jette dedans.

Dors bien, l'Ange, il lance.

Puis il me crache dessus. Il referme la trappe.

Je suis au trou. Dans les ténèbres. Plus noires que noir.

Je sais que je reverrai plus jamais Helen.

*

Les filles de la grande cellule disent rien. Déjà, elles parlent pas beaucoup entre elles, et à moi encore moins. Elles me reprochent la mort d'Helen.

Elles ont pas tort. Moi aussi, je m'en veux. Si elle m'avait pas parlé, si j'avais pas eu tant besoin d'apprendre des choses sur Lugh, on aurait fait plus attention. On n'aurait pas parlé si longtemps. On aurait entendu les gardiens et Mad Dog arriver. Et Helen serait peut-être encore en vie.

Mais pas pour longtemps. Car il lui restait pas beaucoup de temps à vivre. Tout le monde le savait. Elle attendait juste de perdre son troisième combat. Elle attendait juste de mourir par lynchage.

J'ai vu ce qui restait d'une personne après le lynchage. Au moins, Helen a échappé à ça.

Elle est libre, maintenant. Comme elle voulait. Mais elle pèse lourd sur mon cœur.

Quand je pense pas à Helen, je cherche un moyen de sortir d'ici. Le jour du solstice d'été, elle m'a dit. Je dois trouver un endroit qui s'appelle Freedom Fields dans les Black Mountains avant le solstice d'été. C'est dans trois semaines.

Alors je guette. Et j'attends.

Ma chance va bientôt venir. Je le sais. J'ai pas le choix.

Pas le choix.

*

Je suis dans la Cage. Je regarde la foule. Les spectateurs sautent sur place en rugissant. Je suis le plus grand attrait que Hopetown ait jamais connu. Ils se précipitent pour me voir me battre.

Je lève les yeux. Nero est là, comme toujours. Perché au sommet de la tour de lumière. Qui a bien sûr jamais éclairé depuis la fin des Destructeurs. Maintenant, elle sert juste aux gens qui s'y mettent pour voir le combat. La tour de lumière, c'est les places les moins chères.

Sauf que personne y va quand je suis dans la Cage. Quand Nero est perché dessus. Tout le monde a peur de lui. Ils croient tous que les corbeaux, ça porte malheur. Que ça annonce la fin du monde. Ils croient que je tiens mon pouvoir de lui.

Je le regarde. Il attend toujours que je gagne, puis il s'envole. Il a fait ça depuis mon premier combat.

Mais mon pouvoir vient pas de Nero. Il vient de la colère rouge. C'est elle qui me fait gagner.

Il y a une fille assise au premier rang aujourd'hui. Grande, la peau dorée, de jolies taches de rousseur, un nez fier.

Elle est pas comme les gens qui viennent au Colisée. Certains le remarqueraient peut-être pas mais, dès que je la vois, je sais tout de suite que c'est une guerrière. Ça se voit. Elle a les yeux partout, elle remarque des choses que les autres voient pas.

Et puis, elle achète rien à l'homme qui vend du chaal. Contrairement à tous ceux qui viennent voir les combats. Les trois filles qui l'accompagnent font comme elle.

Et même, elles le bousculent, son panier se renverse et elles écrasent les feuilles de chaal sous leurs pieds pour qu'elles soient inutilisables. Quand un gardien armé arrive, elles font comme si elles y étaient pour rien.

Elle voit que je la regarde, que je remarque son petit manège. Elle hausse un sourcil comme pour dire, Qu'est-ce que ça peut te faire ?

La porte de la Cage s'ouvre, et mon adversaire entre sous les huées et les moqueries. C'est une fille à la peau mate et à l'air dur qui s'appelle Epona. Elle est arrivée il y a quelques jours. Je me suis jamais battue contre elle, mais il paraît qu'elle est mauvaise. Dans la Cage, tous les coups sont permis. Se donner des coups de pied, des coups de poing, s'étrangler, se tordre les bras et les jambes, sauf les morsures ou se crever les yeux. J'ai entendu dire qu'elle tentera les deux si les gardiens voient pas bien. Je dois me tenir sur mes gardes.

J'oublie la fille au premier rang. Je me vide la tête pour que la colère rouge puisse s'installer. Je dois faire comme ça si je veux survivre.

Le gardien frappe le gong et le combat commence.

*

Epona me plaque au sol et m'étrangle. Alors que je me débats pour me libérer, je lève les yeux et je vois la fille du premier rang qui me dévisage. Nos regards se croisent.

Elle essaie de me dire quelque chose, mais quoi ? Qu'est-ce que c'est ?

Ma concentration faiblit. Epona prend l'avantage. Elle me déplace sur le sol, hors de la vue du gardien, et elle me mord la main.

Je rugis de rage. La colère rouge surgit et je reviens dans le combat de toutes mes forces. Je repousse Epona. Je la plaque au sol en lui tordant une jambe et un bras. Je tords plus fort. Et encore plus fort.

Arrête ! elle crie. Arrête !

Première défaite d'Epona. Elle me lance un regard de haine alors qu'on l'emmène hors de la Cage.

Je regarde le premier rang. La fille et ses amies sont parties.

La salope. Elle a failli me faire perdre mon combat.

*

Je suis dans la cage de transport sur un chariot tiré par une mule, je traverse Hopetown pour retourner à la prison. Deux gardiens en armes sont assis devant et, comme d'habitude, la foule se presse autour du chariot. Tout le monde veut voir l'Ange de la Mort de près. Les plus courageux passent le bras à travers les barreaux et essaient de me toucher pour ensuite s'en vanter auprès de leurs amis. Je fais claquer mes dents, et ils reculent en criant d'excitation.

La guerrière se fraye un chemin jusqu'à la Cage. Elle est enveloppée dans sa cape, mais je vois qu'elle a des cheveux bouclés couleur cuivre et des yeux aussi verts que la mousse des bois. C'est la plus belle fille que j'ai jamais vue.

T'as failli me faire perdre mon combat, je lui lance.

Je suis désolée que tu aies gagné. C'est une fille à moi que t'as battue.

Epona ? Qu'est-ce que tu veux dire, une fille à toi ? Qui tu es ?

Maev, elle dit en marchant le long du chariot. Chef des Aigles Libres.

J'observe la foule autour du chariot. Il y a les trois filles à l'air dur qui étaient assises à côté d'elle dans le Colisée.

Regarde encore, elle me dit.

Je scrute les gens à travers les barreaux de ma cage. Je vois une autre fille avec une cape. Elle la soulève rapidement pour me montrer l'arc à son flanc. Elles ont réussi à faire passer des armes sous le nez des gardiens de Hopetown. Alors que j'observe encore la foule, une autre fille me fait un signe de tête.

Donc Epona est une Aigle Libre, je dis.

Oui, répond Maev. Et on va la sortir d'ici.

Mon cœur manque de s'arrêter. Comment ? je demande.

Je cherche une solution, elle dit. Il y a beaucoup de gardiens. Mais, en attendant, j'apprécierais que tu laisses ma guerrière en vie.

Les Aigles Libres sont donc des guerrières, je reprends.

Oui. Comme toi. Et parfois aussi des bandits de grand chemin.

Tu veux pas qu'Epona perde, je déclare.

En effet.

Mais moi non plus, je veux pas perdre. Les perdants se font lyncher.

C'est vrai.

Peut-être qu'on peut s'aider l'une l'autre, je propose.

Je pensais exactement la même chose, elle réplique.

Nos regards se croisent.

Comment je sais que je peux te faire confiance ? je demande.

Elle fait un signe de tête à deux filles juste à côté d'un gardien armé. Elles le coincent entre elles deux. Tout à coup, on voit un air de surprise sur son visage. Il s'effondre. Elles le rattrapent et l'emmènent dans un recoin sombre. Puis elles en ressortent et disparaissent dans la foule.

Faites pas ça trop souvent, je lui conseille. Où vous habitez ?

Dans le secteur nord-est, elle répond. Il y avait une cabane libre dans un endroit qui s'appelle Spanish Alley.

On reste en contact, je lance. Je t'enverrai ma sœur. Elle s'appelle Emmi.

Je l'attends, elle me dit.

Et elle disparaît.

*

J'ai pas vu Emmi depuis plusieurs jours maintenant. Depuis qu'Helen m'a parlé de Lugh. Et que j'ai parlé à Maev.

Chaque matin, quand les porteurs d'eau arrivent, juste avant l'aube, je me précipite pour voir si elle est avec eux. J'ai voulu questionner un petit garçon maigre aux yeux terrorisés, mais il est parti en courant à l'instant où j'ai ouvert la bouche.

Je commence à m'inquiéter. Il faut que je la voie. Que je m'assure qu'elle va bien. Et j'ai besoin de lui parler de Lugh, de Maev et des Aigles Libres. Et de mon plan.

La porte de la prison s'ouvre. La faible lueur de l'aube entre. Les gardiens allument les torches aux murs quand les porteurs d'eau arrivent et se mettent à vider leurs seaux dans les auges.

Cette fois, Emmi est là. Je pousse un soupir de soulagement alors qu'elle se dirige vers ma cellule en portant un lourd seau qu'elle tient avec précaution pour pas trop en renverser.

Personne regarde dans notre direction. Je me dirige vers l'auge, je m'agenouille et me mets à m'asperger le visage, le cou et les mains d'eau pendant qu'elle verse lentement le contenu de son seau.

Où t'étais ? Je commençais à m'inquiéter, je lui dis.

Je pouvais pas sortir, m'explique Emmi. Miz Pinch avait mal aux dents. Elle avait pas le même sommeil que d'habitude. Mais elle va mieux.

Tu vas bien ?

Oui. Mais toi, tu as une sale tête.

Je dors mal, moi aussi, je lui dis. Écoute, Em, j'ai découvert où ils ont emmené Lugh. Un endroit qui s'appelle Freedom Fields. Et j'ai rencontré quelqu'un qui va nous aider à partir d'ici.

Elle écarquille les yeux.

Vraiment ? Qui ?

Elle s'appelle Maev. Je vais avoir besoin que tu lui fasses passer un message.

D'accord. Je la trouve où ?

Elle habite dans une cabane de Spanish Alley. Secteur nord-est. Tu connais ?

Ouais, je crois.

Bon, voilà ce que tu…

Hé ! Toi, la fille ! crie un gardien en regardant dans notre direction.

Je dois filer, dit Emmi.

Reviens demain pour le message. C'est important.

Je serai là. Oh, elle fait. J'allais oublier !

Elle sort de sa poche quelque chose qu'elle me tend. Une pierre rose. La pierre que Miz Pinch m'avait volée.

Elle me fait un grand sourire.

Je l'ai prise pendant qu'elle regardait pas.

Merci, Em.

Je glisse la pierre sous ma tunique, près de mon cœur.

Hé, la fille ! Qu'est-ce qui te prend tout ce temps ?

Le gardien se dirige vers nous.

À demain, Saba.

Emmi ramasse son seau, baisse la tête, passe près du gardien et disparaît.

*

Le gardien me conduit, enchaînée au poignet et à la cheville, dans la cour d'exercice des femmes. Elles sont toutes là, elles sont toujours là pour la séance du soir.

Je dois parler à Epona. Lui parler de mon plan. Je jette rapidement un coup d'œil autour de moi. Elle est au milieu d'un groupe de filles.

L'Ange de la Mort parle à personne. C'est moi qui l'ai décidé. Alors, je peux pas m'approcher d'elle, ça attirerait trop l'attention. Je dois me montrer prudente.

Elle se tourne vers moi, et je croise son regard. Je fais un signe de tête pour lui dire de venir. Elle écarquille les yeux, mais elle acquiesce. Elle est intelligente. Elle va attendre le bon moment.

Les gardiens retirent mes chaînes pour que je puisse bouger. Les hommes sont dans leur cour d'exercice, près de la nôtre. Ils commencent à faire comme chaque fois qu'ils me voient. Ils s'entassent près du grillage en faisant des bruits de baiser et ils crient, Au secours ! C'est l'Ange de la Mort ! Sauvez-moi !

Avant, je les regardais, mais ça les excitait encore plus. Maintenant, je les ignore.

Il y en a un qui s'approche pas du grillage. Il est adossé dans un coin, une jambe croisée sur l'autre, il se cure les ongles avec un petit bout de bois comme si rien comptait pour lui.

Je l'ai encore jamais vu. Il est pas couvert de bosses comme les autres, donc il doit être nouveau. Il a même pas encore la tête rasée.

Il sent que je l'observe, et il arrête. Il lève la tête. Nos regards se croisent. Il jette son bout de bois, s'approche du grillage et y accroche ses mains.

Il dit pas un mot. Il promène lentement son regard sur moi. Les autres sifflent et huent. Je sens la chaleur envahir ma poitrine et mon cou jusqu'à mes joues. Je dois être écarlate. Puis il sourit. Un sourire de travers.

Je serre les poings. Le salopard. Il se prend pour qui ?

Alors je lui rends la pareille. Je croise les bras sur ma poitrine et je le détaille de haut en bas. Il a des cheveux bruns qui lui retombent sur les épaules, des yeux argentés et un visage tanné. Des pommettes hautes, un peu de barbe. Un nez tordu, comme s'il avait été cassé. Mince mais fort. Il sait comment s'entretenir.

Nos regards se croisent à nouveau.

Ça te plaît, ce que tu vois, l'Ange ? il demande.

Je m'approche du grillage. J'y accroche mes mains près des siennes. Je me penche. Il a des petites rides autour des yeux à force de les plisser. Ou peut-être de sourire. Il sent la poussière chaude et la sauge.

T'es pas mon genre, je lance.

Alors que je tourne les talons et que je m'éloigne, l'un des types crie, Elle t'a bien eu, Jack !

J'entends son rire.

Il s'appelle Jack.

La chaleur me consume. Une goutte de sueur perle sur ma poitrine. Ma main touche la pierre autour de mon cou. Chaude. Non, brûlante.

C'est étrange. Je regarde le ciel. Le soleil est en train de se coucher à l'ouest. La température devrait baisser.

Mais j'ai aussi chaud qu'à midi.

*

Epona s'approche peu à peu de moi pour qu'on la remarque pas. Puis elle s'arrête tout près. Elle s'accroupit et elle commence à dessiner dans la poussière avec le doigt.

Je fais mes exercices habituels. Je m'étire. Les bras, puis les jambes.

J'ai parlé à Maev, je murmure sans la regarder.

Je l'ai vue au Colisée aujourd'hui, elle dit.

Apparemment, on va essayer de sortir d'ici ensemble.

Ça me va. C'est quoi le plan ?

Vous êtes combien d'Aigles ?

Une quarantaine.

Maev peut les faire venir ?

Ouais. Mais elles passeront pas toutes la porte de la ville. Autant de filles, ça rend les Tontons méfiants, même par petits groupes.

Peut-être qu'ils seraient pas aussi méfiants si plein de monde essayait d'entrer en même temps.

C'est-à-dire ? elle demande.

Je retourne dans la Cage après-demain. Je dois me battre contre toi. Je vais perdre ce combat. Quand les gens entendront dire que l'Ange de la Mort a enfin perdu, ils se précipiteront à Hopetown. Les Tontons pourront plus surveiller toutes les allées et venues. Et ils prendront la plupart des gardiens de la prison pour aider à contrôler la foule.

Elle sourit. Un éclair de dents blanches, une fossette sur la joue. C'est une fille complètement différente, maintenant.

J'aime ta façon de penser, elle dit.

Je vais perdre trois fois contre toi. Puis j'irai au lynchage.

Elle émet un sifflement.

Mais j'ai pas l'intention de mourir. C'est là que les Aigles interviennent. Quand je m'avancerai dans la foule, les gens sur les côtés, ce seront des

Aigles Libres. Elles me mettront par terre, mais seulement pour m'aider à disparaître.

Je vois, dit Epona. Il faudra un petit moment pour que les gens comprennent que t'es partie, mais là... ça va être l'enfer. La foule va pas se laisser priver du sang de l'Ange.

Pendant ce temps, tu seras en train de t'échapper de la Cage et...

Elle regarde les autres lutteuses dans la cour.

Les Aigles vont toutes les libérer, elle dit. Puis on mettra le feu à Hopetown. Tu nous aideras, hein ? Tu connais cet endroit et les gardiens mieux que n'importe qui.

Bien sûr, j'affirme en la regardant droit dans les yeux.

Lugh dit qu'il faut toujours regarder dans les yeux quand on fait un mensonge.

*

Emmi a réussi à trouver Maev dans Spanish Alley et à lui expliquer mon plan.

Maev croit que ça va marcher. Elle a envoyé chercher toutes les Aigles et, dans quelques jours, elles seront prêtes.

Elle a dit à Emmi que juste après le faux lynchage, on foncera vers la prison où je les aiderai à libérer tous les lutteurs. Puis, quand on aura allumé des feux partout dans la ville, on se repliera vers le secteur nord-est, loin de la porte par où la foule voudra quitter la ville. Sauf nous. Les Aigles sont en train de creuser un trou dans la palissade pour qu'on s'échappe par là. L'une des Aigles amènera Emmi.

C'est parfait.

Mais… Pas vraiment. Je suis d'accord avec elles jusqu'au moment où les Aigles me libéreront. Après, j'ai d'autres projets pour Em et moi.

*

Je perds contre Epona.

Je fais comme si c'était vrai. Je joue le jeu. Je laisse mon pied droit glisser, et Epona me saute dessus comme un vautour sur une charogne. Une prise violente. Je chasse la colère rouge qui m'oblige à me défendre.

Dans le ciel bleu au-dessus du Colisée, Nero bat des ailes et croasse de terreur. J'aimerais pouvoir lui dire pourquoi je fais ça, mais c'est impossible.

Au début, les spectateurs y croient pas. On le voit sur leur figure. Pour eux, l'Ange de la Mort est invincible.

Mais dès qu'ils commencent à sentir l'odeur du sang, de mon sang, ils crient plus fort. Pour finir, ils se moquent de savoir à qui appartient le sang, du moment qu'ils en voient.

Maev est au premier rang. Alors que je suis couchée par terre, nos regards se croisent. Un combat de perdu. Plus que deux.

*

Je suis revenue à la prison depuis à peine quelques minutes que la porte s'ouvre.

Un cri.

Laissez place au roi ! Écartez-vous !

Mes entrailles se tordent. J'ai la bouche sèche. Je m'approche de la porte de ma cellule. Et je me presse contre les barreaux pour mieux voir.

Douze Tontons avec des torches accourent et repoussent les gardiens. Puis eux-mêmes s'alignent le long des cellules. Ils tendent leur torche pour éclairer le passage.

Un homme apparaît dans l'embrasure.

J'en reviens pas. C'est l'homme du livre de Rooster Pinch. Il a une canne comme sur le dessin. D'épais cheveux noirs frisés entassés sur la tête et qui retombent sur ses épaules. Une peau de bête qui traîne par terre derrière lui. Une chemise avec un col et des manches pleins de dentelles. Un pantalon court bouffant qui laisse voir ses jambes. Des bas blancs. Des chaussures à hauts talons. Une épée au côté.

Il a le visage couvert de blanc. Et les lèvres peintes en rouge, comme les prostituées de Hopetown.

Comment Rooster l'avait-il appelé ? Louis croix Un V. Le Roi-Soleil de France. Mort depuis des centaines d'années. Donc, ça peut pas être lui. C'est quelqu'un qui lui ressemble.

Il s'avance le long des cellules, la tête haute. Il marche à pas minuscules, comme si ses chaussures étaient trop petites. Il tient un mouche-noir blanc devant son nez.

Les lutteuses de la grande cage font toutes comme moi, elles s'entassent contre les barreaux.

Les Tontons baissent la tête.

Votre Majesté, murmure chacun au moment où il passe.

Un homme le suit de près. DeMalo. Mon cœur se serre. Non, par pitié. Pas lui. Aussitôt, mon corps se tend.

Après DeMalo vient Miz Pinch. Qu'est-ce qu'elle fout ici ?

C'est un cauchemar qui est en train de se réaliser.

Tout à coup, je comprends. Ils vont droit vers moi. Je me tapis sur ma couchette. Je sens la pierre froide du mur à travers ma tunique peu épaisse.

Le roi est devant moi. Celui qui détient Lugh. Peut-être qu'il vient me chercher. Peut-être qu'ils ont attrapé Maev. Que quelqu'un a découvert notre plan.

Dis pas un mot. Montre rien. Regarde pas DeMalo.

Le roi s'arrête juste devant ma cellule. DeMalo est derrière lui, dans l'ombre. Mon cœur cogne si fort contre mes côtes qu'ils doivent l'entendre.

Miz Pinch bouscule DeMalo pour passer. Elle attrape les barreaux de ma cellule et les secoue. Je pense qu'elle aimerait que ça soit mon cou.

Qu'est-ce que c'est que ça ? elle crie. Qu'est-ce que t'as fait ?

Je réponds pas. Je garde la tête baissée.

T'as fait exprès de perdre ce combat ! elle crache. T'as peut-être réussi à tromper ces crétins bourrés de chaal, mais pas moi ! Tu l'as perdu, et je sais pourquoi !

Calme-toi, femme.

Le roi parle comme s'il avait de la terre humide dans la bouche.

Un tremblement parcourt ma colonne vertébrale.

Je la connais, mon fils, dit Miz Pinch. Vicar, je la connais ! Elle…

Il lève un bras et la frappe au visage avec sa canne.

Elle crie, titube et se raccroche aux barreaux pour éviter de tomber. Elle s'accroupit, les lèvres entrouvertes. Elle a l'air vieille. Effrayée.

Miz Pinch est sa mère. La mère du roi. Vicar Pinch. Tout prend sens. Le dessin dans le livre de Rooster. La tête de Vicar. Pourquoi Rooster Pinch a menti quand je lui ai demandé s'il avait des enfants.

Comment s'adresse-t-on à son roi ? hurle Vicar Pinch.

Elle répond pas. Elle reste accroupie par terre.

Puis il répète en postillonnant, Comment s'adresse-t-on à son roi ?

Votre… Votre Majesté, elle dit. Je m'adresse à mon roi en disant Votre Majesté.

Si tu oublies à nouveau, je devrai te faire mettre à mort. Tu as entendu ?

Elle hoche la tête, attrape un bout de son habit et l'embrasse.

Oui, murmure-t-elle. Tout ce que je veux c'est… plaire à Votre Majesté. C'est mon seul souhait.

Il chasse sa main. Ne t'avise pas de toucher ton roi ! Maintenant, que disais-tu de cette fille ?

Votre Majesté, j'ai simplement dit que… je la connais, Votre Majesté. Elle est pas comme les autres. Elle a un esprit trop fort pour se laisser battre. Elle a perdu aujourd'hui parce qu'elle le voulait. C'est une maligne. Elle manigance quelque chose.

Miz Pinch me lance un regard de haine.

Ça suffit ! Il agite son mouche-noir et elle se réfugie dans un coin sombre de la prison. Le roi va parler, dit Vicar Pinch. À cet… à l'Ange de la Mort.

DeMalo s'avance vers la cellule.

Viens ici, ma fille, il dit. Sa Majesté souhaite te parler.

C'est la première fois que j'entends sa voix. Elle est profonde. Sombre. Exactement comme je m'y attendais.

Viens ici, il répète.

Je me mets debout très lentement. Je fais quelques pas. Je m'arrête.

Plus près, dit DeMalo.

Je m'avance. Et j'atteins les barreaux. Je suis tout près de lui. Je lève pas les yeux. Mais je le sens. La chaleur de son corps. Sa froideur.

Saba, je crois l'entendre murmurer.

Une étrange faiblesse s'empare de moi. Je chancelle dans sa direction. J'attrape les barreaux pour me retenir.

Puis il se retourne, il salue le roi et se retire dans l'ombre. A-t-il vraiment prononcé mon nom ? Non, j'ai dû rêver.

Pinch s'avance vers ma cellule. Il tend la main à travers les barreaux et il me saisit par le cou. Ses doigts musclés appuient sur ma trachée. Juste assez pour que ça soit difficile de respirer.

La femme a raison ? il demande. Tu as fait exprès de perdre ce combat ?

Non ! je réponds. Je ferais pas ça ! Je veux pas ça !

Ses doigts se resserrent. J'attrape son poignet.

Je me débats pour me libérer. Il est fort. J'aspire de l'air par le nez. Il a une odeur que j'ai jamais sentie. Aigre-douce et pourrie.

Ton roi a fait un long et difficile voyage pour te voir combattre, il déclare. Tu es la guerrière dont tout le monde parle, l'Ange de la Mort. Il serait immensément déçu de découvrir qu'il a été dupé.

Je vous décevrai pas !

C'est ta dernière chance ! Est-ce que tu mens ?

Non ! je halète. Perdre, ça veut dire mourir ! Tout le monde le sait !

En effet. Tu aurais fait exprès de perdre ? Pour quelle raison ferait-on ça ? Ça n'a pas de sens.

Tout à coup, il me lâche. Je tombe en cherchant à reprendre mon souffle et je me tiens la gorge à l'endroit où il a serré.

Tu as trop d'imagination, femme, il dit à Miz Pinch. Tu as eu du flair. Cette fille t'a rapporté une petite fortune. Tu devras te trouver une autre lutteuse quand celle-ci aura été envoyée au lynchage.

Vous avez raison, Votre Majesté, elle admet. Vous avez toujours raison, vous savez toujours ce qui est vrai. J'aurais pas dû vous importuner. Je suis désolée de vous avoir fait perdre votre temps, Votre Majesté.

Miz Pinch, un chien apeuré aux pieds de son maître.

Lentement, je me relève.

Attends !

Le roi m'attrape par le poignet. Me plaque contre les barreaux de la cellule. Il appuie un doigt glacé contre ma pommette. Juste à l'endroit de mon tatouage de naissance.

Il siffle.

Qu'est-ce que c'est que ça ?

C'est un… tatouage, je réponds.

Le roi le voit bien. Où as-tu eu ça ?

Je réfléchis à toute vitesse.

Là d'où je viens, tout le monde a le même, je mens.

Et c'est où ?

Vers l'Est.

L'Est. Parfait.

Il me dévisage longuement. Ses petits yeux morts ressemblent à ceux de sa mère. Il me lâche. Il recule et remet le mouche-noir devant son nez.

DeMalo, il annonce, le roi va quitter cet endroit pestilentiel.

Votre Majesté, dit DeMalo en inclinant la tête.

Mais je le vois. Son petit pincement de lèvres. L'éclair qui traverse son visage.

Il méprise Vicar Pinch.

Les Tontons saluent le roi quand il sort. Lorsqu'ils atteignent la porte, DeMalo laisse Pinch et sa mère passer en premier.

Puis il se retourne vers moi.

Ma respiration se bloque dans ma gorge. Je baisse la tête. Je dois pas croiser son regard. J'ose pas. Même dans l'obscurité de la cellule.

Je sens quand il est parti.

Quelque chose… cède en moi.

Et je peux à nouveau respirer.

*

L'Ange de la Mort descend dans l'arène.

Hopetown est bondée. La foule afflue pour

assister au combat et parier. Le Maître de la Cage accepte uniquement des objets des Destructeurs de première qualité comme gages : des pièces, des perles de verre, des anneaux en or, des chaînes en argent… On lui apporte ce qu'on a, et c'est lui qui décide de la valeur.

On dirait que ma mort vaut cher. Pour lui. Pour Miz Pinch. Et pour n'importe quelle personne de Hopetown avec un lit, même infesté de puces. Em m'a dit qu'on loue les lits non plus à la nuit mais à l'heure.

Pour l'instant, le Maître de la Cage nous a placées à cinquante-cinquante, Epona et moi.

Il est jamais venu me voir depuis le premier jour. Quand il m'a dit qu'il se moquait que je vive ou que je meure. C'est vrai. Pour lui, on se vaut toutes. Pour ceux qui viennent nous voir nous battre, on est toutes pareilles.

Alors que j'attends d'entrer dans la Cage, je lève les yeux vers le balcon du Maître de la Cage. Il est là, avec DeMalo et le roi.

Le roi est accoudé à la balustrade, il me regarde. Il est tout en rouge, aujourd'hui.

Mon tatouage de naissance l'a troublé. Ça confirme qu'Helen avait raison, qu'il retient Lugh prisonnier à Freedom Fields. Il a dû remarquer son tatouage, à lui aussi. Je peux juste espérer qu'il a cru à mon histoire.

Comme prévu, je perds le combat. C'est le deuxième. Plus qu'un.

Demain, c'est le grand jour.

*

Jack est là. Jambes croisées au niveau des chevilles, bras croisés sur la poitrine, adossé à un mur dans un coin de la cour d'exercice. Il m'observe.

Quand il voit que je le regarde, il s'écarte du mur et s'approche lentement du grillage. Sans que j'aie besoin de le leur demander, mes pieds se mettent en route et, tout à coup, je suis devant lui. Il a plus ses cheveux longs. Il a été rasé, comme nous tous.

L'Ange, il fait en souriant et en secouant la tête. Qu'est-ce que tu fabriques ?

Je vois pas de quoi tu parles.

T'as aucune raison de perdre tes combats, sauf si tu le veux.

Ses yeux couleur argent filent vers l'endroit où se trouve Epona, qui parle à d'autres filles.

Je t'ai vue parler à ton amie l'autre jour. Votre conversation avait l'air passionnante.

Je comprends pas ce que tu veux dire.

La chaleur monte dans ma poitrine. La pierre brûle contre ma peau. Exactement comme la dernière fois où je lui ai parlé. Je fronce les sourcils.

Il hausse les épaules. Pas de problème, ne dis rien. Je finirai par trouver.

Tu trouveras rien, parce qu'y a rien à trouver, je réplique.

Tout à coup, il m'attrape par le poignet. Je l'ai même pas vu venir. Un frisson me parcourt le bras. Comme quand Lugh et moi on a failli être frappés par l'éclair ce dernier jour.

Son sourire a disparu. Il a l'air très sérieux.

Tu joues à un jeu dangereux, il dit.

Pourquoi ça t'intéresse, ce que je fais ?

On se dévisage longuement. Puis il me glisse, Sois prudente, l'Ange… C'est tout.

Et il me lâche lentement le poignet. Comme à regret.

Dès que je m'éloigne de lui, la pierre refroidit.

*

Ténèbres. Tout est noir. Il y a de la fumée partout qui me brûle la gorge, les narines et me pique les yeux.

T'es où ? je crie.

Pas de réponse. Des flammes lèchent le bois. Les braises sifflent.

Je dois le retrouver. Je peux pas le laisser là.

Un battement de cœur. Mon cœur. Très fort. Si fort qu'il emplit mon cerveau, ma tête. Je mets les mains sur mes oreilles. Je suis paniquée. Je tourne en rond, aveuglée.

T'es où ? je crie. T'es où ?

Une autre voix. Qui murmure. La voix de Mercy.

La pierre te fera savoir… la pierre… la pierre… Vite, Saba.

Soleil. Cour d'exercice. Epona sourit. On va mettre le feu à Hopetown, elle dit.

Je dois le retrouver. Avant qu'il soit trop tard.

Trop tard… Trop tard… Trop tard…

Je me réveille en hurlant. Je suis trempée de sueur, ma couverture est entortillée autour de mes jambes, mon cœur bat fort dans ma poitrine.

C'est un nouveau cauchemar. J'ai encore jamais rêvé d'incendie. Mais c'était pas Lugh que je cherchais avec une telle frénésie. Je sais pas qui c'était.

Je fais comme d'habitude. Je m'assieds sur ma couchette, je plaque mes genoux contre ma poitrine et je ferme les yeux.

J'imagine de l'eau. Propre, claire. Un lac. Je plonge. L'eau m'enveloppe. Mon corps est las, mon âme déchirée, mon cœur lourd. Mais plus je nage, plus je me purifie.

Et je réussis à passer cette nouvelle nuit.

*

Le gardien ouvre la porte. J'entre dans la Cage pour la dernière fois. Mes mains et mes jambes semblent détachées de moi, comme si elles m'appartenaient pas. J'ai le ventre noué et la bouche sèche.

J'arrive pas à réfléchir à cause du bruit des spectateurs. Ceux qui ont pas pu entrer dans le Colisée sont tout autour, dans les rues et sur les toits. Même s'ils peuvent pas voir, au moins ils entendent. Ils veulent tous prendre part à la fin de l'Ange. Ma fin.

Les vendeurs de chaal font de bonnes affaires, ils passent dans la foule avec de grands paniers de feuilles vert sombre en équilibre sur la tête. Ils veulent que tout le monde soit prêt pour le grand final.

Le Maître de la Cage est sur son balcon avec plein de gens bien habillés. Les Pinch sont repoussés dans un coin. Vicar Pinch, le roi, est le centre de l'attention. Il est assis sur une chaise dorée, et tout le monde s'empresse autour de lui,

lui propose des verres et des plats. Il les repousse avec son mouche-noir en dentelle et observe le Colisée.

DeMalo est à ses côtés.

J'espère qu'Emmi est en sécurité. Les Aigles Libres m'ont promis qu'elles s'occupaient d'elle, mais je serai pas rassurée tant que je l'aurai pas vue.

Je regarde l'allée centrale. Elle traverse les gradins jusqu'au sommet.

L'allée du lynchage.

Maev est au premier rang. Juste au bord de l'allée. Elle me fait un signe de tête, puis elle regarde derrière elle et se retourne vers moi.

Je vois un homme qui essaie de prendre la place d'une Aigle. Il veut s'asseoir au bord de l'allée pour se trouver au plus près de l'action. La fille le regarde même pas en lui expédiant un coup de coude dans la gorge.

Les Aigles Libres sont toutes là. Comme Maev l'avait promis.

Nero est perché sur la tour de lumière juste à côté de la Cage. Il est mort de peur, je le vois. Tout à coup, il plonge sur la Cage et se glisse entre les barreaux. Il a jamais fait ça depuis le début de mes combats.

Il se pose sur mon épaule. Tout le monde se tait. Même si j'ai perdu les deux combats précédents, les gens croient toujours que je tiens mes pouvoirs de lui. Et même pour mon ultime combat, les places les moins chères sur la tour de lumière se sont pas vendues à cause de lui.

Il saute sur ma main. Je lui caresse le bec et je lui gratte la tête. Il ronronne comme un chat.

Jusqu'à cet instant, j'avais pas compris à quel point il me manquait.

T'inquiète pas, Nero, je lui murmure.

Il incline la tête sur le côté et il me regarde avec ses grands yeux noirs luisants.

T'inquiète pas, t'inquiète pas.

Il croasse. Il sait ce que ça veut dire. Il comprend tout.

Je lève la main, et il quitte la Cage pour rejoindre son perchoir sur la tour de lumière. La foule murmure, grogne et s'agite sur les gradins.

La porte de la Cage s'ouvre à nouveau, et Epona entre.

Mon cœur tambourine contre mes côtes. Le sang bat à mes tempes.

On se fait face. Les yeux dans les yeux. Accroupies. Le gardien fait retentir le gong.

Mon dernier combat commence.

*

Je laisse Epona mener le jeu. Je la laisse me coincer dans la Cage, me frapper et me faire mal.

Tout à coup, la colère rouge monte. Je veux la repousser, mais elle s'empare de moi et me submerge. La colère rouge connaît pas Maev. Elle connaît pas le plan. La colère rouge ne connaît ni les plans, ni les gens, ni la confiance. Elle connaît qu'une chose : la survie.

J'arrive pas à la calmer. Elle est sauvage. Bornée. Elle riposte. Elle se bat pour ma vie.

Qu'est-ce que tu fais ? me chuchote Epona, les yeux écarquillés.

Elle est forte. Elle me repousse. Mais je la

repousse à mon tour. J'ai plus à perdre qu'elle, à cause du lynchage.

On se bat jusqu'à être toutes les deux en sang, épuisées.

Et enfin, elle commet une erreur. Je l'attrape par la gorge et je la repousse contre les barreaux. La foule est prise de folie. Ils sont tous debout. Du coin de l'œil, je vois Maev. Elle en croit pas ses yeux. Elle agite les bras dans ma direction. Elle dit quelque chose que je peux pas entendre.

Car la colère rouge emplit mes oreilles. Elle m'ordonne de briser le cou d'Epona. Mes mains serrent. Non ! Je grince des dents, j'essaie de submerger la colère rouge avec de la noirceur, de la plonger dans une eau sombre où elle peut plus respirer. Il y a quelque chose… Je sais que je dois faire quelque chose… Je me souviens de quelque chose, mais… je sais plus quoi.

Lugh. Lugh. Je l'avais presque oublié. Comment ai-je pu ?

Je te retrouverai. Où qu'ils t'emmènent, je te jure que je te retrouverai.

Je lève la tête. Le rugissement de la colère rouge faiblit. Puis elle disparaît, et je redeviens moi-même.

Le besoin profond que mon cœur continue à battre, que mes poumons continuent à respirer, ce puissant besoin a failli avoir raison de moi.

Lugh m'attend. Il compte sur moi. Le plan. Maev. C'est mon seul espoir de sortir de là. Qu'est-ce que j'étais en train de faire ?

Je lâche prise. Epona me tombe dans les bras. Je la retiens alors qu'elle cherche son souffle.

Je suis désolée, je dis. Désolée. Et je recule en écartant les bras.

Epona lève la tête, porte une main à son cou. Elle me regarde, perdue.

Je hoche la tête. Vas-y, je dis.

Et elle le fait. Elle me met à terre.

*

Les deux gardiens me relèvent et me prennent par les bras. Avant que je m'en rende compte, je marche hors de la Cage et je suis face à la foule.

Le public est fou de rage. Il sait que je me suis laissé battre. Il déteste se sentir dupé. Il réclame mon sang comme une meute de loups. Ceux qui sont près de l'allée centrale jouent des coudes pour avoir la meilleure place. Ils veulent tous participer au massacre.

La colère rouge a disparu. J'ai le ventre noué. Mes genoux tremblent. Je prends de grandes bouffées d'air, j'essaie de le faire entrer dans mes poumons. Je croyais avoir déjà connu la terreur, mais pas comme ça. Pas à ce point.

Je regarde Maev au premier rang. Les Aigles Libres le long de l'allée. Elles ont l'air sûres d'elles. Fortes. Dures. Les yeux de Maev brûlent dans les miens.

J'ai remis ma vie entre leurs mains. Et la vie de Lugh. Et celle d'Emmi. Qu'est-ce qui m'a pris de faire confiance à une inconnue ? Même si j'ai eu raison, et si elle y arrivait pas ? Et si les Aigles Libres étaient pas les guerrières qu'elles prétendent, que Maev était juste une vantarde ?

Je regarde le balcon du Maître de la Cage.

Le public du Colisée est tourné vers lui. Tout le monde se tait.

Vicar Pinch se lève. Il prend le mouche-noir du Maître de la Cage. Il lève le bras.

J'arrive pas à respirer. Quand son bras retombera, je devrai courir. J'ai les jambes en coton. Je suis trop faible pour bouger.

Et là, Pinch se tourne vers le Maître de la Cage. Il se penche pour lui murmurer quelque chose à l'oreille. Pendant que le Maître de la Cage écoute, un petit sourire lui vient aux lèvres. Il s'approche du bord du balcon. Il lève les deux bras.

Mesdames et messieurs ! il s'écrie. Ceci n'est pas une lutteuse ordinaire ! Ceci n'est pas une mort ordinaire ! En une telle occasion, votre roi demande la meilleure vue possible. Par conséquent, il décrète que l'allée du lynchage sera… celle-ci !

Et il dirige les bras vers l'allée à droite, celle qui conduit de la Cage au balcon.

Pinch a changé le lieu du lynchage.

Mon corps tout entier se met à trembler. Je me sens mal.

La foule hurle de rage. L'allée du lynchage a toujours été la même, sans exception. Les gens paient plus cher pour s'asseoir au bord et participer à l'action. Ils se retournent contre les Tontons et les gardiens, ils les bousculent.

Non ! crie Epona de l'intérieur de la Cage. Elle se jette contre les barreaux en criant, Non, non, non !

Vicar Pinch sourit.

Je regarde Maev. Elle tourne la tête dans tous

les sens. Elle regarde les Aigles Libres, elle me regarde, elle regarde la nouvelle allée où les gens s'entassent déjà. Je vois qu'elle est aux abois, qu'elle essaie de trouver une solution. Mais c'est trop tard pour concevoir un nouveau plan, trop tard pour que les Aigles prennent position sur l'autre allée. De toute façon, les gardiens et les Tontons sont déjà là pour empêcher les gens de se bousculer.

Et voilà. C'est la fin.

Après tout ce que j'ai traversé, ça se termine comme ça.

Moi. Seule. Sans Maev. Sans Aigles. Sans plan.

Si je trouve pas quelque chose très vite, je vais finir lynchée.

Nero m'appelle. Il crie comme un fou, plus pressant que je l'ai jamais entendu.

Il est perché sur la Cage. Dès qu'il me voit lever la tête, il m'appelle à nouveau et s'envole vers la tour de lumière. Puis il revient à la Cage. Et il retourne à la tour de lumière.

Je suis pas si seule, après tout.

C'est un grand saut. Environ deux mètres.

Mais j'ai pas le choix.

Pinch lève à nouveau le bras. Le mouche-noir rouge s'abaisse.

Tout à coup, je me fais toute molle. Mes gardiens sont surpris. Je me dégage de leur emprise. Je cours. Je saute sur la Cage et j'attrape les barreaux. Je commence à grimper aussi vite que je peux. Mes pieds nus s'accrochent facilement.

L'un des gardiens bondit, me rattrape par la jambe. Il tire. Je tiens plus que par un seul bras mais je donne des coups de pied. Je l'atteins au visage et je lui écrase le nez. Le sang jaillit. Il crie, me lâche et tombe. Je continue à grimper sans me retourner.

Je me hisse jusqu'au sommet de la Cage. Je me relève, je cours.

Attention ! Attention, tombe pas !

Dans la Cage, Epona bondit sur le gardien resté avec elle. Du coin de l'œil, je le vois valser. Bonne fille.

J'ai presque atteint le bord de la Cage près de la tour de lumière. Je m'arrête. Je jette un coup d'œil derrière moi. Des Tontons et des gardiens ont envahi la Cage pour m'attraper. L'un d'eux va se hisser au sommet.

Je regarde le vide entre la Cage et la tour de lumière. Je recule de deux pas pour prendre de l'élan et je m'élance dans le vide.

Je mets les bras en avant, doigts crochetés. J'agrippe le métal chaud de la tour. Mon corps heurte la structure. J'absorbe le choc avec mes bras et mes épaules, et je commence à grimper. Je me glisse de l'autre côté de la tour, celui qui donne sur Hopetown. À mes pieds, je vois des toits de cabanes serrées les unes contre les autres. Les gens montés dessus pour entendre le combat me regardent bouche bée.

Je saute. Ils s'écartent au moment où j'atterris sur le toit le plus proche. Le bois est peu solide. Je me retrouve sur une table. Qui, à son tour, s'effondre sous mon poids.

Je suis tout étourdie. Je regarde par le trou dans le toit. Des visages étonnés m'observent. Je me relève et je me précipite sur la porte. J'attrape une cape au passage et je la passe sur mes épaules. Il me faudrait des bottes, mais j'ai pas le temps d'en chercher.

Cachée sous ma cape, je me fonds dans la foule qui encombre les rues. J'avance de porte en porte.

Le vacarme du Colisée commence à se propager dans la ville.

Mon cœur bat à tout rompre. Tout à coup, je me rends compte que j'ai très mal à un coude et aux côtes. J'ai dû me blesser en atterrissant sur la table. Sans oublier les coups qu'Epona m'a donnés.

En tout cas, j'ai fourni à Maev la diversion qu'elle voulait.

Maintenant, il faut que je vole deux chevaux et que je récupère Emmi.

Elle connaît le plan. Pendant que les Aigles libèrent les prisonniers et mettent le feu à Hopetown, on a rendez-vous dans le quartier nord-est. Il y aura sans doute une Aigle avec elle. Je vais devoir m'en débarrasser. Mais ensuite, on sera libres. On passera par le trou que les Aigles ont creusé dans la palissade et on filera vers le nord, droit sur les Black Mountains où se trouve Freedom Fields, comme a dit Helen.

Où se trouve Lugh.

À cet instant, quelqu'un m'attrape.

*

Des bras forts me poussent dans une ruelle sombre. Je me débats. Je me tourne pour tenter de me libérer.

Arrête, espèce d'idiote ! Je suis une Aigle !

Je m'immobilise, haletante. La personne retire son capuchon. C'est une fille que j'ai jamais vue.

Plus d'un mètre quatre-vingts, cheveux châtains, un regard dur. Elle a l'air forte.

Je m'appelle Cendre, elle annonce. Je pensais pas que t'étais aussi nerveuse. Elle passe le bras sous sa cape et me donne un arc et un carquois. Viens avec moi, elle dit.

J'hésite.

Allez, viens.

Je suis épuisée. Blessée. J'ai pas la force de me battre contre elle. Je dois jouer le jeu. Et lui fausser compagnie à la première occasion.

La ruelle se termine par un grand pan de métal cabossé.

Passe en premier, je dis.

Non, toi.

Je glisse l'arc et le carquois dans mon dos et je me jette sur le mur en métal. Je me hisse au sommet. Il y a personne en vue. Je me laisse tomber de l'autre côté, et Cendre atterrit juste derrière moi.

On court dans la rue bordée d'abris, on tourne à droite, à gauche, puis encore à droite. Des rayons de lumière blanche apparaissent dans la pénombre. J'ai aucune idée d'où on est.

Il y a un bruit de pas précipités. Des cris à notre gauche.

Dispersez-vous ! ordonne une voix. Inspectez toutes les rues !

Par là ! me dit Cendre en plongeant dans un vieux bâtiment en pierre.

Je suis juste derrière elle. Elle court dans un coin et soulève une trappe en bois dans le sol.

Suis-moi, elle dit. Et referme la trappe derrière toi.

J'attends une fraction de seconde. Je veux partir en courant.

Elle m'attrape par le bras et me le tord derrière le dos. Elle a de la force. Vraiment.

Oh, non, elle dit.

Lâche-moi, je lance. Je dois retrouver mon frère.

J'essaie de me dégager de son emprise, mais elle me tient.

Alors, voilà comme tu es, elle s'exclame. Les Aigles t'aident à t'échapper, on risque nos vies pour toi et ta sœur, et vous nous faites faux bond.

Vous auriez rien pu faire sans moi, je dis avec un regard méchant. J'aurais pu tuer Epona, et tu le sais.

Les Aigles t'ont aidée, donc tu aides les Aigles. Ensuite, tu seras libre d'aller récupérer ton frère. C'est le pacte avec Maev.

Elle me tord le bras plus fort. Je crie.

Vous avez pas besoin de moi, je supplie. Vous êtes assez nombreuses.

Et tu laisserais tous les lutteurs, ceux qui ont été faits prisonniers par des esclavagistes comme toi et ta sœur, tu les laisserais mourir. C'est comme ça que tu es. Quelqu'un qu'a pas de parole. Quelqu'un qui laisse tomber les gens.

Non, je dis. Non, je suis pas comme ça.

Elle me dévisage.

D'accord, je fais. D'accord. Je vais tenir ma promesse. Je te le jure.

Elle me lâche. Je soulage mon bras douloureux.

Je suis désolée, je souffle.

On se dévisage. Puis elle sourit. Elle a pas un

regard si dur après tout. Elle soulève à nouveau la trappe en bois. Après toi, elle dit.

J'avance, je pose les pieds sur les barreaux d'une vieille échelle et je commence à descendre. Cendre me suit et referme la trappe derrière elle.

Il fait noir. J'y vois rien. Une odeur de terre fraîche emplit mes narines. Je descends dix échelons. Cendre saute à mes côtés et allume une torche.

On va où ? je demande.

Tu verras. Par là.

On s'accroupit pour avancer dans un tunnel bas. On atteint assez vite le bout. Il donne sur un mur en brique. Par terre, il y a des armes avec une barre en fer et des bouteilles en verre remplies d'un liquide transparent, fermées par des chiffons enfoncés dans le goulot.

Cendre me tend la torche en me disant, Tiens-la bien loin des bouteilles.

Elle attrape la barre en fer, glisse l'extrémité entre les briques et tente d'en dégager une.

Où on est ? je demande. Ça donne quelque part ?

J'espère bien, elle rétorque. Sinon, ça veut dire qu'on a passé les trois derniers jours à dégager ce tunnel pour rien.

La première brique cède.

Prends-la, elle m'ordonne.

Alors que je l'attrape pour la poser par terre, elle s'attaque à la suivante. Donc tout était prêt, je dis. Comment tu connais cet endroit ? Ça mène où ?

La deuxième brique lâche. Je l'attrape.

Il y a eu une grande évasion ici il y a dix ans,

elle m'explique. Les lutteurs ont creusé des tunnels eux-mêmes, un depuis la prison des hommes et un depuis la prison des femmes. Après, l'entrée a été condamnée. S'ils avaient été malins, ils auraient comblé les tunnels.

Troisième brique.

Donc, on va arriver dans la prison ?

C'est l'idée.

Et pourquoi on n'attaque pas les gardiens, puis on coupe les grillages et on libère tout le monde ?

Il y a trop de gardiens. Ils ont peur que les lutteurs tentent une évasion en profitant de l'agitation qui règne en ville. Il faut toujours avoir un plan B.

Je m'en souviendrai, je dis.

Chut.

Cendre retire la quatrième brique et éteint la torche. Elle désigne le trou d'un signe de tête et on regarde.

On donne sur la prison des femmes. En fait, directement sur ma cellule.

*

Ma couchette est un peu plus bas que nous. La porte de ma cellule est ouverte. Les filles de la grande cellule sont en général assises ou couchées par terre. Elles ont pas de couchettes, même pas de couvertures. À l'autre bout, deux gardiens sont sur des chaises.

On dégage les dernières briques à mains nues. On dit pas un mot, on travaille vite. Quand le trou est assez gros, Cendre sort une sarbacane de sa ceinture et y glisse une fléchette.

Là, une des prisonnières nous voit. Elle écarquille les yeux. Je secoue la tête. Elle me fait un petit signe.

Cendre porte la sarbacane à ses lèvres. Elle prend une grande inspiration. Elle souffle.

Le gardien à gauche de la porte crie. Il porte une main à sa gorge et tombe de sa chaise. L'autre gardien bondit sur ses pieds, mais Cendre lance une seconde fléchette. Il s'effondre sans un bruit.

Bien joué, je dis.

On y va.

Elle se glisse par le trou et saute dans la cellule. Pendant qu'elle prend les clefs à la ceinture du gardien et qu'elle ouvre la grande cellule pour faire sortir les filles, je jette les armes sur ma couchette. Des arcs, des carquois, des lance-pierres, des arbalètes.

Servez-vous, les filles ! leur crie Cendre. Et puis attendez-nous près de la porte.

Elles se précipitent vers ma cellule et, en une minute ou deux, les prisonnières ont récupéré toutes les armes.

Maintenant, me dit Cendre, on emporte quatre bouteilles et on laisse les autres ici. Fais attention.

Je lui tends les bouteilles fermées par des chiffons et elle les pose par terre avec précaution. Puis je sors du trou. C'est étrange de revenir dans ma cellule comme ça.

Cendre attrape deux bouteilles, je me charge des deux dernières.

Les autres Aigles doivent faire sortir les hommes, elle m'explique.

Elle ouvre la porte d'entrée. Elle attend un moment, puis elle se glisse dehors et monte l'escalier avec prudence. Elle revient pour ouvrir la porte en grand.

Sortez ! elle crie.

Les filles demandent pas leur reste. Elles partent en courant. Quand la cellule est vide, Cendre attrape une torche sur un mur et s'exclame, Que la fête commence !

Je lui emboîte le pas dans l'escalier qui mène à la cour d'exercice. Elle me tend une bouteille et me fait un petit sourire.

Les Destructeurs appelaient ça des coquetel Molotov, elle dit. Deux, ça devrait suffire. Tu le lances, et puis tu cours.

Je lui tends l'une des bouteilles.

Elle approche la torche du chiffon qui s'enflamme tout de suite. Elle allume ensuite sa bouteille. On les lance dans l'escalier, puis on détale. Deux secondes plus tard, une explosion retentit. Le sol tremble sous nos pieds.

On s'arrête. Les flammes montent dans l'escalier de la prison.

Attends que le feu atteigne les bouteilles qui sont dans le tunnel, elle dit. Et là, tu vas voir.

Les prisonnières crient et se jettent dans les bras les unes des autres, nous tapent dans le dos. Il y a des gardiens morts et des Aigles Libres partout. Les hommes sont en train de sortir de leur bâtiment.

Six Aigles escaladent le grillage qui entoure la prison, le sectionnent avec des pinces et le roulent pour libérer tout le monde. D'autres Aigles se tiennent près d'un tas d'armes et distribuent des arcs et des lance-pierres.

Je vois les flammes qui s'élèvent au-dessus de

Hopetown. Maev exagérait pas quand elle disait qu'elle allait rayer cet endroit de la surface de la terre.

Je cherche quelqu'un, mais je le vois nulle part. Des yeux gris argent et un sourire de travers.

J'attrape un prisonnier qui passe en courant et je lui demande, Où est… ?

Mais il me repousse.

J'en attrape un autre.

Je cherche Jack, je dis. Un nouveau. Il est arrivé il y a quelques jours. Yeux gris, avec des cheveux longs jusqu'aux épaules.

Je le connais, il répond en désignant d'un signe de tête la prison des hommes. Essaie le trou. Ils l'ont mis là-bas hier.

Le trou. Mon cœur se serre. Comme dans la prison des femmes, il y a chez les hommes une boîte en métal sous terre. J'attrape l'homme par les épaules.

Il y est toujours ? je demande.

En tout cas, je l'ai pas vu sortir, dit le type qui s'enfuit.

Cendre ! je crie en la cherchant partout. Cendre ! Il y a quelqu'un enfermé dans…

Et là, je la vois.

Elle allume un coquetel.

Elle vise l'entrée de la prison des hommes.

*

Cendre ! Non, non !

Je cours vers elle. Mais je suis pas assez rapide. C'est comme si le monde entier tournait tout à coup au ralenti.

Cendre lance la bouteille enflammée au pied de l'escalier de la prison. Puis elle se retourne et court vers moi. Elle lève les bras en signe de victoire, un grand sourire sur le visage.

Cendre !

Le sol tremble, une flamme jaillit dans les airs. Je l'attrape par le bras.

Il y a quelqu'un dedans, je dis. Au trou.

Ses yeux s'écarquillent. C'est trop tard, elle répond.

Non !

Je pars en courant et en la tirant derrière moi.

Juste à cet instant, une puissante explosion retentit. On vole dans les airs. J'atterris sur le sol. Je relève la tête. Un grand panache de fumée noire monte. Cendre se met debout et m'aide à me redresser.

Ça doit être les bouteilles du tunnel, elle déclare. Toute la ville est en flammes ! Tu peux pas y retourner, Saba ! C'est pas raisonnable !

Je peux pas le laisser là, je rétorque. Où sont les clefs ?

Ruby les avait, répond Cendre en regardant autour d'elle.

Elle glisse deux doigts dans sa bouche et émet un sifflement aigu. Une fille de petite taille près de la pile d'armes lève la tête.

Ruby ! crie Cendre. Les clefs !

Ruby nous les lance. Je les attrape et je pars en courant. Cendre me retient par le bras.

C'est trop dangereux, elle dit.

Tant pis, j'y vais quand même.

Mais qui est ce type ? Qui il est pour toi ?

Jack, je lance. Il s'appelle Jack.

Elle me lâche et je cours vers la prison en flammes.

Saba ! crie Cendre. Reviens ! T'as même pas de bottes !

Je peux plus m'arrêter.

*

De la fumée s'échappe de la porte de la prison des hommes. Je mets ma cape sur ma tête et je plonge à l'intérieur.

Ténèbres. Tout est noir. Il y a de la fumée partout qui me brûle la gorge, les narines et me pique les yeux.

Exactement comme dans mon rêve. Le rêve de l'incendie. Il est en train de se réaliser.

Jack ! je crie. Jack ! T'es où ?

Pas de réponse. Des flammes lèchent le bois. Les braises sifflent.

Il est au trou. Mais c'est où ? Je sais qu'il est sous terre, mais à quelle distance de l'entrée ? Ça peut être n'importe où. Jack va cuire dans cette boîte en métal si je le sors pas de là.

J'avance prudemment, je tâte le terrain avec mes mains et mes pieds nus. Je ferme les yeux pour me protéger de la fumée. Je suis jamais venue là, mais j'espère que c'est construit comme la prison des femmes. Une braise atterrit sur ma cape et y creuse un trou. Je la chasse.

Jack ! je crie à nouveau. Jack ! T'es où ?

Pas de réponse. J'avance. J'appelle encore.

Un battement de cœur. Mon cœur. Très fort. Si fort qu'il emplit mon cerveau, ma tête.

Il doit être là. Mais s'il y était pas ? Et si le type

s'est trompé ? Et si quelqu'un a dit aux Aigles que Jack était au trou, et qu'elles l'ont libéré ? Si c'est ça, il est parti depuis longtemps. Je regrette de pas avoir posé la question à Ruby.

Je tousse. La fumée me brûle la gorge. Ça devient dur de respirer. Il est pas là. Sinon, il m'entendrait et il crierait. Je dois sortir d'ici. Je tousse à nouveau. Je respire à peine.

Je suis paniquée. Je tourne en rond, aveuglée.

Comme dans le rêve.

Je suis baignée de sueur. Il fait si chaud. Je commence à me sentir mal. J'ai besoin d'air. Je dois sortir d'ici. Je dois regagner la porte.

Une autre voix. Un murmure. La voix de Mercy.

La pierre te fera savoir… la pierre… la pierre… Vite, Saba.

La pierre. Je la cherche sous ma cape. Elle est là. Et elle est chaude. C'est étrange. Elle est toujours fraîche, d'habitude. Même par les journées les plus brûlantes, elle reste froide sur ma peau. Elle ne s'est réchauffée que deux fois. Quand j'étais près de lui. Une pierre de cœur chaude, ça signifie… ça signifie quelque chose, Mercy l'a dit, mais j'arrive pas à me souvenir.

La pierre te fera savoir…

Mes doigts la serrent très fort. Et une dernière fois, je crie son nom, j'avance de quelques pas. Je sens la pierre devenir encore plus chaude.

Jack ! Jack ! T'es où ?

Je tends l'oreille.

Rien.

Je fais demi-tour.

Et là.

Je l'entends.

Qui frappe.
Un bruit faible.
Il est là.

*

Je reprends courage. J'avance en trébuchant, mes yeux pleurent à cause de la fumée. Mes doigts de pied heurtent quelque chose. La trappe ? Je tombe à genoux. Je tâtonne. Je sens du métal chaud. C'est le trou. J'enveloppe mes mains dans ma cape et je frappe pour le prévenir que je suis là. Il me répond.

Jack ! je crie. Je vais te sortir de là !

Les clefs. Vite. J'attrape le trousseau. Mon cœur manque de cesser de battre. Il doit bien y avoir dix clefs, toutes de la même taille.

Jack ! je crie. J'ai les clefs. Il faut que je trouve la bonne !

Il frappe pour me dire qu'il a entendu. Je passe la main sur la trappe. La serrure est là. J'essaie la première clef. Je dois faire vite. Elle glisse à côté du trou.

Je mets les doigts autour de la serrure pour guider chaque clef. Puis je la retire dès que je sens que c'est pas la bonne.

Mes mains glissent à cause de la sueur. Mon visage ruisselle, mes yeux me piquent. Mon cœur bat à tout rompre. Le temps presse. Quand la charpente aura brûlé, le plafond s'écroulera, et ça sera trop tard.

Vite, vite.

L'avant-dernière clef entre dans la serrure. Je la tourne. Mais, à la seconde où j'attrape la poignée, je dois retirer ma main car le métal est brûlant. Je l'enveloppe à nouveau dans la cape, j'attrape la poignée et je soulève la trappe.

Je tends une main dans le noir. Les siennes la saisissent. Je me penche pour l'aider à sortir. Il tousse. Je nous couvre avec ma cape.

Par là ! je crie.

On fonce vers la porte. Vers l'air frais.

Tout à coup, la charpente gémit. Le plafond ! Il va lâcher ! Un nouveau craquement du côté de la porte, et il s'effondre avec fracas, soufflant un épais nuage de poussière et de fumée.

On est pris au piège !

Demi-tour !

Réfléchis, Saba, réfléchis. Toi et Cendre, vous êtes arrivées par un tunnel. Comment Ruby est entrée ici ?

Un tunnel ! je crie. Je pense qu'il y a un tunnel à l'autre bout de la salle !

On avance à tâtons vers le mur.

Y a rien ! il crie.

Si, il faut le trouver !

Je me mets à genoux, mes doigts cherchent le long du mur, près du sol, autour d'un coin et…

Là !

Je me mets aussitôt à ramper. Jack me suit. Le tunnel est plein de fumée. J'avance aussi vite que possible. Il n'y a pas un bruit à part notre souffle. Puis le tunnel s'élargit, le plafond devient plus haut et on peut s'accroupir. La fumée devient moins dense.

Je vois de la lumière ! je m'écrie.

On atteint le bout du tunnel où se trouve une

échelle en métal rouillé. Je grimpe, Jack toujours derrière moi.

Le trou est recouvert d'une toile. Je la soulève prudemment. De la paille tombe. Je soulève un peu plus la toile.

Le tunnel donne sur une cour entre deux abris. Il y a de la paille au sol et trois cochons qui grognent. À part eux, personne.

Au loin, des cris emplissent l'air. Il y a une forte odeur de fumée.

La voie est libre.

*

On se hisse hors du trou, on quitte l'enclos, on court dans une ruelle et on s'arrête pour jeter un coup d'œil.

Maev et les Aigles peuvent être fières. Il y a de la fumée partout. Le vent chaud attise les flammes, transporte les étincelles et les braises qui se propagent à toute vitesse sur les bâtiments en bois.

Les gens se ruent en direction de la grande porte avec tous les objets de valeur qu'ils ont pu prendre. Ils tirent de gros sacs derrière eux, serrent des ballots contre leur torse ou poussent des chariots si chargés qu'ils ne voient rien.

Suis-moi, dit Jack.

Il plonge dans la foule et refait de temps en temps surface. Un enfant qu'on tire par la main hurle de peur.

L'Ange de la Mort est trop connu ici, me souffle Jack.

Ses mains surgissent et, l'instant d'après, il

attrape un chapeau sur une tête et l'enfonce sur la mienne.

C'est mieux, il déclare.

Je dois retrouver Cendre, je lui explique. Et les autres Aigles. Ma sœur est avec elles.

J'ai toujours voulu avoir une sœur, dit Jack. C'est donc les Aigles qui font tout ça ? Sympa.

Tu les connais ? je demande en continuant à regarder partout autour de moi.

J'en ai entendu parler. Je voyage un peu pour le boulot. Viens par là ! il s'écrie tout à coup.

Il me prend la main et me fait plonger dans une ruelle sur la droite. Au bout, on tourne à gauche, puis à nouveau à droite. Il n'y a plus personne dans cette partie de la ville. Tout est calme. On entend juste des cris dans le lointain.

Il jette un coup d'œil dans un abri. Personne à la maison, il dit en me faisant entrer avant de refermer la porte.

Il pose une pile de vêtements sur la table.

Où t'as eu tout ça ? je demande.

Leçon numéro un : le meilleur endroit pour voler, c'est la foule. Surtout une foule en panique.

Il retire sa tunique. Quand je découvre sa poitrine, mon estomac se tord. Trois longues cicatrices roses, irrégulières et boursouflées vont de son épaule droite à sa hanche gauche. Des traces de griffures. Mais je connais pas de bête assez grosse pour faire ça.

Il enfile une chemise, puis commence à enlever son pantalon.

Qu'est-ce que tu fais ? je m'exclame.

D'après toi ? Si t'es du genre prude, je te conseille de te retourner.

Je m'exécute aussitôt.

Leçon numéro deux : même quand t'es pressé, trouve-toi de bonnes bottes. Pas de compromis sur la qualité. Il m'en lance une paire. Celles-là devraient t'aller, essaie-les.

Je m'assieds par terre et je les enfile. Je me relève.

C'est incroyable, c'est exactement ma taille.

J'ai l'œil. Bon, tu peux te retourner.

On s'observe. Il est couvert de suie et de cendre. Ses dents brillent dans tout ce noir.

Tu connais mon nom, il dit. Mais toi, comment tu t'appelles ? Ton vrai nom, je veux dire.

Saba.

Saba. Ça me plaît.

Bon, je dois y aller, je dis. Ma sœur m'attend avec les Aigles et…

Avant que je comprenne ce qui se passe, il me prend la main. Je veux me dégager, mais il me serre plus fort.

Saba, je sais pas quelle bonne étoile t'a mise sur mon chemin, mais je la remercie. Sans toi, je serais mort.

Puis il porte ma main à ses lèvres et l'embrasse. En même temps, il me dévisage avec ses yeux argentés. Je sens une odeur de fumée sur sa peau et aussi de sueur sèche et, lointaine, celle de la sauge.

Merci, il dit.

La chaleur envahit ma poitrine et mon cou, monte jusqu'à mon visage. Je lui arrache ma main, je la cache sous mon aisselle et je lui lance un regard noir.

Pourquoi t'as fait ça ? je demande.

Pour te remercier, il répond. Par courtoisie.

Je sais pas ce que c'est que la courtoisie, je rétorque.

Oh, ça c'est rien. Je peux être beaucoup plus courtois que ça, il me répond en souriant.

Un sourire effronté et coquin, comme s'il était le roi du monde. Puis il se penche pour attraper un arc et un carquois qu'il a dû voler en même temps que les vêtements.

Je dois retrouver ma sœur, je dis. Elle est avec les Aigles.

Il faut toujours avoir un plan, lance Jack. Vous avez rendez-vous où ?

Au coin nord-est, à la sortie.

Y a pas de sortie là-bas.

Y en aura une quand j'y arriverai, je déclare. Ravie d'avoir fait ta connaissance, Jack.

Et je fais volte-face.

Attends ! il s'écrie en m'attrapant par le bras. Je suis pas spécialement pressé. Je t'accompagne. Je veux être sûr que tu les retrouves.

Je plonge dans les ruelles vers le coin nord-est, Jack sur mes talons.

On évite les bâtiments en feu. Les poutres, les portes qui tombent. Les abris en métal qui se plient sous la chaleur.

Tu connais la règle de trois ? il me lance pendant qu'on court.

Non !

Si tu sauves la vie de quelqu'un trois fois, cette vie t'appartient. Tu m'as sauvé la vie aujourd'hui, ça fait un. Sauve-moi encore deux fois, et je suis à toi.

Je vais juste me débrouiller pour que ça arrive pas, je réplique.

On débouche sur un terrain vague, et elles sont là : Emmi, Maev, Cendre et quelques Aigles Libres qui attendent avec des chevaux. Elles ont découpé de grands pans dans la palissade. L'issue de secours, comme Maev l'avait promis.

Jack m'attrape par les bras et se place face à moi.

Si ça doit arriver, ça arrivera, il déclare. Tout est écrit dans les étoiles. C'est le destin.

Je crois pas aux étoiles, je rétorque. Plus maintenant.

On verra bien. Au revoir, l'Ange.

Avant que je comprenne, il m'attire à lui, me donne un court et violent baiser puis il repart là d'où on vient.

Je porte ma main à mes lèvres tremblantes et je le regarde partir.

*

Saba !

Emmi court dans ma direction et je la serre contre moi. Elle passe ses bras maigres de petite fille autour de mon cou.

Tu vas bien ? je lui souffle.

Elle enfouit son visage dans mon cou et me serre si fort qu'elle manque m'étrangler.

Où est Nero ? je demande.

Je sais pas. Ça fait longtemps que je l'ai pas vu.

Saba ! crie Cendre. Pas de temps à perdre ! On y va !

Elles sont en train de monter à cheval. Maev

tient la bride d'un bel étalon alezan avec un large poitrail.

Il s'appelle Hermès, elle m'annonce. Il est rapide comme l'éclair.

Je me hisse sur son dos, puis je me penche pour faire monter Emmi devant moi.

J'ai vu que tu avais retrouvé ton ami, elle me lance.

Puis elle me tend une arbalète, un carquois et des brassards en cuir. Avec un petit sourire timide.

Je sens que mon visage est écarlate. J'enfile les brassards et j'attache l'arbalète.

Désolée, je dis, je pensais pas que ça me prendrait tant de temps. Maev, merci pour…

Tu me remercieras plus tard, elle m'interrompt. Quittons d'abord cet enfer.

Elle talonne son cheval.

Tiens-toi bien, Emmi, je dis.

On longe au galop le fossé qui borde la palissade puis on file vers le nord. Maev chevauche à mes côtés. Quelqu'un arrive sur ma gauche. C'est Epona. Elle me fait un sourire, et ses yeux brillent.

Contente de voir que tu t'en es sortie, je lance.

Ouaip. Ça a été un sale moment. Qui aurait imaginé qu'ils allaient changer l'allée du lynchage ?

Après avoir quitté Hopetown, on arrête les chevaux. Une foule quitte la ville en flammes. Tous se dirigent vers le sud. Personne va dans notre direction, personne nous suit. Le ciel est rempli de gros nuages de fumée grise.

Les Aigles poussent des cris de joie.

On a réussi ! je hurle en attrapant la main de

Maev. Tu nous as sorties de là. Maintenant, je peux te le dire, j'y croyais pas.

Je sais. Mais finalement, j'y suis pour rien dans ta libération. C'est ton corbeau que tu dois remercier, elle dit en levant le menton.

Nero vole vers nous en croassant.

Oh, oui, je fais en lui faisant signe.

Il descend vers nous puis remonte en flèche. Il aime bien avoir une vue dégagée.

J'ai jamais vu une créature comme ça, elle reprend. Il est tellement intelligent, il est…

Plus humain qu'oiseau ? je demande.

Ouais. C'est ça.

Mais lui dis surtout pas. Sinon, j'en entendrai parler jusqu'à la fin de mes jours.

*

On progresse vers le nord en direction de la chaîne de montagnes qui se dresse face à nous. On dirait qu'elles sont à cinq ou six lieues.

C'est les Black Mountains ? je demande à Maev.

C'est le début des Black Mountains. Les contreforts, je crois qu'on dit.

Mon frère est dans un endroit qui s'appelle Freedom Fields, tu connais ?

Elle secoue la tête.

Jamais entendu parler.

Je me sens tout à coup désespérée.

Viens avec nous, elle me propose. Notre camp d'été s'appelle Darktrees. C'est à une demi-journée de cheval d'ici. Là-bas, tu pourras te reposer, on te donnera du matériel et on t'aidera à préparer un plan pour retrouver ton frère.

J'ai pas le temps de me reposer. Je dois arriver là-bas avant le solstice d'été.

C'est dans moins de deux semaines.

Je sais. Je serai ravie de prendre tout le matériel et la nourriture que tu pourras me donner.

Pas de problème, fait Maev.

Et j'aimerais bien vous laisser Emmi, aussi, je dis.

Emmi se retourne vers moi. Depuis le début, elle se tient à cheval sans un mot. Elle détourne aussitôt les yeux.

Juste le temps que je retrouve Lugh. J'ai aucune idée de ce que c'est que Freedom Fields, et comment je vais y arriver. J'ai besoin qu'Emmi soit en sécurité.

On s'occupera bien d'elle, promet Maev. Qu'est-ce que t'en dis, Emmi ?

Je veux bien.

Cendre nous dépasse au galop. Hé, Maev, elle crie en rejetant la tête en direction de Hopetown. On a de la visite !

Et elle continue pour rejoindre les autres Aigles.

Maev et moi, on se retourne.

Mon Dieu, s'exclame Maev. Qu'est-ce que c'est que ça ?

*

Un nuage de poussière s'avance en provenance de Hopetown.

Ça va trop vite pour des chevaux, dit Maev.

On accélère.

En moi, je sais déjà ce qui forme ce nuage de

poussière. Le vent s'est levé. Les conditions parfaites pour un bateau terrestre.

Tiens bon, Emmi! je crie, et je plante les talons dans les flancs d'Hermès. Un frisson d'excitation parcourt son corps. C'est comme s'il attendait que je lui en donne l'ordre. Il lève la tête et part comme une flèche, ses sabots tambourinant sur le sol ferme.

Je me retourne à nouveau. Le nuage de poussière nous rattrape.

Je sais pas ce que c'est, mais ça va trop vite! crie Maev. Aucune chance de les semer!

Cendre a rattrapé les autres Aigles pour les prévenir. Elles font demi-tour et se précipitent vers nous.

J'observe à nouveau. Le nuage de poussière se rapproche. Et je vois ce qu'il y a en son centre. C'est bien ce que je craignais. *Le Cygne du désert*. Avec les vents arrière, sa voile est toute gonflée.

Maev siffle. Des amis à toi? elle demande.

Non, je dis. Pas des amis. Bien au contraire.

Emmi me fait de grands yeux.

C'est les Pinch, elle murmure.

Ils en ont après moi, je dis à Maev.

Les Aigles arrivent.

Encerclez Saba et Emmi! crie Maev.

Elles nous entourent. Nero plane juste au-dessus de nos têtes. On continue à avancer vers les montagnes au triple galop. Epona est juste à ma hauteur.

N'aie pas peur, Em, je dis. Je les laisserai pas te faire du mal.

Je suis pas effareyée par eux!

Mais à sa petite voix tremblante, j'entends qu'elle est terrifiée. Je la serre contre moi.

Il faudra qu'ils me passent sur le corps avant de t'atteindre ! lui crie Epona avec un sourire. J'ai aucune pitié pour ce genre de personnes !

À cet instant, les Aigles Libres derrière nous hurlent. On se retourne. Le bateau fonce droit sur nous.

Ils vont nous écraser ! je crie.

Dispersez-vous ! ordonne Maev.

Les Aigles s'éparpillent dans toutes les directions.

Epona ! je hurle. Je tire sur mes rênes, et je ralentis Hermès. Prends Emmi !

Elle se place à ma hauteur. Je passe un bras autour de la taille d'Emmi, et je la mets à califourchon sur le cheval d'Epona.

Emmène-la à Darktrees, je vous rejoins là-bas !

Epona fait un signe de tête et elles filent en direction des montagnes avec plusieurs Aigles.

Je tire à nouveau sur les rênes d'Hermès. Il se cabre en hennissant et agite ses sabots en l'air. Maev arrête son cheval, elle aussi.

Ce combat est le mien, je lui dis. T'en as déjà fait assez comme ça. Laisse-les-moi.

Pas question ! Puis elle crie, Cendre, avec moi ! Les autres, filez !

On fait toutes les trois pivoter nos chevaux, on les talonne et on fonce sur *Le Cygne du désert* au grand galop.

Restez serrées ! ordonne Maev.

Nos genoux se frôlent. Maev est sur ma droite, Cendre sur ma gauche.

Prenez vos armes ! crie Maev.

On sort nos arbalètes.

Vicar Pinch est accroché au mât, ses habits gonflés par le vent. Rooster s'occupe de la voile. Le Maître de la Cage est au gouvernail. Miz Pinch est arrimée à la proue à côté du Maître de la Cage. Elle bande un arc pointé sur nous. Elle tire.

La flèche file droit sur Cendre.

Qui est en train de hurler quelque chose à Maev. Je tends le bras devant sa tête. Elle se retourne, surprise. La flèche perce mon brassard mais le cuir épais l'arrête. Je l'arrache.

Merci, j'ai failli y passer ! me crie Cendre.

Tirez ! ordonne Maev.

On lâche nos flèches.

Miz Pinch plonge, mais le Maître de la Cage est trop lent. Nos flèches le touchent à la poitrine. Il hurle, lâche le gouvernail et tombe par-dessus la rambarde. Quand les roues l'écrasent, le bateau tangue dangereusement. La roue arrière cède, celle que j'avais aidé Rooster à réparer. On n'a pas fait du bon boulot. Elle rebondit loin du bateau.

Le Cygne du désert, incontrôlable, commence à faire des embardées.

Attention ! s'exclame Maev.

Cendre, Maev et moi, on se sépare.

Rooster tire de toutes ses forces sur les cordes. *Le Cygne* tangue. Miz Pinch est éjectée. Elle atterrit durement sur le sol, où elle reste immobile. Le bateau se renverse dans un nuage de poussière. Il s'arrête, et le calme revient.

On approche lentement à cheval. Maev veut mettre pied à terre, mais je lui demande de me laisser faire.

Je descends de cheval et je m'accroupis pour regarder sous *Le Cygne*.

La tête de Rooster pend, il est prisonnier des poutrelles de la hutte. Il a les yeux et la bouche grands ouverts, l'air surpris. Vicar Pinch est par terre, ses longs cheveux bouclés en tas à côté de lui. En réalité, sa tête est totalement chauve, et il a d'horribles plaies dessus. Du sang coule sur son visage. Sa jambe droite est repliée selon un angle bizarre.

J'attends un moment, le cœur battant. Silence. Personne ne bouge. Personne ne respire.

Ils sont morts, je m'écrie. Le roi est mort ! Ça veut dire que Lugh est sauvé ! Ils auront plus aucune raison de le tuer, maintenant.

Parfait, dit Maev.

Puis je m'approche de Miz Pinch. Elle s'est brisé le cou en tombant. Elle est couchée sur le dos, ses yeux écarquillés regardent le ciel. Pleins de colère, même dans la mort.

Je l'observe attentivement. Je place un carreau sur mon arbalète et je vise. Celui-là, c'est pour Emmi, je dis. Et je lui tire en plein cœur.

Nero surgit et se pose sur sa poitrine. Puis il bat des ailes en croassant et il donne des coups de bec sur sa chemise. Il lui pique la main, aussi.

Ça suffit, Nero, je dis. On y va.

Il vole jusqu'à mon épaule. Je fais faire demi-tour à Hermès et je regarde en direction des montagnes.

Des montagnes et de Lugh.

*

On a parcouru une lieue à peine.

On est en train de franchir une grosse colline rocheuse quand Cendre jette un coup d'œil par-dessus son épaule.

Les voilà, elle dit.

Elle fait tourner son cheval, puis Maev et elle s'approchent de la crête. On aperçoit toujours Hopetown en flammes.

Et *Le Cygne du désert*. Et un petit groupe de Tontons à cheval, une dizaine, qui se dirige vers le bateau.

Vaut mieux ne pas traîner ici, dit Maev.

Surtout quand on a un frère à retrouver, ajoute Cendre.

DARKTREES

Juste avant minuit, on atteint Darktrees, le camp d'été des Aigles Libres.

Nero les a prévenues de notre arrivée. Emmi accourt à l'instant où on apparaît.

Saba ! T'es enfin là !

Tu devrais dormir, à cette heure, je dis.

Qu'est-ce qui t'a pris tout ce temps ?

On a fait le plus vite qu'on a pu.

Je me laisse glisser du dos d'Hermès. Emmi me saute dans les bras et se plaque contre moi.

Ils sont morts ? elle murmure. Tu les as tués ?

T'as plus aucune raison d'avoir peur d'eux. Mais comment je peux faire quelque chose si tu me colles comme une sangsue ?

Je lui donne une petite tape sur les fesses et elle me lâche. Mais elle reste sur mes talons pendant que je desselle Hermès, lui donne à boire puis l'envoie rejoindre les autres chevaux et poneys des Aigles dans les bois pour la nuit.

Elle parle sans arrêt d'Epona, de comment on va dormir dans le même dortoir que Maev, mais sans jamais lâcher ma tunique.

En me retournant, je manque de trébucher sur elle. Je m'agenouille et je lui prends les mains. Elles sont tremblantes.

Emmi, je dis. Tout va bien. Je suis là.

Non, elle rétorque. Tu vas repartir chercher Lugh. Ça pourrait être dangereux. C'est toi-même qui l'as dit.

Tout va bien se passer. Je serai de retour avant même que tu t'en aperçoives. Et je ramènerai Lugh.

T'es sûre que je peux pas venir ?

Certaine. J'ai promis à Pa et Lugh que je prendrais soin de toi. Pour l'instant, je me suis pas très bien débrouillée.

Si.

Si tu le dis… Écoute, je tombe de sommeil. Si tu me montrais ce dortoir dont tu m'as parlé ?

D'accord. Dis, Saba ?

Quoi ?

Tu me prends sur tes épaules jusqu'au dortoir ?

Elle me demande ça d'une toute petite voix en regardant le sol où ses bottes sont plantées dans la poussière.

J'ai jamais pris Emmi sur mes épaules. C'était Lugh qui jouait avec elle. Il l'attrapait par les mains et il la faisait voler jusqu'à ce qu'ils tombent tous les deux. Ou alors, elle lui sautait sur le dos et il courait dans tous les sens pendant qu'elle hurlait de joie. J'aimais pas quand il passait du temps avec elle. Ni avec personne d'autre. Je le voulais rien que pour moi.

Je l'observe. Sa nuque est maigre et sale. Elle a toujours été petite pour son âge.

Elle a que neuf ans, Saba. Tu pourrais essayer d'être gentille avec elle de temps en temps.

Te prendre sur mes épaules ? je m'exclame. Il t'a fallu tout ce temps pour me le demander ?

*

Un sacrifice humain, dit Maev en fronçant les sourcils. Ça paraît… incroyable.

On est assises dans la fraîcheur matinale sur un tronc près de la clairière où se dresse le camp des Aigles. Je m'assure qu'Emmi peut pas entendre. Elle sait rien là-dessus, et je veux pas qu'elle le découvre. Mais elle joue près du dortoir avec Nero. Ils comptent des brindilles posées par terre. Nero adore compter.

Je sais, je reprends. Mais c'est ce qu'Helen a dit.

Et tu l'as crue.

Oui.

Et elle t'a dit que c'est les Tontons qui ont emmené Lugh dans cet endroit… Freedom Fields.

Loin dans les Black Mountains. C'est ce qu'elle a dit.

Je me demande bien ce qui se passe là-bas, soupire Maev.

Helen est morte avant de pouvoir tout me raconter. Mais d'après elle, c'est en rapport avec le chaal.

Tout est en rapport avec le chaal. Les Tontons y trempent jusqu'au cou.

On garde le silence une minute, puis je reprends, Tu sais, Maev, quand Vicar Pinch a découvert mon tatouage de naissance, on aurait cru qu'il voyait un fantôme.

Qu'est-ce que tu veux dire par là ?

Je pense que c'était pas la première fois qu'il le voyait.

D'où tu le tiens, ce tatouage, au fait ? demande Maev. Je le connaissais pas.

De mon père. Il nous a tatoués, Lugh et moi. Les jumeaux du solstice d'hiver.

Tu penses que c'est là que Vicar l'a vu ? Sur la joue de Lugh ?

J'en suis certaine. Sinon, où ?

Pinch est mort maintenant, donc ça a pas d'importance. Ils vont pas maintenir la cérémonie.

On peut pas en être sûres. Quand ils apprendront ce qui est arrivé à leur roi, ils peuvent devenir tellement fous de rage qu'ils le sacrifieront quand même. Lugh sera pas en sécurité tant qu'il sera pas libre. Je dois y aller.

Je me lève.

Elle se lève aussi et pose une main sur mon bras.

T'es pas en état. Regarde-toi. Tu dois te reposer et te nourrir. On doit soigner tes blessures, aussi. Epona t'a pas ménagée dans la Cage.

Ça a pas d'importance.

Si. Tu sais pas ce qui t'attend. Tu vas devoir être forte.

Arrête.

Mais je sais qu'elle a raison. Je suis épuisée, et mon corps tout entier me fait mal.

Saba, elle dit. Je suis ton amie, pas ton ennemie.

Mon amie, je répète.

Oui. Tu es comme moi. Une survivante.

Je suis juste têtue, oui.

Je suis désolée de te dire ça, mais être ton amie, ça m'en donne le droit… Depuis quand tu t'es pas lavée ?

Je me rends compte que j'en ai aucune idée.

Je sais pas. Un long moment, je pense.

Un très long moment, d'après moi, elle insiste.

Elle prend la direction d'un sentier dans les bois.

J'ai une surprise pour toi, elle me dit. Par là.

*

On quitte la pénombre de la forêt pour se retrouver en plein soleil. On est sur un surplomb rocheux qui paraît suspendu en l'air. Face à nous, de l'eau jaillit de la montagne, coule sur des rochers et plonge dans un profond bassin où elle scintille sous les rayons du soleil.

Maev disparaît sur le côté.

Je regarde l'eau. Elle est magnifique. Propre. Pure.

Tu viens ? m'appelle Maev.

Sa voix résonne contre les parois.

Je lui emboîte le pas au milieu des rochers. Ça fait si longtemps que j'ai pas nagé. Quand on était petits, Lugh et moi, on allait tout le temps se baigner dans Silverlake. Avant que le lac s'assèche et que tout commence à aller mal.

Je décide de plonger dans l'eau fraîche. Une seule fois. Ça m'aidera à y voir plus clair.

Maev saute sur un grand rocher plat près du bassin, se débarrasse rapidement de ses vêtements, et se retrouve nue comme un ver. Elle est couverte de taches de rousseur, elle a des jambes longues et fortes et une crinière de cheveux cuivrés. Elle prend son élan, écarte les bras et saute dans l'eau. Puis elle réapparaît à la surface avec un grand sourire.

C'est fantastique ! elle me crie.

Je me rends compte que j'avais encore jamais

vu Maev sourire. Elle a l'air jeune. On dirait une enfant.

Maev m'a entièrement équipée à notre réveil, et elle m'a donné des vêtements propres et des bottes de bonne qualité. Au début, je voulais pas accepter, surtout que les Aigles Libres sont des bandits de grand chemin, que c'est comme ça qu'elles se fournissent. Je sais que c'est mal de voler. Mais j'avais plus que des haillons sales sur le dos, et mes idées sur le bien et le mal sont de moins en moins claires.

Je retire mes vêtements volés et je les plie soigneusement en les empilant sur le rocher chaud. Puis je plonge.

L'eau froide pénètre jusque dans mon cœur. Je refais surface en cherchant mon souffle. Maev est hilare.

Mais elle est glacée ! je proteste.

Ça va te faire du bien !

Je nage longuement dans cette eau scintillante jusqu'à ce que mon corps soit entièrement débarrassé de la crasse de Hopetown. J'attrape une poignée d'aiguilles de pin pour me frotter la peau. Puis Maev commence à m'éclabousser et on s'amuse à se faire couler.

Au bout d'un moment, je me rends compte que j'ai pas pensé à Lugh depuis un moment. Pas une seule fois.

Je repars aussitôt à la nage vers le rocher. Maev me suit. Je sors de l'eau et je récupère mes vêtements.

Qu'est-ce qui se passe ? elle me demande.

J'ai pas le temps de m'amuser. Je peux pas faire

de pause tant que j'aurai pas retrouvé Lugh. Je lui ai promis.

Tu vas pas recommencer !

Elle m'arrache les vêtements des mains.

Et tu lui as promis que tu te laverais pas, aussi ? Que tu mangerais pas ? Que tu dormirais pas ? Sois pas stupide.

Donne-moi mes vêtements ! je crie.

Elle les éloigne encore plus de moi.

Non ! Tu t'es lavée et tu as nagé. C'est pas comme si t'étais allée danser et chanter toute la nuit. Maintenant, reste tranquille trois minutes, le temps qu'on sèche.

Non, donne-moi mes vêtements, Maev !

Espèce d'âne borné, assieds-toi !

Elle m'attrape par le bras et me tire vers le sol. Je suis tellement surprise que j'essaie même pas de me débattre. Elle pose mes vêtements près de moi et s'assied en me tenant par le poignet. Maintenant, elle dit, reste un peu tranquille.

Maev...

Tais-toi !

Je veux juste...

Elle porte un doigt à ses lèvres. Elle s'allonge, ferme les yeux et tend son visage vers le soleil. Je m'allonge près d'elle et je regarde le ciel. Au bout d'un instant, je me sens épuisée. Mes paupières se ferment.

Je comprends pas, je dis.

Tu comprends pas quoi ?

J'arrive pas à croire que t'aies jamais entendu parler de Freedom Fields. C'est ton territoire. T'as dû aller partout dans les Black Mountains.

Pas partout. Le territoire des Aigles s'arrête à

une journée à cheval au nord d'ici. Ça sert à rien de conquérir ce qu'on peut pas défendre, et on n'est que quarante filles.

Mais tu rencontres des gens, je dis. Tu dois leur parler quand tu… tu les voles.

On bavarde pas beaucoup dans ces moments-là, tu sais.

Quand même. J'arrive pas à croire que t'en aies jamais entendu parler.

Tu peux me croire. Je te jure que j'ai jamais entendu parler de Freedom Fields.

Une voix d'homme s'élève derrière nous. Grave. Enrouée.

C'est parce qu'ils veulent pas que tu saches, il déclare.

*

Sans réfléchir, on saute à l'eau toutes les deux. Maev part à toute vitesse à la nage, mais quelque chose me retient.

Une chaleur familière se répand sur ma peau et me donne des frissons le long de la colonne vertébrale malgré l'eau glacée. Je remonte à la surface.

Jack.

Il a les bras croisés sur la poitrine et le chapeau baissé sur les yeux. Il fait son petit sourire. Mon estomac se contracte.

Quelle coïncidence, il dit.

La tête de Maev surgit près de la chute d'eau.

Qu'est-ce que tu fabriques ? elle me lance.

Tout va bien, Maev, c'est Jack.

Jack ? Qui… ah, oui, Jack.

Je rougis encore plus. Maev sait que je suis revenue dans la prison en flammes pour le sauver. C'est Cendre qui lui a raconté.

Ça va, Saba ? demande Jack. T'as l'air d'avoir très chaud.

C'est à cause du soleil, je marmonne.

Je regagne le rocher à la nage. Maev me rejoint. On s'accroche au bord.

Jack éloigne nos vêtements du bout du pied. Il sourit.

Une situation intéressante, non ? il dit. Deux filles nues dans l'eau alors que je détiens leurs vêtements.

Retourne-toi, sinon je t'arrache le cœur, lance Maev.

Une vraie furie. C'est comme ça que j'aime les femmes.

Retourne-toi !

C'est pas un peu tard ? J'ai déjà vu tout ce qu'il y avait à voir.

Mais il se tourne quand même pendant qu'on sort de l'eau et qu'on enfile nos vêtements.

Qu'est-ce que tu fais ici, Jack ? je lui demande.

Comment t'as franchi le barrage des Aigles ? demande Maev.

Il hausse les épaules.

Je leur ai demandé où vous trouver. Cendre m'a indiqué cet endroit.

Cendre t'a laissé passer ? s'étonne Maev.

Euh… Elle a demandé à être un peu convaincue, mais pour finir, elle a cédé. Une gentille fille.

Une gentille fille ? T'es sûr que c'est Cendre que tu as vue ?

Écoute, il dit, je sais que c'est pas mes oignons

mais, selon moi, tu devrais revoir ton dispositif de sécurité.

T'as raison, c'est pas tes oignons. Je te retrouve au camp, Saba, elle me lance avant de disparaître dans les bois.

Il se retourne alors que je mets mes bottes.

Je lui plais, il dit. Ça se voit.

C'est normal que tu énerves toujours tout le monde ? je demande.

Plus ou moins.

T'as pas répondu à ma question. Qu'est-ce que tu fais ici, Jack ? Tu me suis à la trace ?

Oh là, tu as une bien haute opinion de toi. Il se trouve que je passais dans le coin. Je me suis souvenu que tu avais parlé du camp des Aigles Libres. Je voulais juste vérifier qu'il t'était rien arrivé en chemin... Alors comme ça, tout va bien ?

Ouais.

T'as retrouvé ta sœur en forme ?

Ouais.

Bien. Je t'ai déjà dit que j'avais toujours voulu avoir une sœur ?

Ouais.

Il croise les bras sur sa poitrine et me sourit. Je le dévisage.

Pour finir, il dit, Je sais comment aller à Freedom Fields. Je peux t'y conduire, si tu veux.

Tous mes membres se contractent à ces mots. Mais aussitôt, quelque chose me perturbe. Je lance, C'est étrange, Jack, tu débarques sans prévenir et, en plus, tu connais Freedom Fields.

Je te l'ai déjà dit, c'est le destin, il explique.

Et je t'ai déjà répondu que je crois pas au destin. Comment je peux te faire confiance ?

Tu peux me faire confiance.

Facile à dire. Comment savoir que tu mens pas ?

Tu peux pas. Mais je mens pas.

Je sens le sang affluer vers mon visage. Je lève les bras et je m'écrie, T'es la personne la plus énervante que j'ai jamais rencontrée ! Tu es une vraie anguille !

Il me fait son sourire de travers.

Et prends pas cet air satisfait, c'est pas un compliment ! j'ajoute.

Bon, tu veux un guide ou non ?

Dis-moi franchement, Jack, qu'est-ce que tu cherches ?

Au lieu de répondre à ma question, il se rapproche et me demande, Pourquoi t'es venue me chercher, toi ?

Hein ?

Pourquoi t'es venue me chercher ? À Hopetown. La prison était en flammes. Il fallait être fou pour entrer là-dedans, mais tu l'as fait. Tu as risqué ta vie pour sauver la mienne, alors que tu me connais même pas.

La pierre me brûle tellement qu'elle manque creuser un trou dans ma peau. Je vais pas lui raconter l'histoire de Mercy, qui prétend que la pierre chauffe quand on a trouvé l'amour. Un adulte peut pas croire à des choses aussi stupides.

Je croise les bras sur mon cœur battant et je regarde par terre.

Je sais pas. Je l'ai fait, c'est tout.

Et moi, je sais pas pourquoi je suis ici, il dit. Mais j'y suis. C'est pas comme si j'avais pas d'autres trucs à faire. J'ai des gens à voir. J'ai… du boulot.

Dans ce cas, va-t'en. Je t'ai pas demandé de me suivre. Je me débrouille très bien toute seule. J'ai pas besoin de ton aide. Va-t'en.

T'as pas compris ? il crie en m'attrapant le bras. J'en suis incapable !

On se dévisage. L'air entre nous devient lourd, j'ai du mal à respirer.

Pour finir, je dis, Bon, quand est-ce que tu me conduis à Freedom Fields ?

Il se passe une main sur le front. Rien qu'y penser, ça veut dire que je suis fou, il murmure. Oui, je suis fou. Mais d'abord… j'ai besoin de me rafraîchir.

Il retire ses bottes et passe sa chemise par-dessus sa tête.

J'observe sa poitrine. J'arrive pas à en détacher mes yeux. Quand je l'ai vu torse nu, à Hopetown, tout ce que j'avais remarqué, c'étaient ses cicatrices. Mais là, c'est à quel point il est mince et musclé. Il a les épaules larges et des bras sculptés. Il a pas un seul poil sur la poitrine, contrairement à Pa et Lugh. L'envie me démange de toucher sa peau. De découvrir combien elle est douce.

Fais attention, l'Ange, il dit. Quand on regarde un homme comme ça, il peut lui venir… des idées.

Je reste immobile.

Il attrape les boutons de son pantalon et il hausse un sourcil.

T'as trois secondes avant que je le retire.

Je me retourne et je pars en courant.

Je l'entends encore rire alors que je suis à mi-chemin du camp.

*

Maev est assise en tailleur sur sa couchette dans le dortoir, elle me regarde empaqueter mes affaires. Elle lance un caillou d'une main à l'autre.

Qu'est-ce que tu sais sur ce Jack ? elle me dit. C'est bizarre de surgir comme ça de nulle part.

J'en sais autant sur lui que j'en sais sur toi, je réplique. Pas grand-chose.

Elle se mord la lèvre inférieure.

Il m'inspire pas confiance, elle déclare. Et toi ?

Il m'a dit qu'il savait aller à Freedom Fields. Si je veux trouver Lugh, je dois lui faire confiance. Je t'ai fait confiance pour m'aider à m'échapper de Hopetown. Je te connaissais pas, mais…

Tu as fait le pari ?

Ouais, c'est ça. J'ai fait le pari. Et tu as tenu ta promesse.

C'est vrai…, murmure Maev. Puis, sans me regarder, elle ajoute, J'aurais bien demandé à deux Aigles de vous accompagner, mais j'ai une bataille à mener sur la route de l'ouest.

J'ai l'impression qu'elle est pas tout à fait sincère, mais je réponds, Tu me dois rien.

Il y a… quelque chose autour de ce type… Il a des secrets. Et il est…

Arrogant ?

Oui.

Pénible ?

Certainement.

Fuyant ?

Comme un serpent.

Elle m'observe un moment, puis elle a l'air de changer d'avis. Elle me fait un petit sourire et elle dit, En tout cas, il est agréable à regarder.

Vraiment ?

Je sens mes joues devenir écarlates. Je hausse les épaules.

J'ai pas fait attention, je dis.

Il a de beaux yeux.

Trop rapprochés.

Un joli sourire.

De trop grandes dents. De toute façon, c'est pas mon genre.

Elle me lance le caillou en s'écriant, Pas ton genre ? Arrête, Saba, c'est exactement ton genre ! Un type à problèmes.

J'ai déjà assez de problèmes avec Lugh, je dis. J'en veux pas d'autres.

T'es sûre ? T'as l'air… toute chaude en sa présence.

C'est depuis l'incendie, je murmure. La chaleur a dû pénétrer dans mon sang, un truc comme ça.

Un truc comme ça, elle répète.

J'ai fini mon sac. Je serre la corde.

Merci de vous occuper d'Emmi, je dis. Lugh et moi, on reviendra la chercher dès qu'on pourra. Maev ?

Hein ?

Si… il devait nous arriver quelque chose… Si je revenais pas…

Saba…

S'il m'arrivait quelque chose, promets-moi de t'occuper d'Emmi. Je t'en prie. J'ai besoin de savoir qu'elle est en sûreté.

Maev me dévisage longuement.

Puis elle dit, D'accord, je te le promets.

Merci. Elle aime pas se laver. Il faudra te battre. Autant le savoir.

Je mets mon sac sur mon dos. Elle me prend le bras.

Écoute, elle dit. Si jamais t'as envie de rejoindre des bandits, on t'accueillera avec joie. Tu ferais une excellente Aigle.

*

Jack est en train d'attacher ses sacs à la selle de son cheval. À Hopetown, il a réussi à voler un magnifique étalon blanc qu'il appelle Ajax, et qui se révèle avoir un aussi sale caractère que lui.

Il regarde Emmi dessiner des cercles avec un bâton dans la poussière. Elle a la tête penchée comme une fleur qui se fane.

Tu vas vraiment la laisser là ? il me demande.

Je passe la bride à Hermès.

Oui. C'est une petite fille. C'est trop dangereux pour elle. Et puis, elle ferait que nous retarder.

Jack sait pourquoi je dois arriver à Freedom Fields avant le solstice d'été, à quel point c'est important. La veille, je lui ai raconté tout ce que j'avais appris, tout ce qu'Helen m'a dit avant de mourir. Il m'a écoutée mais il a rien dit, il a juste grogné à plusieurs reprises.

Lugh est pas que ton frère, c'est aussi celui d'Emmi, il me dit. Tu crois pas qu'elle a autant de droits que toi sur lui ?

Non. Et d'abord, occupe-toi de tes affaires. Maev a dit qu'elle prendrait soin d'elle, et c'est comme ça que ça va se passer.

Si tu le dis.

Jack met ses doigts dans sa bouche et siffle. Emmi redresse aussitôt la tête. Il lui fait signe, et elle arrive en courant.

Ta sœur veut pas que tu nous accompagnes, il annonce. Elle dit que tu vas nous retarder.

Jack! je m'écrie.

Je vais pas vous retarder! proteste Emmi. Je suis une bonne cavalière! J'ai monté Nudd toute seule dans le désert. On a retrouvé Saba, et on a même réussi à lui faire très peur!

C'est vrai? dit Jack en haussant un sourcil dans ma direction.

C'est pas le problème, je dis à Emmi. Les choses pourraient mal tourner. Je veux pas qu'on te fasse du mal.

Je suis capable de me défendre, dit Emmi. Je sais me battre.

Bien sûr que non.

Si!

Tiens, dit Jack en prenant son lance-pierres à sa ceinture. Tu vois le truc qui brille? Il désigne l'un des disques brillants que les Aigles suspendent aux arbres pour faire fuir les oiseaux. Essaie de toucher le centre.

Jack, je proteste. On perd notre temps. Elle a jamais tiré de sa vie.

Fais pas attention à elle, il dit à Em en lui tendant son arme. Essaie.

Pas de problème, répond Emmi en sortant un lance-pierres de son pantalon. J'ai le mien.

Depuis quand t'as une arme ? Eh, mais c'est le mien !

Non. C'est celui de Lugh, elle rétorque.

C'est vrai.

Mais je pensais que les Pinch avaient vendu toutes nos affaires à Hopetown !

Sauf ça, dit Em. Je l'ai volé quand ils regardaient pas et je l'ai mis dans ma cachette. Je l'ai gardé pour Lugh. Je lui rendrai quand je le retrouverai.

Si c'est pas mignon, ça, dit Jack. Maintenant, vas-y. Voyons voir si tu peux atteindre cette cible.

Emmi lève son lance-pierres, vise et tire. Et elle atteint le centre du disque.

Elle a un sourire jusqu'aux oreilles.

J'en reviens pas. Emmi vient de tirer comme si elle avait fait ça toute sa vie.

Elle a l'œil, déclare Jack. Ferme la bouche, tu vas gober les mouches.

Où t'as appris ça ? je demande à Emmi.

Elle hausse les épaules. Je vous ai regardés, Lugh et toi. Et ensuite, je me suis entraînée jusqu'à ce que j'y arrive.

Je savais pas que tu tirais si bien, je dis. Pourquoi tu me l'as pas dit ?

T'as jamais aimé que je te parle, elle rétorque. Tu me disais toujours de me taire et de dégager.

C'est pas vrai ! je proteste. Mais je sens mes joues rougir, parce qu'on sait toutes les deux que si. Ça a l'air horrible quand elle le dit comme ça, que j'étais aussi méchante, pourtant c'est vrai. J'étais toujours avec Lugh. Quand on était tous les deux, j'avais besoin de personne d'autre. Et ça a été comme ça depuis notre naissance.

Si on résume, dit Jack, elle sait monter à cheval, elle sait tirer et elle a du cran. J'oublie quelque chose ?

Ce que t'oublies, c'est qu'elle a que neuf ans.

C'est autant mon frère que le tien ! proteste Emmi.

Un point supplémentaire, lance Jack. Et elle a même réussi à sauver son lance-pierres.

Ils me regardent tous les deux.

Non ! je m'écrie. Non, non, non !

Ils disent rien. Ils se contentent de me regarder.

Me regardez pas comme ça ! je soupire. Bon, d'accord, tu peux venir. Mais t'as intérêt à m'obéir et à pas me faire regretter ma décision, Emmi.

Je parle dans le vide. À la seconde où elle a entendu le mot venir, Emmi s'est mise à pousser des cris de joie. Elle serre la main de Jack, puis elle se jette dans mes bras et me regarde avec des yeux brillants. Je l'ai jamais vue aussi heureuse.

Je te décevrai pas ! elle promet. Puis elle se met à bondir en direction du dortoir en appelant, Epona ! Epona ! Devine quoi !

Je tends un doigt vers Jack.

S'il lui arrive quelque chose, je saurai à qui le reprocher.

Il m'attrape par la main. Ses yeux sont durs comme la pierre et froids comme un ciel d'hiver. Sa main est chaude. Sa peau est rugueuse. Un frisson parcourt mon bras.

Je vois clair en toi, il dit.

Vraiment ?

Ouais. On voit tout dans tes yeux. La seule personne qui compte pour toi, c'est ton frère.

C'est pas vrai.

Et s'ils avaient pris Emmi ? Emmi, et pas Lugh. Tu serais partie à sa recherche ?

Je veux répondre oui, mais son expression m'arrête net. C'est pas la peine de mentir, il connaît déjà la vérité.

Il me lâche la main et recule.

C'est bien ce que je pensais, il dit. Ta sœur sera plus en sécurité avec moi qu'elle le sera jamais avec toi. Laisse-moi m'occuper d'elle.

*

Donne-moi ta main, me dit Maev tout bas pour que personne d'autre entende. Elle glisse un anneau en or au majeur de ma main droite. Si jamais t'as besoin de moi, elle me souffle, si t'as besoin des Aigles, envoie Nero avec cet anneau, et on viendra à votre secours. N'importe où, n'importe quand... Tu l'envoies avec cette bague, et on arrive.

Puis elle recule.

Mon cœur fond dans ma poitrine. Depuis le dos d'Hermès, je la regarde. Elle me sourit.

Tu nous as libérées de Hopetown. Tu nous as sauvé la vie. Tu nous as offert de la nourriture et des chevaux... et la chance de retrouver Lugh. Je... je te dois tant, je vois pas comment je pourrai te rendre ça, mais dès que...

Les amis se doivent rien, elle dit. Porte-toi bien. J'espère que tu vas retrouver ton frère.

Au revoir ! dit Emmi en se penchant vers Epona pour la serrer contre elle.

Obéis à Saba et Jack, lui conseille Epona.

Jack, veille sur elles, dit Maev. Sinon, on te

chassera jusqu'au bout de la terre. Et quand on te retrouvera, on t'arrachera les boyaux et on les donnera à manger aux chacals en t'obligeant à regarder.

Je risque pas d'oublier, dit Jack.

Nero vole en cercle au-dessus de nos têtes. Il croasse d'impatience. Je lève la tête. Il faut qu'on y aille. Je claque de la langue pour mettre Hermès en route. Jack part en premier sur Ajax, Emmi est entre nous sur un poney qui s'appelle Joy, et je ferme la marche avec des paquets et des outres pleines grâce aux Aigles Libres.

Elles sont toutes là pour notre départ. Elles crient, Au revoir, bonne chance, à bientôt, des paroles de ce genre.

Je me retourne pour la dernière fois. J'observe Cendre et toutes les Aigles qui sourient en agitant la main.

Sauf Maev. Elle sourit pas et elle agite pas la main. Elle bouge pas.

On dirait qu'elle s'attend à jamais nous revoir.

BLACK MOUNTAINS

On a voyagé toute la journée. Je dois le reconnaître, Jack sait donner le rythme. Assez rapide pour que j'arrête de trépigner, mais pas trop pour qu'Emmi suive avec son poney.

Il dit qu'on est encore dans les contreforts des Black Mountains. Il dit qu'on n'atteindra pas les vraies montagnes avant deux jours. On grimpe régulièrement, on traverse des forêts de pins ou des vallées recouvertes de buissons.

Nero est heureux de me retrouver après notre longue séparation à Hopetown. Moi aussi. Il est heureux de voyager sur mon épaule, de me faire la conversation et de découvrir le paysage qui change au fur et à mesure. De temps en temps, il disparaît pour faire ses affaires de corbeau.

Il est parti depuis le milieu de l'après-midi, et je commence à me demander où il est quand il surgit. Mais, au lieu de s'approcher de moi, il se pose sur la tête de Jack, puis il se penche et se met à lui pincer amicalement l'oreille.

J'en crois pas mes yeux.

Nero ! je crie. Laisse Jack tranquille !

Il revient si vite vers moi que je vois uniquement ses ailes s'agiter. Il se pose sur mon épaule et reste tête baissée, sans me regarder.

J'aurais jamais cru qu'un corbeau puisse avoir l'air coupable.

Jack se retourne vers moi en souriant.

Il m'embête pas, il dit.

Jack. Mais comment il fait ? Comment tous ceux qu'il croise tombent sous son charme ? Presque toutes les Aigles, ma petite sœur, et maintenant mon corbeau. Je suis sûre que s'il y avait sur le chemin un rocher qu'il avait pas envie d'enjamber, il lui suffirait de faire un clin d'œil pour que le rocher roule sur le côté.

Pas moi. Je refuse de céder. Pas à lui. Surtout pas à lui.

*

Quand la nuit tombe, on installe un campement dans un bosquet de pins au bord d'un petit ruisseau. Les aiguilles sont à la fois douces et piquantes sous nos pieds. Leur parfum emplit l'atmosphère.

Jack ferme les yeux et prend une grande bouffée d'air.

On va dormir sur des lits parfumés cette nuit, Emmi, il dit.

Je vais nous préparer des lits confortables, Jack. Tu verras, répond Emmi.

Je pars ramasser du bois et j'allume un feu pendant que Jack s'occupe du reste. Emmi va et vient, elle déplie nos tapis et les installe les uns à côté des autres. Elle parle toute seule et, comme d'habitude, j'écoute pas.

Je vais dormir ici, elle dit. Et Jack, ici. Et Saba… ici. Entre Jack et moi.

Je lève la tête.

Quoi ? je m'écrie en allant récupérer mon tapis. Non, c'est toi qui dors entre Jack et moi. Tu trouves pas que c'est mieux ? Comme ça... tu pourras nous parler à tous les deux.

Mais Jack m'a chargée de décider ! proteste Emmi en posant ses mains sur ses hanches. Il s'occupe des chevaux, toi du feu et moi je prépare nos lits. C'est pas vrai, Jack ?

Si, mais, apparemment, ta sœur pense que t'en es pas capable, Emmi.

Ils ont tous les deux le regard braqué sur moi. Emmi a le visage crispé. Elle fait ça quand elle est en colère, mais qu'elle veut pas que son menton tremble. Jack a l'air de s'en foutre. Il sait que je veux pas dormir à côté de lui, mais je peux pas dire ça à Emmi. Pour elle, je suis méchante, une fois de plus, je la laisse pas faire comme elle veut. Il m'a bien eue.

C'est pas vrai, je rétorque en rendant mon tapis à Emmi. Désolée, Em. C'est ton boulot, tu as raison. Fais comme tu veux.

Alors qu'elle est en train de remettre les tapis, je m'approche de Jack qui desselle Ajax et Hermès.

Je vois ton petit manège, je lui dis. Mais il marchera pas.

Ah bon ?

Sans me regarder, il empile les sacoches par terre. Puis il répond, À l'avenir, je serai heureux que tu me précises quel est mon petit manège qui marchera pas. Comme ça, je pourrai éviter de recommencer.

Je fronce les sourcils.

Tu fais encore l'anguille, je dis. Ton manège,

Jack, c'est que… tu essaies de me faire tout le temps passer pour une idiote !

Oh ?

Arrête, tu sais très bien ce que tu fais !

Dans ce cas, je m'en excuse. Sincèrement.

Il me fait un sourire. Un beau sourire. Ni effronté ni arrogant. Je sais plus quoi dire.

Bon… Essaie juste de pas recommencer.

Je te promets, il déclare, que la prochaine fois que tu passeras pour une idiote, ça sera entièrement ta faute.

Puis il me fait un clin d'œil en ramassant les sacoches.

Le feu a besoin de bois, il me lance.

Je sens un petit sourire apparaître sur mon visage.

*

Bonne nuit, Saba, dit Emmi. Bonne nuit, Jack.

Elle se retourne et s'endort aussitôt. Nero est perché sur un arbre non loin.

J'observe le ciel nocturne. Il est clair, avec quelques nuages qui filent devant la lune. Je serre ma couverture contre moi, je suis tendue comme un arc. Je sens la présence de Jack tout à côté de moi. Sa chaleur, son souffle, le mouvement de sa poitrine que je surveille du coin de l'œil.

J'entends un petit bruit. Je me tourne et je le vois face à moi, appuyé sur un coude. Le feu mourant se reflète sur ses pommettes et plonge ses yeux dans l'ombre. Je détourne le regard.

Il tend la main jusqu'à la pierre au creux de mon cou, puis il la retire aussitôt.

Elle est brûlante, il s'étonne.

Je sais. Je la passe par-dessus ma tête et la pose sur mon tapis. C'est idiot, je sais pas pourquoi je porte ça.

Au bout d'un moment, il dit, Parle-moi de ton frère.

On est jumeaux.

Je me disais bien qu'il y avait quelque chose de particulier entre vous. À quoi il ressemble ?

Je réfléchis. C'est toujours le même problème quand on me pose des questions sur Lugh. Mercy, Helen, Maev... et même Emmi. J'ai envie de parler de lui et, en même temps, j'en ai pas envie. J'ai l'impression que si j'accepte, c'est comme si je le perdais par petits bouts, alors que j'ai envie de le garder entièrement pour moi.

Ma est morte en donnant naissance à Emmi. Et après ça, Pa... a plus jamais été le même. Plus rien comptait pour lui. Même pas nous... rien du tout. Si Lugh nous avait pas trouvé à manger et avait pas réparé sans cesse le toit sur nos têtes, je crois qu'on serait tous morts. Lugh et moi, on n'avait que neuf ans quand Ma est morte, l'âge d'Emmi aujourd'hui. Il est fort. Il a jamais peur.

Mais à quoi il ressemble ? demande à nouveau Jack.

Il est... il est drôle, gentil et... très intelligent. Il a bien écouté tout ce que Pa lui a dit. Pas comme moi. Il sait tout. Il sait réparer n'importe quoi, il connaît la terre, les animaux et... moi. C'est le seul qui me connaît vraiment.

DeMalo. Des yeux sombres, presque noirs, qui pénètrent les miens.

Il regarde tout au fond de moi. Il voit mes pensées les plus sombres, mes pires craintes.

Ça semble trop beau pour être vrai, dit Jack.

Sa voix a l'air de venir de très loin.

Qu'est-ce que tu dis ? je lance.

Je disais... que Lugh semble trop beau pour être vrai.

T'as pas le droit de dire ça. Tu sais rien de lui !

Je parle très vite, pour pas penser à combien Lugh a changé pendant la dernière année. À comment il était le dernier jour. À comment il en pouvait plus de vivre à Silverlake, à sa colère quand il a traité Pa de vieux cinglé qui vivait dans ses rêves. Je supporte pas que Pa soit mort juste après ça.

Je suis désolé, dit Jack, c'est idiot ce que je te demande. Si vous êtes jumeaux, il doit te ressembler, non ?

Je l'observe.

Non. Lugh est beau, il ressemble à Ma. Il a des cheveux dorés comme le soleil et une longue tresse qui lui arrive à la taille.

Tes cheveux commencent à repousser, il dit. Ils sont bruns.

Noirs, je le corrige. Comme mon père. Ils étaient beaux, avant. Épais, longs et... Je dois te paraître stupide.

Non.

Quand Ma était encore vivante, elle disait, Tu es la nuit et Lugh est le jour. Je prends toujours tout au sérieux. Lugh, il sourit, il sait faire rire. C'est quelqu'un de bien, Lugh. Il est tout ce que je suis pas.

C'est vraiment ce que tu crois ? Que t'es pas quelqu'un de bien ? Que t'es pas belle ?

Je réponds pas.

Il doit te manquer.

Je savais pas que ça pouvait faire mal quand quelqu'un vous manque. Mais si. Profondément. C'est comme s'il était dans mes os. On n'avait jamais été séparés jusque-là. Jamais. Je sais pas vivre sans lui. C'est comme… si j'étais rien.

Dis pas ça, dit Jack. Dis jamais ça. Tu es quelqu'un, Saba. Quelqu'un de bon, de fort et de vrai. Avec ou sans Lugh.

Il tend la main vers ma joue et essuie mes larmes avec son pouce. J'avais même pas remarqué que je pleurais. Je sens une traînée chaude à l'endroit de sa caresse.

Les nuages se dispersent un instant et je plonge mon regard dans ses étranges yeux argentés. On dirait un lac au clair de lune. On reste immobiles un long moment, on se regarde dans la nuit douce qui sent le pin. Pour finir, il dit, On le retrouvera. Je te le promets. Maintenant, essaie de dormir un peu. Je prends le premier tour de garde.

Réveille-moi quand ça sera l'heure, je dis.

D'accord.

Bonne nuit, Jack.

Bonne nuit.

Il s'assied et cale son dos contre un arbre.

Jack ? je murmure.

Quoi ?

Merci.

Fais de beaux rêves, Saba.

Mais je suis incapable de dormir.

Quelqu'un de bon, fort et vrai. C'est ce que Jack a dit. Personne a jamais dit ça sur moi. Je me demande s'il le pense vraiment.

Le Jack que je connais, c'est un Jack charmeur plein de sarcasmes et de sourires malins. Je m'attendais pas à une conversation comme celle de ce soir. Il me rappelle Mercy. Il a une sorte de… tranquillité, je crois qu'on peut dire ça. Mercy me fait la même impression. Elle est calme comme l'eau dormante.

Je suis perdue. Juste au moment où je croyais avoir tout compris de Jack. Je sais que Maev pense qu'il a des secrets. Et elle a sans doute raison. Elle a vu beaucoup plus de gens que moi. Emmi a l'air de l'apprécier, mais qu'est-ce qu'elle en sait ? C'est qu'une petite fille.

Je sais pas si j'ai raison de lui faire confiance.

Je lève les yeux vers le ciel. Des nuages gris passent.

J'aimerais que Lugh soit là. Lui, il saurait. Il me dirait.

*

Milieu de la journée. On avance toujours dans les contreforts secs et poussiéreux, mais il y a de plus en plus de pente, de roche et d'arbres.

Jack est loin devant depuis le début de la matinée. Je suis contente de pas avoir à lui parler. Je regrette de lui avoir raconté tant de choses la veille au soir. Je sais pas trop pourquoi j'ai fait ça. J'aurais pas dû dormir à côté de lui.

Emmi est près de moi, et Nero voyage sur la croupe d'Hermès. Elle se retourne sans arrêt.

Qu'est-ce qu'il y a ? je lui demande.

Elle fronce les sourcils et répond, Rien.

Mais elle continue à se retourner. Je vois qu'elle

est troublée. Pour finir, je tends la main vers les rênes de Joy et je l'arrête.

Tu m'énerves, Em. Dis-moi ce qui se passe.

Jack fait faire demi-tour à Ajax et revient vers nous.

Qu'est-ce qu'il y a ? il demande.

Emmi se mord la lèvre inférieure. Elle a l'air embêtée.

Emmi ! je m'écrie. Parle, ou je te secoue jusqu'à ce que tu craches le morceau.

Je… je crois que j'ai vu quelqu'un nous suivre, elle finit par dire.

Hein ?

Où ça ? demande Jack.

Il tend la main vers une sacoche et en sort quelque chose.

Vers le sud, dit Emmi en montrant là d'où on vient.

Jack porte l'objet à ses yeux. Un objet en plastique noir. Il regarde par deux tubes étroits et il y a deux grands verres ronds à l'autre bout. Il tourne une petite roulette au milieu.

Qu'est-ce que c'est ? je demande.

Des vue-melles, me répond Jack. Ça permet de voir loin.

Ça vient des Destructeurs ! je dis.

Oui, et c'est sacrément pratique. Je les ai trouvées à Hopetown. C'est fou ce que les gens laissent traîner. C'est rare d'en récupérer en un seul morceau.

Il balaie l'horizon du regard.

Je vois rien de fâcheux, Em. Saba, tu veux regarder ?

Il me tend l'objet et je le porte à mes yeux. Tout

à coup, le petit bosquet qu'on a dépassé il y a une demi-heure surgit. Je distingue chaque branche de chaque arbre.

Ouah ! je dis en faisant un grand sourire à Jack. C'est fantastique !

Il me regarde avec un drôle d'air.

C'est la première fois que je te vois sourire, il dit.

Qu'est-ce que tu racontes ? Je souris tout le temps, je proteste.

Non, dit Emmi. Tu souriais tout le temps avant, quand Lugh était là, mais depuis qu'il a disparu, t'es toujours en colère, méchante et…

C'est bon, je dis. Ça suffit.

Je disais juste que…

Eh bien, le dis pas !

Je porte de nouveau les vue-melles à mes yeux et j'observe dans toutes les directions.

Y a rien, je finis par dire. Y a personne. La prochaine fois que t'as des visions, Emmi, sois gentille, garde-les pour toi.

Elle pince les lèvres, remet Joy au pas et passe devant moi, le menton haut.

Jack ouvre la bouche, mais je pointe un doigt vers lui.

N'y pense même pas, je le coupe. C'est ma sœur, et je lui parle comme je veux.

Il fait tourner Ajax et passe devant moi.

Elle a que neuf ans, Saba. Laisse-la un peu tranquille.

Nero croasse à mon intention. Comme s'il répétait ce que Jack vient de dire. J'observe Jack de dos. C'est étrange. Presque les mots de Lugh le dernier jour, quand on réparait le toit.

Elle a que neuf ans, Saba. Tu pourrais essayer d'être gentille avec elle de temps en temps.

Lugh. Jack. Emmi. Je fronce les sourcils. J'en ai la tête qui tourne.

J'y réfléchirai plus tard.

*

Je suis réveillée par la main de Jack sur mon bras. Ça doit être mon tour de garde. Il prend la première partie de la nuit et je veille sur nous trois jusqu'à l'aube. Je me réveille aussitôt et je m'assieds. Ses yeux brillent dans l'obscurité.

Tu as laissé mourir le feu, je murmure.

Non, je l'ai éteint.

Mais pourquoi... ?

Emmi avait raison, il dit.

Quoi ?

Il y a de la lumière sur la corniche.

Mon cœur se met à battre la chamade. Je quitte mon tapis.

Montre-moi ça, je dis.

Ce soir-là, on a installé le campement sur une colline, au pied d'une tour de lumière. Il y en a toute une rangée qui s'étend sur le grand plateau montagneux en direction des ruines d'une ancienne ville des Destructeurs, à trois lieues au nord. On aperçoit les squelettes en métal rouillé des grands bâtiments dans le lointain. Ils appelaient ça des gratte-ciel.

Jack s'avance jusqu'à la tour de lumière, et je le suis. On grimpe assez haut, puis il me tend les vue-melles.

Par-là, il dit en désignant le sud, d'où on vient.

Je distingue une petite lumière qui scintille sur la corniche qu'on a empruntée ce matin. Hier matin, plus exactement.

Un feu de camp, je dis.

Il est apparu juste après minuit. Je le surveille depuis, il a pas bougé.

Ils doivent camper pour la nuit, je continue.

Sans doute.

C'est normal qu'on soit pas les seuls à voyager par ici, j'insiste. C'est sans doute pas grand-chose.

Juste à cet instant, la lumière disparaît, puis une autre apparaît. Celle-ci bouge. Elle scintille sur la corniche et entame la descente. Elle se dirige vers nous.

Ça me semble plus que pas grand-chose, il dit.

On réveille Emmi et on part, je déclare.

Bonne idée.

*

On chevauche jusqu'à la ville fantôme, qu'on atteint au lever du jour.

Parfois, Pa nous parlait des grandes villes des Destructeurs qui s'étalaient sur des lieues et des lieues. Lugh et moi, on croyait qu'il nous racontait des histoires mais, apparemment, il avait raison.

Il y a un long chemin tout droit, une ancienne route maintenant recouverte d'herbe et de buissons, qui s'étend à perte de vue. Les squelettes rouillés des gratte-ciel qu'on voyait au loin s'alignent de chaque côté. Des rues plus petites partent de la rue principale comme les branches d'un arbre.

On devine encore les endroits où il y avait autrefois des bâtiments. Maintenant, ce sont plus que des monticules. Ils sont tombés bout par bout et ont été lentement recouverts par la végétation, qui finit par enterrer le passé.

Y a pas un bruit à part le vent qui gémit. Il soupire en passant près de nous, il nous murmure le secret de cet endroit oublié depuis longtemps. Écoute le vent, m'a dit Mercy. Si seulement on pouvait comprendre ce qu'il dit. Peut-être qu'il nous raconte combien de personnes sont enterrées là et comment elles sont mortes. Peut-être d'épidémie, de faim, de soif ou à cause de la guerre. Ou peut-être de tout ça en même temps. Les Destructeurs ont connu tout ça.

Maintenant, il y a plus que des chats qui vivent là. Et là où il y a des chats, il y a des souris. Elles passent devant Hermès, mais il est trop intelligent pour avoir peur. Les chats nous accordent aucune attention. Nero s'amuse à plonger vers eux, et ils détalent, terrorisés.

On arrête nos chevaux et on met pied à terre.

À la seconde où je touche le sol, il cède. J'ai même pas le temps de crier que ma jambe droite a disparu jusqu'au genou.

Emmi éclate de rire.

Ah, oui, j'ai oublié de te dire, lance Jack. Si le sol s'effondre, va plus loin. Dans ce genre d'endroit, ça veut dire qu'il y a un trou.

Bras croisés, il me regarde m'extirper.

Merci. J'essayerai de m'en souvenir.

On a intérêt à localiser nos amis. Il tend les vue-melles à Emmi. Tu veux grimper à la tour et jeter un œil ? il demande.

Elle acquiesce. Elle m'a pas parlé depuis que je l'ai secouée pour la réveiller en lui disant qu'on avait vu un feu et qu'on a levé le camp en pleine nuit. Je m'expliquerai avec elle plus tard, quand Jack sera pas dans les parages, je lui dirai que je suis désolée de pas l'avoir crue. Apparemment, quelquefois, Emmi peut avoir raison.

Elle trottine jusqu'à une grande butte et elle se met à escalader la tour en métal. Elle passe un bras autour d'une poutre et porte les vue-melles à ses yeux.

Je les vois! elle s'écrie, tout excitée.

À quelle distance? demande Jack.

Euh…

Elle connaît pas les distances, je dis.

Si, je les connais! elle rétorque. Deux lieues.

Ils sont combien? demande Jack.

Quatre! Non, attends! Euh, je vois pas bien.

Essaie de régler le bouton au milieu, crie Jack.

Elle lâche la poutre.

Emmi! je hurle. T'es folle ou quoi? Retiens-toi à quelque chose!

Laisse-moi tranquille! elle réplique. Je sais ce que je fais!

Elle se tourne pour me fusiller du regard. Et elle perd l'équilibre.

Emmi! je crie.

Je cours vers elle.

Elle réussit à rattraper la poutre. Elle est sauvée. Mais elle a lâché les vue-melles. Je me jette en avant pour les rattraper, mais je suis trop loin. Elles font un bruit sourd en heurtant le rocher près de moi. J'atterris sur le ventre, je reste couchée par terre, et je regarde les bouts des vue-melles éparpillés sur l'herbe. Nero surgit et se pose sur ma tête.

Zut, dit Jack.

Bon sang, Emmi ! Regarde ce que tu as fait !

C'est pas grave.

*

Jack vient se cacher avec nous derrière la butte. Apparemment, ils sont que deux. Et à pied. Ils marchent à côté de leurs chevaux.

Tant mieux, je dis. Je m'en voudrais de blesser un cheval.

Mais blesser des gens, ça te dérange pas, rétorque Jack.

Ils peuvent se défendre, je dis.

Je n'oublierai pas de laisser dormir tes mauvais instincts, dit Jack. Tu crois que notre trou est assez grand ?

Je t'ai déjà dit, j'ai creusé des centaines de pièges comme celui-là. Lugh et moi, on faisait ça tout le temps pour chasser le sanglier.

Emmi fronce les sourcils.

Mais, Saba, il y avait pas de sang…, elle commence.

Dans le dos de Jack, je fais mine de lui trancher la gorge et je lui lance un regard assassin. Elle se tait.

Mon plan doit fonctionner. J'ai pas envie que Jack sache que j'ai jamais construit de piège comme ça. Lugh et moi, on en parlait tout le temps, mais à Silverlake, il y avait rien d'intéressant à chasser. Jack et moi, on a creusé à l'endroit où mon pied s'est enfoncé, en plein milieu de la route principale qui traverse la ville. Apparemment, il y avait déjà un beau trou. Il a juste fallu l'agrandir un peu.

Mon tapis va être tout sale, grogne Emmi.

On l'a étalé sur le trou, on a fixé les coins et on l'a recouvert de branches. Maintenant, on peut pas voir qu'il y a un trou.

Tant pis pour toi, je dis. C'est ta punition pour avoir cassé les vue-melles.

Je t'ai dit que j'essayerais de les réparer, dit Jack.

Emmi me tire la langue. Je la menace du doigt.

Pas d'impertinence, Emmi. Attends que…

Chut! dit Jack en posant un doigt sur ses lèvres.

On attend en silence, nos trois paires d'yeux fixées sur le trou.

Puis j'entends leurs voix. Et un cheval qui s'ébroue.

Ils arrivent, souffle Jack.

On se colle sur le flanc de la butte. Jack et moi, on attrape nos arcs et on prépare une flèche. Emmi place un caillou dans son lance-pierres. J'ai le cœur qui bat la chamade.

Les voix passent devant notre cachette.

Il y a un cri quand ils tombent dans le vide. Les chevaux poussent un hennissement de surprise.

À l'attaque! crie Jack.

On saute par-dessus la butte et on fonce de l'autre côté. Les chevaux se cabrent et partent au triple galop.

Les mains en l'air! je crie. On vous tient, espèce de salauds!

Jack, Emmi et moi, on se place autour du trou, armes pointées. On vise nos prisonniers.

J'y crois pas, dit Jack.

*

Mais qu'est-ce que vous fabriquez là ? je leur lance.

Cendre et Epona nous regardent depuis le fond du trou où elles sont tombées.

C'est pas vraiment l'accueil qu'on attendait, dit Cendre. Mais j'ai connu pire.

Elles se relèvent. Epona me tend une main.

Je veux bien un peu d'aide, elle dit.

Ça vous servirait de leçon qu'on vous laisse pourrir ici, je proteste.

Mais je lui tends une main, Jack tend la sienne à Cendre, et on les fait sortir. Elles époussettent leurs vêtements.

Franchement, Cendre, dit Jack, c'était idiot. On aurait pu vous tirer dessus. Vous auriez pu vous casser une jambe en tombant. Pourquoi vous nous avez pas dit que vous nous suiviez ?

On voulait vous faire la surprise, répond Cendre.

Eh bien, pour ça, c'est gagné, fait Jack.

Je fronce les sourcils.

Je pensais que les Aigles avaient des soucis, je dis. Maev a parlé d'un conflit sur la route de l'Ouest.

Elles échangent un regard. Un regard coupable.

Elle sait pas que vous êtes là, j'avance. Me dites pas... qu'elle vous a demandé de garder Darktrees et que vous avez filé.

D'accord, dit Cendre. On te le dit pas.

Partez, je rétorque. Faites demi-tour et retournez-y. Et débrouillez-vous pour raconter à Maev que l'idée est de vous, que j'y suis pour rien.

Attends une minute, dit Epona. Écoute, on pense que Maev a tort. Qu'elle aurait dû envoyer des Aigles avec vous.

C'est plus important que le contrôle de la route de l'Ouest, affirme Cendre. D'après ce que vous avez dit sur Freedom Fields, les Tontons et le chaal, y a peut-être pas que ton frère qu'est en jeu. Ça pourrait être aussi un problème pour les Aigles. Brûler Hopetown, ça suffit pas. On peut pas s'en tenir là. On doit les arrêter. Se débarrasser d'eux.

Tout ce qui compte pour moi, c'est récupérer Lugh, je dis. Compris ? Rien d'autre. Et j'ai pas besoin de votre aide. J'en veux pas. Rentrez chez vous.

Pourquoi t'es toujours aussi désagréable ? lance Emmi. Elles veulent nous aider.

Tais-toi, Emmi. Je pourrais avoir l'idée de te renvoyer à Darktrees avec elles.

Elle grogne et croise les bras sur sa poitrine.

Essaie un peu, elle me défie.

Tais-toi !

On se calme, dit Jack, tout le monde se calme. Je suis sûr qu'on peut…

Toi aussi, Jack, tais-toi, je lance en plissant les yeux. Je regarde Cendre méchamment. T'es sûre qu'il y a pas une autre raison pour laquelle vous êtes ici ?

Je jette un coup d'œil à Jack, puis je regarde à nouveau Cendre. Elle est toute rouge.

Bien sûr que non.

Saba, dit Epona. Tu sais qu'on est de bonnes guerrières.

Je vous le dis une dernière fois. Si j'avais voulu votre présence, je vous l'aurais demandée. Mais c'est pas le cas. Vous pourrez repartir dès que j'aurai récupéré le poney d'Emmi. Tu retournes avec elles à Darktrees, je lance à Em.

Non ! elle s'écrie. Tu peux pas m'obliger ! Je te déteste, Saba !

Je tourne les talons et je me dirige vers l'endroit où on a attaché nos chevaux. On les avait bien cachés.

Excusez-nous un instant, dit Jack.

Il me rattrape et me prend par le bras.

Je veux te parler, il dit.

Je dégage mon bras et je continue.

Y a rien à dire, je lance. Elles s'en vont et elles ramènent Emmi.

Elles veulent nous aider, il proteste. Elles veulent faire quelque chose. Essayer d'améliorer le monde. Saba, c'est quoi ton problème ?

Je continue à marcher. Il se plante devant moi.

Qu'est-ce que t'as ? il demande. Parle-moi.

J'essaie de le contourner par la droite, puis par la gauche, mais il me bloque chaque fois que j'avance un pied. Je sens la colère monter. Je serre les dents et les poings.

Pousse-toi, je dis.

Non.

Je vais chercher les chevaux. Pousse-toi, Jack.

Pas tant que tu m'auras pas dit pourquoi t'es en colère comme ça.

Très bien. Tu veux savoir ce qui va pas ? C'est…

tous ces gens qui me ralentissent, voilà ce qui me rend folle, voilà ce qui va pas ! Je m'en fous d'améliorer le monde. Tout ce que je veux, c'est retrouver Lugh, mais je passe mon temps à tomber dans des pièges. Je laisse Emmi quelque part en sécurité, et elle me rejoint. Les Pinch nous font prisonnières et je me retrouve dans la Cage à Hopetown. Je finis par m'évader et, grâce à toi, non seulement je dois à nouveau m'occuper d'Emmi, mais au milieu de nulle part, Cendre et Epona nous rattrapent. Et pour quelle raison, selon toi, Jack ?

Tu le sais, il dit. Elles veulent nous aider.

T'es aveugle ou quoi ? Elles nous ont suivis ici uniquement parce que… T'aimes bien Cendre, non ?

C'est quoi cette question ? Bien sûr que je l'aime bien ! Pourquoi ?

C'est pas ce que je voulais dire. Je veux dire, t'es amoureux d'elle ? Parce que elle, elle est amoureuse de toi. C'est clair.

Quoi ? il dit en éclatant de rire. Ne sois pas stupide.

T'as pas remarqué ?

Il secoue la tête.

T'es stupide, il dit.

Vraiment ?

Je le repousse pour me diriger vers la cachette des chevaux. J'ai mal au ventre. Je brûle de colère. Je commence à détacher Joy.

Jack arrive, les mains dans les poches. Il m'observe.

Si je te connaissais pas, je penserais que t'es jalouse.

Jalouse ! je m'écrie. Qu'est-ce que tu racontes ?

En fait, tu me veux pour toi toute seule, mais tu refuses de l'admettre.

Je le dévisage.

Puis je dis, Va te faire foutre, Jack.

Reconnais-le, il dit.

Laisse-moi tranquille !

Je peux pas le regarder, je peux pas l'écouter, je peux pas réfléchir à des choses auxquelles j'ai pas envie de réfléchir. De ressentir des choses que je veux pas ressentir. J'ai le droit de penser qu'à Lugh. Rien qu'à lui.

Tout ce que je veux, c'est atteindre Freedom Fields au plus vite. Mais je vais y arriver toute seule.

Bien sûr. T'es en train de me dire que t'as pas besoin de moi ?

Non, Jack, j'ai pas besoin de toi.

Tu te trompes. Tu as besoin de nous tous. Tu le sais pas encore. Les Tontons vont pas être contents d'apprendre la mort de leur roi. Ils vont vouloir faire payer quelqu'un. Je parie même qu'ils vont avancer la cérémonie. Si tu veux sauver Lugh, tu vas avoir besoin de toute l'aide possible. Et crois-moi, quand on sera arrivés à Freedom Fields, tu seras bien contente qu'on soit là.

Je pose le front contre l'encolure d'Hermès et je ferme les yeux.

Tu me laisseras pas y aller toute seule, je dis.

Non.

Tu peux pas m'en empêcher. Je pourrais partir au galop sur Hermès.

On te rattraperait.

Je suis prise au piège.

T'es plus fort que tout le monde, hein ? je lance.

Oui, j'aime bien cette idée. Et ça me rappelle que tu nous dois des excuses pour avoir été si méchante.

Quoi ?

Des excuses. Pour ton ingratitude.

Je plisse les yeux.

C'est pas un voleur qui va m'enseigner les bonnes manières, je rétorque. Parce que, Jack, t'es quoi, sinon un voleur ? C'est comme ça que tu gagnes ta vie.

Je suis peut-être un voleur. Mais une chose est sûre. C'est pas moi qu'on appelle l'Ange de la Mort.

Il sait comment me faire mal.

Salaud, je lâche.

Si ça peut te soulager…

Il fait une petite révérence, se retourne et s'en va.

*

Jack presse le pas.

Il dit qu'il sait pas combien de temps on va mettre pour atteindre Freedom Fields. Que ça dépend des ennuis qu'on rencontrera, que ça pourrait prendre entre une semaine et dix jours.

Dix jours. Alors que le solstice d'été a lieu dans douze jours.

Le soleil est blanc, chaud et sans pitié. L'air lourd et épais miroite. C'est difficile de respirer. Je me protège avec mon sheema.

Cendre chevauche avec Jack et elle donne

l'impression qu'il n'y a que lui au monde. Même Jack a dû s'en apercevoir, maintenant. Elle est tellement proche de lui que sa jambe frôle la sienne. Elle le quitte pas des yeux. Elle lui murmure des choses à l'oreille, qui le font éclater de rire comme s'il avait jamais rien entendu d'aussi drôle.

C'est très énervant.

Ou plus exactement, ça serait très énervant si ça comptait pour moi.

Mais c'est pas le cas.

Menteuse, crie une voix dans ma tête. *Menteuse, menteuse.*

*

On quitte la ville des Destructeurs et on a le temps de parcourir quatre lieues avant de s'arrêter pour la nuit. Selon Jack, on arrive enfin dans les vraies montagnes. Le chemin serpente sur de grandes pentes boisées très rapprochées. J'aime pas cet endroit. C'est trop renfermé. Trop sombre. On voit pas assez le ciel.

On installe le camp dans les ruines d'un grand bâtiment près d'un ruisseau, dans une petite vallée rocheuse. Nero entre et sort par les trous des fenêtres, il croasse de joie en délogeant les pigeons qui nichent là. Cendre et Jack en abattent deux pour le dîner.

Ils bavardent en préparant le feu et font bouillir de l'eau pour le thé à la sauge. Epona plume et vide les pigeons avec l'aide d'Emmi, puis elle les embroche sur une tige et les met à rôtir.

Assise un peu à l'écart, j'arrache des touffes d'herbe et je réfléchis à ce que Jack m'a dit.

Au bout d'un moment, Emmi vient me rejoindre.

Tu veux bien de moi ? elle demande.

Je hausse les épaules.

Elle s'assied à côté de moi. On dit rien pendant un moment, puis elle avance, Je suis désolée d'avoir été insolente avec toi. J'aurais pas dû te tirer la langue. Lugh serait furieux s'il savait.

Je pense pas qu'il serait très content de moi non plus, je dis. De m'être énervée comme ça contre toi.

J'imagine qu'on aurait toutes les deux des ennuis. Epona est gentille. Cendre aussi, tu trouves pas ?

Je grogne.

Moi, je les aime bien, elle insiste.

Je réponds pas.

Elles voudraient être tes amies, tu sais.

Hum.

Elle s'agenouille et me prend la main.

On va retrouver Lugh, elle dit. Je le sais. On va tous t'aider. Cendre, Epona, Jack et moi.

Tu aurais été à l'abri chez Mercy, je dis en retirant ma main. T'aurais dû rester là-bas, comme je t'avais dit.

Je sais. Mais je suis têtue. Comme toi.

On s'observe. Et on sourit.

Ouais, je dis. Tu as raison. Écoute, Emmi… Je suis désolée. Je sais que j'ai pas été très gentille avec toi. Ça ne signifie rien, tu le sais, non ? C'est juste que… je suis inquiète pour Lugh. Inquiète que… si on…

Je sais, elle me coupe. Moi aussi, je suis inquiète pour lui. Comme je suis inquiète pour toi. Je supportais très mal à Hopetown quand tu devais te battre dans la Cage. À chaque fois, j'étais effareyée que tu meures et que tu m'abandonnes.

Je t'abandonnerai pas, je te le jure. Je soupire. Je vais essayer d'être une meilleure sœur pour toi, Emmi.

T'en fais pas, elle dit. T'as pas besoin. J'ai l'habitude de comment tu es.

Elle dépose un rapide baiser sur ma joue et elle retourne voir les autres. J'attends une ou deux minutes que la boule dans ma gorge diminue. Puis je vais les rejoindre. Leur conversation s'arrête net. Ils me regardent tous. Sauf Jack, accroupi près du feu avec un bâton.

J'ai quelque chose à dire, j'annonce. À vous tous. Je sais que je me suis comportée… en petite fille gâtée, que j'ai été aussi ingrate que le vent du désert. J'en suis désolée. Et je voudrais vous dire… Merci. De m'accompagner. De m'aider à retrouver Lugh. Je vous en suis extrêmement reconnaissante.

Ils me regardent toujours. Comme s'ils attendaient la suite.

C'est tout, je dis.

Cendre hausse les épaules. On fait ça pour tout le monde, elle lance. Pas seulement pour toi et ton frère. On a un projet plus vaste que ça.

On va retrouver Lugh, Saba, me promet Epona. On va t'aider à le libérer.

Elle sourit, et ils se remettent tous à parler comme si de rien n'était.

J'ai fait ce que Jack avait dit. Ce que je devais faire. Je m'éloigne rapidement. Mais je me sens plus légère. Pleine d'espoir.

Une main sur mon épaule m'arrête. Jack.

Bravo, il dit.

Et, comme chaque fois que Jack m'a touchée ou qu'il a été près de moi, je me sens toute chaude.

Me touche pas, je proteste.

Il recule. Il a les lèvres pincées. Désolé, il dit. Je m'excuse. Ça se reproduira plus.

Il retourne vers les autres. Je sors la pierre et je la serre dans mon poing jusqu'à ce qu'elle refroidisse.

Je regarde le ciel. La première étoile est apparue. La lune aussi. Chaque soir, elle monte un peu plus dans le ciel à mesure que le solstice approche. Rien ne l'arrêtera.

La lune et moi, on fait la course. Une course que je peux pas me permettre de perdre.

Peut-être que c'est bien d'avoir de l'aide, finalement. Je suis prête à accepter n'importe quoi si ça peut me rendre Lugh. N'importe qui. Même Jack.

*

On met pied à terre pour regarder par-dessus la corniche. On découvre une gorge asséchée, sombre et escarpée. En face, des montagnes se dressent à perte de vue.

C'est le seul chemin pour Freedom Fields ? je demande.

Non, répond Jack. Je vous fais passer par ici parce que je me suis dit que vous aimeriez le paysage.

Il me décoche un regard méchant, que je lui

rends. On se cherche des noises depuis la ville des Destructeurs.

Ces montagnes ont l'air terriblement grandes, dit Emmi.

On appelle cet endroit Devil's Teeth, dit Jack. Regarde. À peu près à mi-hauteur. Tu vois ? C'est *Le Borgne*. C'est là où on va. Ça fait partie du plan.

Il désigne un bâtiment accroché à flanc de montagne que, sans Jack, je n'aurais sans doute pas remarqué. Il est fait de la même pierre noire que la montagne, long et bas, presque invisible au milieu de la roche. Un étroit chemin zigzague depuis la gorge. De la fumée s'échappe d'une cheminée tordue.

C'est quoi *Le Borgne* ? demande Emmi.

Une taverne, répond Jack.

Epona fronce les sourcils.

On y va parce que…

T'as envie de boire un coup ? demande Cendre.

Jack secoue la tête.

Le propriétaire est un de mes amis. Ike Twelvetrees. C'est un gars débrouillard et fiable. L'homme de la situation.

Je le dévisage.

Tu vas lui dire de venir, à lui aussi ?

Lui demander de venir, dit Jack. Le mot juste est demander, Saba.

C'est pas toi qui vas m'apprendre à parler, je dis. Tu vas pas lui demander de venir avec nous ?

Non. Je vais l'obliger.

Et ce type, ce…

Ike, dit Jack.

Ike, je dis, vous êtes tellement amis qu'il va tout

laisser tomber et nous accompagner juste parce que tu l'obliges ?

Exactement. Ça te pose un problème ?

Il me décoche un regard furieux, comme si ça pouvait suffire à me décourager.

Oui. En fait, oui. Et ce qui me pose un problème, aussi, c'est que tu dises que c'est la seule route pour Freedom Fields. Je pense que tu nous as emmenés là parce que tu voulais voir ton ami Ike.

C'est juste une visite de courtoisie, Saba.

Tu nies même pas !

Tu veux retrouver ton frère, oui ou non ?

Bien sûr !

Dans ce cas, fais attention à la descente, il dit. Je passe en premier.

Jack, Cendre et Epona talonnent leurs montures. Ils disparaissent dans la pente.

Em, je dis. Vas-y doucement et sûrement. Laisse la tête libre à Joy.

Le sol sec est couvert de petits cailloux. Hermès avance d'un pied sûr, mais je sais pas pourquoi, Joy est ombrageux. Emmi a du mal à le contrôler.

Je fais avancer Hermès à la hauteur de Joy et je saute à terre.

Tu ferais mieux de descendre de cheval, je dis. On va laisser Joy marcher tout seul.

Je suis en train de soulever Emmi de sa selle quand Cendre crie, Le vent tourne !

Epona montre le ciel.

Des nuages ! elle hurle.

Un grand banc de nuages sombres roule vers nous depuis le nord-est. Ils vont à une vitesse incroyable. Le vent augmente. Je compte. Un, deux, trois…

C'est des nuages de pluie, lance Jack. Dépêchez-vous !

Je veux prendre Emmi par la main, mais elle descend déjà à pied en tenant les rênes de Joy. Le poney hennit nerveusement et veut reculer.

Je me lance derrière eux.

Emmi ! Laisse Joy descendre seul !

À l'instant où je dis ça, elle tire sur les rênes. Le poney relève la tête et se dégage de son emprise.

Joy remonte la pente au galop.

La seconde d'après, la pluie se met à tomber.

*

La pluie se déverse sur nous. En quelques secondes, on est trempés jusqu'aux os.

T'es vraiment stupide, Emmi ! Je t'ai dit de laisser Joy descendre seul. Tu peux pas faire ce que je te dis, pour une fois ?

Saba ! crie Jack, même si sa voix est étouffée par la pluie. Dépêche-toi !

Me donne pas des ordres ! je rétorque.

Je mets Emmi sur le dos d'Hermès et je le conduis dans la pente. Le sol se transforme en boue sous nos pieds.

Eh bien, t'en as mis du temps, me lance Jack quand on arrive en bas.

Commence pas, Jack, je dis. Le poney est parti. Il veut rentrer chez lui.

La rivière enfle, il rétorque. Si la pluie continue comme ça, il pourrait y avoir une crue en quelques minutes. On doit traverser avant d'être pris au piège dans la gorge.

Jack ! je m'écrie. Hermès a un problème !

Je m'occupe de faire traverser Emmi, il répond en l'attrapant.

Je me retourne et je soulève le pied d'Hermès. Il a une grosse épine plantée dans le sabot. Sans doute à cause des buissons piquants un peu plus haut. Je l'extirpe avec mon couteau.

Voilà. Ça devrait aller mieux, maintenant.

On se dirige vers la rivière, mais je me sens obligée de m'arrêter. Je sens… j'ai l'impression que quelque chose va pas bien… je secoue la tête. Pas le temps de s'arrêter pour réfléchir.

Quand on atteint la rive, il y a un puissant courant d'épaisse eau boueuse. Qui attrape un tronc échoué et le retourne lentement, comme s'il se demandait ce qu'il allait en faire. Puis qui le soulève, et engloutit l'arbre.

Le lit de la rivière est étroit mais profond. Les rives sont pas larges. Si la pluie continue à tomber, en peu de temps, le torrent va emplir la gorge et on sera balayés par le courant.

Epona et Cendre ont déjà presque traversé.

Attention ! crie Epona. Le lit est très mou ! C'est difficile de pas perdre l'équilibre !

Jack talonne Ajax et s'avance dans l'eau. Emmi est serrée contre lui, elle s'accroche à sa taille.

Tout à coup, je sais ce qui ne va pas. J'ai plus ma pierre. Je repars vers l'endroit où j'ai enlevé l'épine du pied d'Hermès. Elle est là, par terre, dans la boue. Je la récupère et l'enfonce dans ma botte. Je retourne en courant à la rivière.

Juste à temps pour voir Ajax trébucher.

Emmi lâche Jack et tombe à l'eau.

Emmi ! je hurle.

Elle sait pas nager. Sans réfléchir, je plonge. Quand je refais surface, je vois Jack la sortir de l'eau en la tenant par le bout de sa tunique. Il la hisse devant lui.

Elle va bien ? je crie.

Oui ! Dépêche-toi !

Hermès plonge dans le courant. Il en avait assez d'attendre. Il traverse seul. Je vais devoir l'imiter, je crois.

L'eau m'arrive maintenant à la taille. Le courant m'enveloppe. J'ai pas fait plus de quatre pas que je heurte quelque chose. Je baisse les yeux.

Un fémur.

*

J'en ai le souffle coupé.

Partout autour de moi, les morts se relèvent.

Un autre os surgit dans l'eau boueuse. Puis un crâne. Et un os de bras. Qui se balancent tranquillement dans le courant.

Les Destructeurs devaient utiliser cette gorge comme charnier et, maintenant, la pluie fait remonter les os à la surface.

Je sors les mains de l'eau, je lève les bras. Lentement, je me retourne en me protégeant les yeux de la pluie.

Oh non, oh non ! je m'écrie.

La rivière est pleine d'os de morts.

Je commence à avoir du mal à respirer.

Je sens quelque chose me toucher. Je m'oblige

à regarder. Un squelette s'est enroulé autour de moi. Le crâne émerge.

Je le repousse. Mais, quand je ressors la main de l'eau, le haut du squelette vient avec. Je suis prisonnière de sa cage thoracique.

Je hurle. Je me débats. Je perds pied.

Je tombe. Je disparais sous l'eau.

Et le courant m'emporte.

*

Je réussis à regagner la surface. Je recrache une gorgée d'eau sale.

Au secours ! je crie. Au secours !

Je pense qu'ils peuvent pas m'entendre à cause de la pluie qui tombe et de la rivière qui rugit. Et puis, je dois être trop loin maintenant. J'ai aucune idée d'où va cette rivière.

Je m'accroche à un tronc d'arbre qui passe près de moi. Je me hisse dessus pour garder la tête hors de l'eau. Et je file sur la rivière de boue et d'os.

Jack ! je crie. Oh non, pas ça ! Jack !

À cause de la pluie, je vois même pas à un mètre devant moi. Je sais pas à quelle distance je me trouve de la rive, mais elle est quelque part. Je dois la regagner à tout prix.

Je donne un grand coup de pied pour m'éloigner du milieu de la rivière, mais le courant m'y ramène. Quand je cherche à m'écarter, le tronc ne fait que tourbillonner. J'essaie à nouveau, mais le courant est plus fort que moi.

Et là, j'entends un autre rugissement. C'est pas la pluie, c'est autre chose. Ça me fait penser à… je sais pas quoi, mais j'ai entendu ce bruit récemment.

La rivière est de plus en plus étroite. Je dépasse des rochers pointus plus hauts que l'eau.

Je veux en attraper un.

Mais ça va trop vite. Quand j'arrive à la hauteur d'un rocher, le tronc le heurte et se fend en deux. Je perds l'équilibre. Je disparais sous l'eau. Mon nez se remplit. Ma bouche se remplit. J'étouffe. Mon corps percute les rochers sous l'eau. Une fois, deux fois. Je suis ballottée de tous les côtés.

Je jaillis à la surface. Je cherche de l'air, je crache de l'eau. J'ai du sable dans la bouche. Et j'ai plus rien pour m'accrocher maintenant. Tout ce que je peux faire, c'est garder la tête hors de l'eau.

Le courant m'entraîne toujours.

Ce rugissement… De plus en plus fort. Toujours plus fort.

Je me souviens tout à coup où j'ai entendu ce bruit. À Darktrees. Quand Maev et moi, on est allées se baigner.

Mon cœur cesse presque de battre. J'ai compris ce que signifie ce bruit.

Une chute d'eau.

*

Jack! je m'époumone. Je crie aussi fort que je peux. Jaaaaaaack!

Le rugissement enfle. La rivière s'élargit et crache de l'eau sale.

Il y a un rocher juste devant moi. Large et plat.

Pas trop élevé. Je pourrais y grimper. Mais il est lisse. Pas de prise.

Je tends la main. Je le rate ! Je sens le courant se précipiter vers les chutes et entraîner mes jambes. Je rejette les bras en arrière. Je cherche une prise. Mais il n'y a rien. Si ! Une de mes mains se referme sur quelque chose. Mon bras manque de se déboîter de mon épaule.

Je bouge plus.

Je suis plus emportée par le courant.

Je cherche mon souffle alors que la rivière rugit autour de moi et tire mes jambes, cherchant à m'arracher à ma prise et à m'envoyer dans la chute.

Je tiens bon, le bras toujours derrière la tête. J'ai quelque chose de solide. Un bout de métal dépasse du rocher. Froid. Dur. Je me retourne et je l'attrape à deux mains. Puis, lentement, en luttant contre le courant avec le peu de force qui me reste, je réussis à sortir de l'eau et à grimper sur le rocher.

Je m'allonge. Je suis hors d'haleine.

Je sens la pluie tomber sur moi, mais je le remarque à peine. Au bout d'un moment, je relève la tête pour voir ce qui m'a sauvée. Une tige en métal dur et rouillé. Qu'est-ce qu'elle fabrique sur ce rocher au milieu de la rivière au sommet de cette chute d'eau, je le saurai jamais. Je suis si soulagée.

Je me redresse, toujours accrochée à la tige. Puis c'est plus fort que moi. Je jette un coup d'œil vers la chute d'eau.

Et je me mets à trembler.

Mon rocher est suspendu au-dessus de la cascade.

*

L'eau plonge en rugissant.

Mes boyaux se serrent, je recule.

Je suis bloquée sur un rocher au sommet d'une cascade, au milieu d'une rivière en crue. Sans issue.

Je baisse les yeux.

L'eau continue à monter autour de moi.

Si ça continue, je vais être emportée. J'ai aucune idée de la hauteur de la chute.

J'ai les dents qui s'entrechoquent à cause du froid et de la peur. Je me blottis, les genoux plaqués contre ma poitrine.

Saba ! Saba ! T'es où ?

Mon cœur bondit. Une voix. Lointaine, mais familière…

Je cherche à travers le rideau de pluie, j'essaie de voir d'où elle vient.

Puis je vois Jack. Il nage autant qu'il est emporté par le courant. Il a une corde autour du torse qui lui passe sous les bras.

Jack ! Je m'agenouille et j'agite le bras. Jack ! Par ici !

Il m'a vue.

L'instant d'après, il arrive à ma hauteur. Je m'accroche à la tige d'une main et je lui tends l'autre.

Il l'attrape. Je le tire et il se hisse près de moi. Il sort un bout de corde supplémentaire de l'eau et le pose sur le rocher.

Il s'en est fallu de peu, il dit.

Il reprend son souffle.

Je me jette à son cou. Je tremble de la tête aux pieds.

Jack! J'ai jamais été aussi heureuse de voir quelqu'un de toute ma vie! je m'écrie.

Il me repousse en plissant les yeux.

Qu'est-ce qui s'est passé? il demande.

J'ai... perdu ma pierre. Je suis allée la récupérer. Puis j'ai perdu l'équilibre et... voilà.

Il dit rien pendant un moment. Puis il demande, Et t'as retrouvé ta pierre?

Je la sens brûler contre ma cheville, là où je l'ai enfoncée.

Ouais.

Tant mieux. Ça aurait été dommage de faire tout ça pour rien. Bon. Je suis très heureux de... discuter bijoux, mais il me semble qu'on devrait poursuivre cette conversation en lieu sûr.

Il se glisse derrière moi, et je me retrouve entre ses jambes. Il détache la corde autour de sa poitrine.

Au moins, on est à égalité maintenant, il me lance.

À égalité? Qu'est-ce que tu veux dire?

Il dénoue la corde et élargit la boucle.

La règle de trois. Tu sais, je t'ai expliqué. Quand tu sauves la vie de quelqu'un trois fois, et que, alors, sa vie t'appartient.

Il passe son bras autour de ma taille et m'attire plus près de lui.

Jack, qu'est-ce que tu fais?

Il passe la corde autour de notre taille à tous les deux.

Tais-toi ou je te remets à l'eau. Tu m'as sauvé la vie à Hopetown. Un point pour toi. Je viens de te sauver la vie, donc ça fait un point pour moi.

Tu m'as pas sauvé la vie !

Tu plaisantes ? Parce que je serais ravi de te laisser là.

Non ! je dis. Non ! Fais pas ça !

Alors, je pense qu'on est à égalité.

J'y crois pas, je dis, à cette règle de trois. C'est la chose la plus stupide que j'ai jamais…

Il serre le nœud. Mon dos se plaque contre sa poitrine.

… entendue.

Stupide ? il me murmure à l'oreille, si près que sa respiration me chatouille.

Je frissonne.

J'espère qu'il y a quelque chose de solide à l'autre bout de cette corde, je dis.

Ajax, Cendre et Epona. Ça te va ?

Je hoche la tête. Il tire sur la corde pour leur dire qu'on est prêts.

On se glisse dans l'eau.

*

Cendre et Epona tirent une dernière fois sur la corde. Jack et moi, on sort de l'eau et on atterrit sur la rive boueuse.

On essaie de reprendre notre souffle.

Saba ! crie Emmi en se jetant sur moi. Saba ! Je pensais que tu t'étais noyée ! Je croyais que je t'avais perdue !

Doucement, Emmi, dit Cendre. Laisse Saba reprendre son souffle.

Merci, Cendre, je dis.

Elle écarte Em de moi. Epona m'aide à me relever et me serre fort dans ses bras.

Merci, je dis.

Cendre et moi, on sait pas bien nager, elle dit. T'as de la chance que Jack ait été là.

Il me fait un grand sourire.

Tu veux bien répéter ce que tu viens de dire, Epona ? Je pense que Saba se rend pas vraiment compte de la situation.

Je commence à me sentir ridicule de m'être jetée à son cou comme ça. Comme si c'était plus fort que moi.

J'avais pas besoin d'être sauvée, je proteste. J'allais très bien jusqu'à ton arrivée.

Il me dévisage, bouche bée. L'eau ruisselle sur ses tempes.

Mais... tu es folle. Complètement folle. Il y a cinq minutes, tu étais perchée sur un rocher au milieu du torrent au-dessus d'une chute d'eau sans aucune, je dis bien aucune, issue. N'importe qui verrait très vite le problème. Et, corrige-moi si je me trompe, quand je suis arrivé, je t'ai très clairement entendue dire que tu n'avais jamais été aussi heureuse de voir quelqu'un de toute ta vie.

C'est pas vrai, je m'obstine.

Euh... On se met en route vers la taverne, dit Cendre.

Epona, Emmi et elle disparaissent.

Jack me foudroie du regard.

Comment oses-tu ?

T'es le type le plus vantard que j'ai jamais rencontré ! T'es insupportable ! J'ai une nouvelle pour toi, Jack. T'es pas si génial que tu le crois ! Sans ton idée stupide d'aller voir ton ami stupide dans cette taverne stupide, j'aurais pas atterri dans la rivière !

Oh, je vois de quoi il s'agit, il dit. De Cendre, encore une fois.

Non ! De toute façon, je parierais pas cher sur toi et Cendre, ou toi et quelqu'un d'autre !

Y a personne d'autre ! il rugit. Tout est dans ta petite tête ! Tu sais de quoi tu as besoin ?

Oui ! Que tu me laisses tranquille !

Non ! Tu as besoin que je te fasse clairement comprendre ! Si t'es en colère, j'ai encore plus le droit de l'être que toi ! Tu sais pourquoi ? Pour avoir cru un moment que toi et moi, on pouvait...

On pouvait quoi ?

Saba, je pensais qu'on pouvait être heureux ensemble ! Que je t'aide à retrouver ton frère et que toi et moi... tu vois ?

Non, Jack, je vois pas ! De quoi tu parles ?

De ça !

Il me prend dans ses bras, m'attrape le visage et m'embrasse.

Je garde les bras écartés. De surprise, d'abord. Puis pour éviter de toucher Jack. Car mes mains brûlent de le toucher. Partout. Ses bras, son visage, son dos, son torse. Mais j'ai pas le droit.

Je le repousse violemment. Il tombe dans la boue.

Pourquoi ? il demande.

Pour m'avoir embrassée ! Essaie plus jamais !

Oh, ça, t'inquiète pas, je préférerais sauter dans la chute d'eau !

Il se relève.

Je préférerais dormir nu dans un nid de scorpions ! il ajoute.

Il part d'un pas lourd, Ajax derrière lui.

Je le suis avec Hermès.

Mes lèvres tremblent.

*

La vieille pancarte grince sur ses chaînes. Une tête d'homme peinte nous observe avec un trou ensanglanté à la place d'un œil.

Et voilà, dit Jack. Bienvenue au *Borgne*.

La taverne en pierre sombre est inclinée et basse. Elle a l'air peu engageante. La pluie se déverse sur son toit branlant. Un mince panache de fumée s'échappe de sa cheminée.

Ça donne pas envie d'entrer, dit Cendre.

J'aime pas cet endroit, déclare Emmi.

Vous êtes gelées et fatiguées, dit Jack. Quand vous aurez dans le ventre un bol de ragoût d'écureuil cuisiné par Ike, vous verrez les choses autrement.

On va attacher nos montures. Il y en a d'autres sous l'abri, un gros mustang pie et un petit âne trapu blottis l'un contre l'autre pour se réchauffer. Ils remuent les oreilles et s'ébrouent doucement pendant qu'on laisse nos chevaux près d'eux.

Vous voyez ? dit Jack. On est pas les seuls ici. On va s'installer, puis on s'occupera du matériel et des chevaux.

Une bougie brûle à l'unique fenêtre, une étroite fente dans le mur. Jack fait sonner la cloche près de la vieille porte en bois. Aussitôt, la chandelle s'éteint.

On dirait que ton ami Ike a pas très envie de compagnie, je dis.

Il a peut-être entendu dire que tu venais, il répond d'un ton aigre.

Il tente de soulever le loquet rouillé. Fermé. Il tambourine à la porte avec son poing.

Ike ! il crie. Ike Twelvetrees ! C'est Jack ! Laisse-moi entrer !

Rien.

Ouvrez ! je crie en tapant à mon tour sur la porte.

J'essaie de l'enfoncer d'un coup d'épaule, mais Jack m'en empêche.

Attends, il dit. Il y a une autre façon de faire ça.

Il prend son élan et donne un grand coup de pied dans la porte. Elle s'ouvre d'un coup. Il entre, et on le suit.

Ils sont tous là.

J'attrape mon arc.

À côté de moi, Cendre et Epona font pareil.

*

Tirez pas ! crie Jack.

Mon cœur bat à tout rompre. Nos arcs sont bandés, les flèches prêtes à partir.

On observe les hommes armés face à nous. Ils sont au moins douze. Ils ont des couteaux, des arcs et des silex. J'ai jamais vu autant de types couturés. Une balafre pour l'un, un bandeau sur l'œil pour l'autre, des nez cassés, des oreilles arrachées, trois doigts à une main. Ils feraient passer les voyous de Hopetown pour des anges.

Je balaie la pièce du regard. C'est une longue

salle au plafond bas. La cheminée abrite un grand feu. Devant, une immense table avec un chaudron, des tonnelets et des bancs en bois renversés quand tous les bandits se sont levés d'un bond.

Y a pas un bruit, à part le feu qui crépite et la pluie qui tombe sur le toit.

Salut, les gars, dit Jack. C'est sympa de vous voir.

Un homme apparaît alors dans l'embrasure d'une porte que j'avais pas remarquée. Il est très grand, il mesure bien deux mètres. Il porte un immense plat de viande rôtie sur l'épaule. Il nous regarde même pas en posant le plat sur la table. Puis il se dirige vers nous.

Ike ! s'exclame Jack en s'avançant avec un grand sourire, main tendue. Ça fait si longtemps !

Mais Ike lui rend pas son sourire. Et il lui serre pas la main.

Il s'approche et lui balance son poing dans la figure.

*

Jack s'effondre.

Jack est à terre. La colère rouge monte en moi. Ça m'est pas arrivé depuis Hopetown.

Je vise Ike avec mon arc et je m'approche jusqu'à le plaquer contre le mur, les mains sur la tête. Je pointe ma flèche sur sa gorge. Il déglutit.

Il y a des bruits de pas, les hommes m'encerclent. Sans quitter Ike des yeux, je sens leurs armes pointées sur moi. Je sens leur souffle dans mon cou.

Tout va bien, Saba, me dit Jack. Le tue pas. Je le méritais.

Dis à ces chiens de nous laisser tranquilles, je lance à Ike.

Baissez vos armes, les gars, sinon, pas de dîner, il dit sans détacher son regard du mien.

Il y a un silence, puis un grand vacarme alors que les arcs et les couteaux tombent par terre derrière moi.

Epona ? je demande.

C'est bon, elle dit. Tu peux être tranquille.

Je m'écarte d'Ike.

Je baisse mon arc. Il se gratte la gorge et sourit en secouant la tête.

Ça alors, il dit. J'ai attendu une femme comme toi toute ma vie. Jack, je crois que je suis amoureux.

Laisse tomber, Ike, il réplique. Elle est trop dangereuse pour les types comme toi.

Vraiment ? il insiste.

Il s'approche de Jack, lui tend la main et l'aide à se relever. Jack se frotte la mâchoire là où Ike l'a frappé.

T'en fais pas, dit Ike. J'ai pas abîmé ta belle gueule. Mais j'aurais dû. Après ce que tu m'as fait.

Il lance un regard furieux à Jack, qui a l'air tout honteux. Ike pointe un gros doigt rouge sur sa poitrine.

Espèce de fils de pute, tu m'as abandonné, attaché par les pieds, nu comme un ver, avec toutes ces femmes qui…

Jack lui attrape la main.

Pas maintenant, Ike. On en discutera plus tard.

Et je parle même pas du jour où tu devais me rejoindre chez Pat O'Dooley et que je t'ai attendu comme un crétin pendant deux mois avec son petit chien qui passait son temps à me mordre les chevilles, alors que t'étais avec…

Ike ! s'écrie Jack en désignant un bandit à la table. Regarde, il prend deux assiettes !

Non ! crie Ike en se précipitant.

Jack me sourit.

Pauvre Ike, il dit en se tapant la tempe. Il est fou comme un bourdon.

Mais je le crois pas.

*

Les hommes s'installent à la grande table en grognant et s'attaquent à leur repas. Cendre se fraye un chemin à coups de coude afin de remplir trois assiettes pour Epona, Emmi et elle. Le type avec le bandeau sur l'œil essaie de la prendre contre lui, mais elle lui donne un coup sur la tête avec la louche.

Elles tirent trois chaises près du feu et s'y asseyent. Cendre et Epona gardent leurs arcs tout près d'elles. Nero, perché sur le dos de la chaise d'Emmi, se sèche et remet ses plumes en ordre. Il déteste être mouillé.

Je chasse la raideur dans mes épaules et je laisse la chaleur de la salle réchauffer mes os trempés.

Jack me fait signe de le rejoindre avec Ike dans un coin sombre. C'est le genre d'endroit où se montent les complots.

J'attrape un tabouret et je m'assieds.

Sans rancune ? je dis à Ike.

Nan. J'aime bien ton style.

Ike a une trop grosse tête pour son corps, avec une barbe broussailleuse, une moustache et des cheveux tirés en arrière qui lui arrivent aux épaules. Il a aussi de petits yeux sombres et enfoncés. Sa voix monte de très loin en lui.

Ike, je te présente Saba, dit Jack.

Je lui tends la main, qu'il saisit, porte à sa bouche et embrasse goulûment.

Épouse-moi, il dit. J'ai toutes mes dents, je me lave deux fois par an et je te céderai la moitié de mon auberge.

Mes joues deviennent toutes rouges.

Non merci, je réponds.

J'essaie de retirer ma main, mais il la serre fort contre lui.

Pas tout de suite, il insiste, une fois qu'on se sera un peu fréquentés. Mettons une semaine. Je veux bien attendre un peu. Mais me fais pas languir trop longtemps, ma douce.

Je pense que… euh, euh, je dis.

Je lance à Jack un regard qui signifie, Au secours, ton pote est cinglé, mais il fait pas attention à moi. Il est bien calé sur sa chaise, les mains derrière la tête, les jambes tendues.

Le bonheur finit toujours par arriver, il lance. Ike Twelvetrees a finalement rencontré l'amour. Je voudrais te demander quelque chose, Saba. Que votre premier fils s'appelle comme moi.

Je repousse mon tabouret et je bondis.

Je vais pas épouser Ike ! Je vais épouser personne ! Qu'est-ce que… ?

Puis je vois qu'ils échangent un clin d'œil. La

bouche de Jack se tord pour pas sourire. Ils éclatent de rire et se tapent dans le dos comme deux crétins. Sacré Jack. Il m'a encore une fois fait passer pour une imbécile.

Très drôle, je crache. On dirait deux hyènes. Allez-y, vous gênez surtout pas.

Je veux me lever, mais le long bras d'Ike m'agrippe par le poignet. Non, il dit en s'essuyant les yeux. Reste. On te veut pas de mal, hein, Jack ? On s'amusait, c'est tout. T'es pas obligée de m'épouser… Pas tant que t'es pas prête, en tout cas.

Dans ce cas, je crois que ça arrivera jamais, je réplique.

Il porte la main à son cœur.

Touché ! il dit. Il tire mon tabouret près de la table. Assieds-toi et viens boire un coup. Raconte-moi ce qui t'amène au *Borgne*.

Il attrape un pichet et verse un liquide clair dans trois chopes ébréchées.

Je garde les bras croisés sur ma poitrine.

Qu'est-ce qu'il y a ? me demande Ike. Tu fais une tête de putois.

J'aime pas qu'on se moque de moi.

Dangereuse et susceptible, dit Ike. Tu t'es trouvé une sacrée copine, Jack.

Je suis pas sa copine.

Ça, c'est sûr, rétorque Jack.

Ike hausse l'un de ses sourcils broussailleux.

Vraiment ? il dit. Allez, assieds-toi. Viens boire un coup.

J'obéis.

Jack lève sa chope. Ike et moi, on l'imite.

À Molly Pratt, dit Jack.

Ike lui lance un regard furieux et crache, Fais attention à ce que tu dis.

Oh ça va, réplique Jack. Je disais juste, À Molly Pratt.

Ike prend un air narquois et se penche en agitant les sourcils.

À Molly Pratt et ses culottes rouges, il dit.

Quelle femme ! renchérit Jack.

Quels dessous, oui ! lance Ike.

Puis ils avalent leur breuvage d'un coup.

Je prends une gorgée. Le feu s'empare de ma langue et de ma gorge. Des larmes me jaillissent des yeux.

Jack tape du poing sur la table et halète comme un poisson hors de l'eau.

C'est léger, il dit à Ike. C'est quoi ?

De la vodka de sève de pin. Bois d'un coup, il me conseille, comme ça, tu sentiras pas le goût.

Je prends une profonde inspiration et je m'exécute. Le feu se propage aussitôt dans mon ventre, et une combustion lente s'y installe.

Bon, dit Ike, parlons boulot. Je te connais, Jack. Tu te pointes quand t'as besoin d'aide. C'est quoi ton problème, aujourd'hui ?

*

Freedom Fields, dit Ike. Bien, bien. Intéressant.

Qu'est-ce que tu sais sur cet endroit ? je demande.

Pas plus que n'importe qui dans le coin, il répond. J'en ai entendu parler.

Mais il a jeté un coup d'œil à Jack avant de dire ça. Un seul. Ça suffit à me faire penser qu'il en sait sans doute plus. Je veux le lui demander quand un garçon arrive et pose trois bols de ragoût sur la table. Je vais devoir attendre le bon moment.

Le garçon a l'air d'avoir quatorze ans, pas plus. Il est maigre et tout blanc, comme s'il voyait jamais la lumière du jour, il a de grands coudes, de grandes oreilles et de grands pieds maladroits. Ike lui ébouriffe les cheveux.

Merci, fiston.

Le garçon fait un sourire timide à Ike, un signe de tête et s'éclipse. On plonge dans notre bol.

Je savais pas que t'avais un gosse, Ike, dit Jack.

Tommo est pas vraiment mon fils. Il a débarqué un jour en plein hiver. Je l'ai trouvé blotti dans l'abri avec les chevaux. Il mourait de faim, on lui voyait toutes les côtes.

D'où il vient ? demande Jack.

Aucune idée. Quand je lui ai demandé, tout ce qu'il m'a répondu, c'est, Y m'a dit de l'attendre. J'ai attendu longtemps, mais l'est jamais revenu. J'ai découvert ensuite que c'est son père qui lui avait dit d'attendre. Qu'est-ce que je pouvais faire d'autre ? Il me suivait comme un petit chien. Il est sourd, mais il lit sur les lèvres. Il comprend à peu près tout ce qu'on dit. C'est un bon gars, Tommo. Il travaille dur.

J'aurais jamais pensé que tu ferais un bon père, dit Jack.

Ike hausse les épaules.

La vie réserve toujours des surprises, il dit.

Il remplit ma chope et me donne un coup de coude.

Vas-y, bois, il me fait.

Bon, reprend Jack, Freedom Fields. T'en penses quoi ?

Je sais pas. Les affaires marchent bien. J'ai pas très envie de…

La règle de trois, Ike, dit Jack.

Dans ce cas, je peux pas refuser...

Quoi ? je m'écrie.

J'ai sauvé trois fois la vie d'Ike, explique Jack.

Donc ma vie lui appartient, il peut y faire la pluie et le beau temps. Mais en général, ça se passe pas comme ça. Ça consiste plutôt à demander des coups de main.

Mais la règle de trois, c'est… une plaisanterie, je dis.

Une plaisanterie ? lance Ike en me dévisageant. Comment tu peux dire une chose pareille ?

Je t'ai déjà expliqué, me dit Jack. Ike, on va avoir besoin de ton aide. Tu nous accompagnes ?

Ça dépend de Saba. Il s'agit de ton frère. Tu veux mon aide ?

Je le jauge. Il est solide comme un roc, aussi fort qu'Ajax, avec un regard dur et noir. Un type débrouillard et fiable. Les mots de Jack. Et il en sait plus qu'il le dit.

En tout cas, là-dessus, Maev avait raison. Il y a des secrets dans les yeux lunaires de Jack. J'aimerais que mon cœur accélère pas chaque fois qu'il s'approche de moi. Mais je lui fais confiance. Même quand j'arrive pas à le lui dire.

Pour Ike, Jack a dit qu'il était l'homme de la situation, donc ça me suffit.

Ike agite une main devant ma figure. Saba, il dit. Tu veux mon aide, alors ?

Oui, je dis. Je pense que oui.

Il prend une grosse bouchée de ragoût et se met à mâcher. On voit qu'il réfléchit. Jack et moi, on le regarde pendant un moment. Il finit par déglutir. Il s'essuie le bout des moustaches. Puis il annonce, On part demain matin. Trinquons.

*

Quelque chose me chatouille le nez. Je le chasse sans même ouvrir les yeux. J'entends un gloussement.

Va-t'en, je grogne. J'ai mal à la tête.

J'ai la bouche sèche comme un lac en plein désert. Je gémis.

Nouveau gloussement. Quelque chose goutte sur mon front. J'ouvre un œil. Je vois la tête d'Emmi au-dessus de la mienne, à l'envers. Elle tient un tissu mouillé. Je le repousse. Bouger me fait encore plus mal à la tête. Je gémis à nouveau.

Debout ! elle crie.

Laisse-moi !

C'est l'heure de se lever !

Je peux pas bouger, je proteste. Il y a quelqu'un dans ma tête qui cogne avec un marteau.

C'est la gueule de bois, elle dit.

Qu'est-ce que t'en sais ?

Je sais que t'as bu trop de gnôle d'Ike. Jack a dit de te donner ça. Ça va te faire du bien à la tête.

Je me hisse sur mes coudes sans arrêter de me plaindre. Emmi approche un gobelet. Je renifle.

C'est quoi ?

Bois, c'est tout, elle dit. D'un coup.

Où est-ce que j'ai déjà entendu ça ? Mais je fais ce qu'elle dit. Et je m'étouffe.

C'est dégueulasse ! C'est quoi ?

Du sang de sanglier et un œuf de pigeon cru. Jack dit que c'est parfait pour le mal de tête.

Jack dit…, je murmure.

Je regarde autour de moi. Il y a personne dans la taverne à part Emmi et moi.

Où sont les autres ?

En train de préparer les chevaux. Ike a renvoyé toute cette vermine à l'aube.

Hé ! je m'écrie, Emmi, surveille ton langage !

Mais c'est comme ça qu'Ike parle.

Je m'en fous. T'es pas Ike. Maintenant, aide-moi à me lever.

Avec l'aide d'Emmi, je me mets lentement debout. Je me suis jamais sentie si mal de toute ma vie. J'ai la bouche comme un terrier de taupe, les jambes comme des ficelles détrempées et la tête pleine de cailloux. Mais les coups dans mon crâne ont commencé à se calmer un peu. Peut-être que l'infâme breuvage de Jack fait effet.

Alors qu'on s'approche de la porte, je me rends compte que c'est une belle matinée ensoleillée. La lumière me poignarde les yeux. Je mets une main en visière et je cligne des paupières pour voir ce que font les autres.

Bonjour, je croasse.

Ike siffle et Cendre éclate de rire.

Oh, là, là, me dit Epona. Ma pauvre.

Elle finit de seller son cheval.

Viens avec moi, elle m'ordonne.

Elle me prend par le bras et me conduit à un tonneau rempli d'eau.

Désolée, elle dit.

Et sans un mot de plus, elle me plonge la tête

sous l'eau. Je me débats, je prends une bouffée d'air, mais elle recommence.

Le choc de l'eau glacée est comme une gifle. Quand je ressors la tête, je hurle, Mais pourquoi tu fais ça ?

Désolée, dit Epona. J'aurais dû t'avertir.

Le prochain qui me fait ça, je le frappe, mais Epona est gentille. Je sais qu'elle veut juste m'aider.

C'est bon, je dis. Merci... je me sens beaucoup mieux.

Et, à ma grande surprise, c'est vrai.

Je plonge la tête dans l'eau toute seule plusieurs fois, puis je me rince les épaules et les bras. À l'instant où j'ai fini, Tommo se glisse près de moi. Il me tend un tissu rêche et regarde par terre pendant que je me sèche.

Je lui touche le bras. Il relève la tête. Il a les plus beaux yeux que j'ai jamais vus, marron foncé, presque noirs, avec de longs cils bruns. Des yeux de biche. Un peu trop beaux pour un si jeune garçon.

Je lui souris en le remerciant. Ses joues deviennent toutes roses, il baisse la tête et disparaît.

La voix de Jack retentit derrière moi :

Il a aucune chance si tu lui souris comme ça.

Je me retourne brusquement. Il est plus près que je le pensais. Mon cœur se met à battre fort. Jack est adossé contre le mur, les mains dans les poches. Ses yeux sont pas couleur argentée aujourd'hui mais plus sombres, comme la pierre.

Très drôle, je dis.

Je replie le tissu.

Tommo est un jeune garçon au cœur d'artichaut, il déclare. Trouve quelqu'un d'autre sur qui exercer tes sourires.

Je vois pas de quoi tu parles, je dis.

Je vais être plus clair : choisis quelqu'un à ta hauteur, Saba.

Comme toi, c'est ce que tu veux dire ?

On se dévisage longuement, puis je regarde ses lèvres et j'ai l'impression que j'arrive pas à penser à autre chose qu'à ses lèvres contre les miennes.

Non, pas comme moi. Moi non plus, j'en veux pas de tes sourires.

C'est comme s'il m'avait giflée. Je trouve rien à dire.

Il retourne préparer Ajax.

Je reste immobile, le regard dans le vague.

Comme chaque fois que Jack m'approche, la pierre emplit mon corps de chaleur. Mais, cette fois, je tremble aussi. À cause de la froideur de ses yeux.

*

Je pensais qu'Ike clouerait des planches sur les ouvertures de la taverne pour qu'elle soit protégée jusqu'à son retour, mais il dit qu'il a aucune intention de revenir. Il se contente de refermer la vieille porte en bois derrière lui pour que la pluie entre pas.

C'est tout ? je demande. Tu la laisses comme ça ?

Oh, elle restera pas vide longtemps. Quelqu'un la prendra. J'ai fait comme ça, moi aussi. J'étais sur la route, je cherchais un endroit pour passer la nuit, et je suis arrivé là. Elle était vide depuis des années, apparemment. Le lendemain matin, j'ai eu l'idée de balayer le sol, et avant que je m'en rende compte, je dirigeais une taverne. Mais ça fait trop longtemps que je suis là, maintenant. Jack et moi, on en a parlé hier soir. Quand on aura retrouvé ton frère, lui et moi, on repartira sur les routes. On prendra Tommo avec nous.

Il me donne un coup de coude dans les côtes. Pour être honnête, il dit, j'ai une femme qui m'attend. La plus belle créature qu'a jamais respiré.

Molly Pratt ? je demande.

Il joint ses mains et lève les yeux au ciel.

Des lèvres comme des fruits mûrs et des courbes à faire pleurer de bonheur. Je veux qu'elle rencontre Tommo. Le moment est venu pour moi de m'installer. Et j'ai l'impression que je pourrais faire un bon chef de famille. Mais dis rien à Jack. Il transformerait ma vie en enfer.

Et lui ? je demande.

Ike glousse.

Jack en chef de famille ? C'est la meilleure !

Non, je voulais pas dire ça… Je…

Hé, Jack ! lance Ike. Qu'est-ce que tu dis toujours ?

Fais tes petites affaires, voyage léger et donne jamais ton vrai nom !

Et voilà, me fait Ike avec un clin d'œil.

J'ai une drôle de sensation. Une palpitation dans le ventre. À l'idée que Jack parte. Que je le voie plus. J'y avais jamais pensé. C'est pourtant ce qui pourrait se passer quand j'aurai retrouvé Lugh.

Ike ! Saba ! appelle Jack. Dépêchez-vous ! On n'a pas le temps de papoter.

J'étais tellement occupée à écouter Ike que j'ai pas remarqué que Jack, Emmi, Cendre et Epona étaient déjà à cheval, prêts à partir. Tommo est sur le petit âne et il tient les rênes du gros mustang pie pour Ike.

Nero croasse avec impatience, perché sur l'épaule de Jack. Ce traître d'oiseau.

C'est bon, on arrive, je dis.

Ike lève la tête vers la vieille pancarte de la taverne. Il tape dessus, et elle se balance.

Salut, *Le Borgne*, il dit.

On se met en route.

*

Le solstice d'été est dans sept jours.

Je peux pas penser à autre chose qu'à Lugh. Je me demande comment il va. J'ai peur qu'il souffre. J'ai peur qu'il se dise que je vais jamais venir. Je lui en voudrais pas. Lugh sait que je tiens mes promesses, que je me ferais pousser des ailes pour aller le libérer sur la lune, mais ça fait si longtemps qu'il croit peut-être qu'il m'est arrivé quelque chose. Je serais triste qu'il pense ça.

Ike et Jack jurent que le chemin le plus rapide jusqu'à Freedom Fields c'est à travers ces montagnes, Devil's Teeth. Il y a un autre chemin, plus praticable, mais ça voudrait dire retourner à Darktrees ou presque. Autrement dit, on passe là parce que Jack voulait qu'Ike nous accompagne. Il a intérêt à ce que ça vaille le coup.

Ce chemin est peut-être le plus rapide, mais il est peu utilisé, et faut pas se demander pourquoi.

Ces montagnes sont vraiment pas accueillantes. Elles sont escarpées, et pas moyen de rester au sommet. On doit sans cesse monter puis redescendre. C'est pas bon pour les chevaux. C'est si dur qu'on fait presque tout au pas.

Et y a pas que les montagnes. Y a le brouillard, aussi.

Il tombe le lendemain du jour où Ike a refermé la porte de la taverne, et il donne aucun signe de vouloir se lever. Il reste collé aux montagnes jour et nuit, il est lourd, humide et glacial. Il s'enroule autour de nos jambes et nous caresse le visage avec ses doigts moites.

Je déteste ça. Je supporte pas de pas voir le ciel. Même si c'était dur à Silverlake, au moins, on avait un ciel dégagé, toujours haut, qui descendait jusqu'à la terre. On pouvait respirer, là-bas.

On avance le plus souvent en silence, blottis sous nos capes, tête baissée. Quand quelqu'un parle, c'est tout bas. Même le grand Ike, avec sa voix tonitruante, chuchote. Une voix normale paraît trop forte, presque choquante, dans ce monde assourdi par le brouillard. Il y a pas le moindre chant d'oiseau. Aucun bruit de pattes d'animal. C'est comme si on était les seules âmes aux alentours.

Emmi est devenue amie avec Tommo.

Ils chevauchent côte à côte. Il lui parle de son étrange voix rauque, ou alors il utilise ses mains et ses doigts. Elle a l'air de le comprendre aussi bien que n'importe qui.

On dirait presque qu'ils sont frère et sœur. Je suis contente. C'est bien pour elle d'être avec quelqu'un de son âge. Et elle a l'air plus heureuse, pas triste comme elle est depuis longtemps. Depuis qu'on a quitté Silverlake, en fait.

En revanche, entre Jack et moi, tout a changé.

Ça a commencé dans la ville des Destructeurs et ça a empiré quand il m'a sauvée de la rivière. La dernière fois qu'on s'est parlé, c'est quand il m'a dit de pas sourire à Tommo.

On échange un mot ou deux si on est obligés, mais il me taquine plus, il laisse plus ses mains traîner près de moi et il se débrouille pour que nos regards se croisent pas. C'est comme si j'avais rêvé qu'il m'a embrassée et serrée jusqu'à ce que ma colonne vertébrale fonde.

De quoi tu t'étonnes? Chaque fois qu'il s'est approché de toi, tu l'as rejeté.

C'est une perte de temps de penser à Jack. Je serai bientôt avec Lugh. Et ensuite Emmi, Lugh et moi, on trouvera un endroit pour s'installer. Une vallée verte où coule un ruisseau. Peut-être à côté de chez Mercy. Et on formera à nouveau une famille. C'est tout ce qui m'intéresse.

Je tremble et je serre ma cape contre moi.

Il fait tellement froid dans ce brouillard.

Et encore plus froid sans le sourire de Jack.

*

Après deux longues journées, le brouillard commence à se dissiper. Il a pas entièrement disparu, mais le vent se lève et il se fait plus fin, comme si de longues plumes grises dérivaient lentement autour de nous. L'air est toujours froid et humide. C'est dur de croire qu'on est presque en été.

C'est là qu'on découvre les hommes pendus.

Ils sont quatre, accrochés par le cou avec des nœuds coulants aux branches d'un gros arbre noir frappé par la foudre. Ils tournent doucement dans la brise, et leurs mains et leurs visages sont gris car recouverts de cendre humide qui a séché. Même le brouillard évite leurs corps.

On s'arrête. On regarde un long moment. Personne dit rien. Le cheval d'Epona s'ébroue.

Puis Jack descend d'Ajax, s'approche de l'arbre et attrape la main de l'homme le plus proche. Il s'accroupit et inspecte le sol. Puis il repousse son chapeau en arrière et regarde Ike.

C'est Skinny Nick, dit Ike. Et…

McNulty, dit Tommo.

Ouais, dit Ike. McNulty. Et les deux types qui les accompagnaient. Ils étaient au *Borgne* la veille de votre arrivée. Ils sont partis ensemble à pied le lendemain.

Ils sont morts depuis au moins deux jours, remarque Jack.

Ils ont dû croiser de mauvaises personnes, dit Cendre.

Ouais, fait Ike. Pauvres gars.

Il talonne son cheval et repart en passant près de l'arbre. Je reste pendant que les autres s'éloignent. J'attends que Jack remonte sur Ajax.

Ike et toi, vous savez qui a fait ça, je dis.

Ouaip.

Il a un petit rictus nerveux au coin des lèvres.

Les Tontons ? je demande.

Faut croire.

Pourquoi il y a de la cendre sur leurs mains et leurs visages ?

Personne est bienvenu autour de Freedom

Fields, il explique. Parfois, les Tontons pendent les gens, parfois, ils leur coupent la tête et la mettent au bout d'une pique. Mais ils leur enduisent toujours le visage de cendre. Comme ça, on sait qu'on est sur leur territoire. Un homme raisonnable qui voit ça repart à toute vitesse en sens inverse.

Mais nous, on fait pas demi-tour, je dis.

Non. Je suis pas un homme raisonnable.

*

Depuis qu'on a croisé les pendus, j'arrête pas de penser à Vicar Pinch, DeMalo et les autres Tontons.

Chaque pas nous rapproche de Freedom Fields. Jusque-là, j'ai pas trop réfléchi à ce qui nous attendait là-bas. Qui on allait trouver. Mais maintenant, si.

Les Tontons pendent les gens ou leur coupent la tête, puis ils les mettent sur des piques. C'est la punition rien que pour s'être aventuré sur le territoire du roi. Des hommes comme eux hésiteraient pas à tuer Lugh. Tout ce qu'Helen m'a dit me revient en mémoire. Tout ce que je sais sur Pinch et DeMalo. Mais je veux en savoir plus. Je dois connaître mon ennemi. Je dois découvrir ce que Jack et Ike savent.

Et ils savent beaucoup de choses. Je vais les obliger à me dire quoi. Ils me doivent bien ça.

J'attends qu'on ait installé le camp pour la nuit. Epona prend le premier tour de garde. Cendre, Emmi et Tommo sont sous leurs couvertures, ils dorment déjà. Ike est assis sur un tronc couché. Sa tête tombe sur sa poitrine.

Jack et Nero sont près du feu, ils jouent aux dés. Depuis que Jack a découvert à quel point Nero savait bien compter, il a sculpté une paire de dés et lui a appris à jouer. Nero lance les dés un par un avec son bec.

Je m'approche d'eux. Nero a fait un double six.

Zut, fait Jack. Tu m'as encore battu, Nero. J'aurais jamais pensé perdre contre un corbeau.

Je veux vous parler, je dis. À Ike et toi.

Jack soupire, comme s'il s'y attendait. Il se lève et donne une légère tape à Ike, qui se réveille en grognant.

Quoi ? il demande.

Viens, dit Jack. Saba veut nous parler.

Quand Ike se met debout, Nero bat des ailes pour venir se poser sur mon épaule et il frotte sa tête contre ma joue. Il sait toujours quand j'ai besoin de quelqu'un. Comme ce soir.

Je les entraîne à l'écart du camp. On escalade une colline boisée jusqu'à un escarpement rocheux. Je me place face à eux. Le brouillard a totalement disparu. C'est une nuit douce avec un ciel clair. Un ciel de solstice d'été. Je vois très bien Ike et Jack.

Bon, je commence. Dites-moi ce que vous savez sur Freedom Fields. Dites-moi tout.

Ils échangent un regard.

J'ai été honnête avec vous, je reprends. Je vous ai tout raconté. Ce qu'Helen m'a dit sur le sacrifice du solstice d'été, pourquoi ils ont choisi mon frère. Pinch est peut-être mort, mais Lugh est pas en sécurité tant qu'on l'a pas sorti de là. Vous devez être francs avec moi et me dire tout ce que vous savez. Comme ça, au moins, je saurai contre quoi lutter.

En fait, t'en sais plus que nous, dit Ike. On a juste entendu des voyageurs parler. Tu sais, tu croises quelqu'un de temps en temps, et on te dit…

Arrête, Ike, dit Jack.

Quoi ?

J'ai dit, arrête.

Mais je croyais qu'on…

Ike, dit Jack. Saba a raison. Elle doit savoir ce qu'on va affronter.

Et voilà ! je m'écrie. Je me doutais que vous en saviez plus que vous en disiez. Jack, pourquoi tu me l'as pas dit plus tôt ? Pourquoi tu me l'as pas dit tout de suite, quand tu as appris où j'allais ?

J'aurais dû, il répond. Mais je voulais pas que tu saches tant que t'étais pas obligée.

Je suis pas une enfant, je proteste. J'ai pas besoin que tu me protèges.

Je sais, tu as raison. Je suis désolé.

Je crois que je vais… rejoindre le camp, dit Ike.

Espèce de lâche, lance Jack.

Tu peux y aller, Ike, je dis. Jack va me raconter tout ce que j'ai besoin de savoir.

Bon. Si jamais j'entends des cris, j'envoie Emmi.

Et il disparaît sans un bruit. Même pas un craquement de feuilles mortes. Pour un homme si grand, Ike est incroyablement léger. Nero lui aussi doit avoir peur, car il s'envole derrière lui.

Jack et moi, on reste tous les deux.

Jack, vas-y.

*

Il y a quatre ans, je me suis retrouvé dans le mauvais bar au mauvais moment. J'ai été fait prisonnier par les Tontons. Ils sont toujours à la recherche de travailleurs pour servir d'esclaves. C'est comme ça que je me suis retrouvé à Freedom Fields.

Donc tu es déjà allé là-bas.

Oui. Assieds-toi.

On est face à face, chacun sur un rocher. Un peu trop près à mon goût. Ses pieds touchent presque les miens. La pierre brûle contre ma peau.

C'est là que j'ai rencontré Ike, reprend Jack. On est arrivés à peu près en même temps. Comme tu l'imagines, on n'aimait pas trop cette vie, à travailler enchaînés dans les champs. Mais les autres… Rien ne semblait les gêner. On a assez vite compris pourquoi. Une grosse citerne arrivait deux fois par jour, le matin et l'après-midi, et tout le monde y remplissait son outre. Il y avait du chaal dans cette eau.

Helen a dit qu'il y avait du chaal partout.

Le chaal te ralentit le cerveau. Il te rend stupide. C'est parfait pour contrôler les gens. Mais si t'en prends trop, tout s'emballe. Ton cœur bat trop fort, tu deviens excité et agressif, t'as plus besoin de manger ou de dormir.

Je repense à Mad Dog, à Hopetown, et à ce qu'il a fait à Helen. Ou encore à la foule dans le Colisée, qui réclamait le sang du lynchage.

J'ai vu les effets du chaal, je dis.

Ike et moi, on remplissait notre outre comme

les autres, mais on touchait jamais à cette eau. On volait la nôtre dans les canaux d'irrigation.

Combien de temps t'es resté là-bas ?

Deux mois. Juste ce qu'il nous a fallu pour trouver comment briser le cadenas à notre cheville. Puis on a attendu une nuit d'orage. Les chiens sortent pas quand il y a des éclairs, ils ont trop peur.

Et vous vous êtes enfuis.

Oui, et on a eu de la chance. On a filé sans se faire remarquer. Ike s'est installé au *Borgne*. Mais moi, j'ai continué ma route.

Jusqu'aux cellules de Hopetown, je dis.

Ouais. Mauvais bar, mauvais moment. Encore une fois.

On aurait pu penser que ça te servirait de leçon.

Ouais.

Qu'est-ce que tu sais sur le roi ? je demande.

Il était fou.

Ça je sais. J'ai vu.

Il était fou mais intelligent, et il contrôlait tout le monde. Il habitait une grande maison blanche au-dessus de Freedom Fields. Le Palais. Là-bas, on lui servait les meilleurs plats et les meilleures boissons. Il avait des meubles incroyables qui dataient de l'époque des Destructeurs. Des fauteuils, de grandes tables, des miroirs, des tableaux aux murs. Dans la maison, les esclaves se mettaient à quatre pattes quand il entrait dans une pièce où ils se trouvaient. Si on le regardait comme il fallait pas, il vous transperçait avec son épée. Je l'ai jamais vu que de loin. Ça m'a suffi.

Je comprends pourquoi.

Ces deux dernières années, il a étendu son empire. Partout où je vais, je dois affronter les Tontons ou j'entends parler d'eux. Dès qu'il y a de l'eau potable ou de la terre cultivable, ils l'exigent au nom du roi. S'il y a déjà quelqu'un sur la terre, soit il accepte de travailler pour les Tontons, soit ils le tuent. Il y a des espions et des informateurs partout.

Mais il contrôle pas tout, je dis. Les Aigles Libres, par exemple.

Peut-être qu'elles vont pas rester libres très longtemps. Le roi est mort, mais quelqu'un va prendre sa place. Son empire va continuer à s'accroître. Je te le parie.

J'arrive pas à croire que Maev sache pas ça, je dis. Qu'elle ait jamais entendu parler de lui.

J'ai essayé de le lui expliquer, mais elle a pas voulu écouter. Je crois qu'elle a dit, Je sais pas à quel petit jeu tu joues, mais pour moi, t'es qu'un menteur. Cette cinglée te fait peut-être confiance, mais pas moi.

C'est comme si je prenais un coup dans le ventre. Cette cinglée, voilà comment Maev m'a appelée.

Ce que Jack a dit fait son chemin en moi. Je me lève lentement. Je l'observe.

C'est donc pour ça, je dis, que tu m'as suivie. C'est pour ça que tu as surgi à Darktrees. Tu voulais que les Aigles Libres t'aident à nettoyer Freedom Fields. Tu t'en fous que je retrouve Lugh. Tu t'en fous de moi. Toutes ces histoires sur le fait que tu pouvais pas t'en empêcher, que tu devais me suivre… C'est juste… des conneries. Je suis vraiment une imbécile.

Non ! C'était vrai. Je te le jure !

Il rejette la tête en arrière et marmonne dans sa barbe. Puis il se lève.

Quoi que je dise maintenant, tu me croiras plus jamais, il lance.

Sans doute.

C'est vrai, je voulais que les Aigles m'aident. Quand Ike et moi, on a quitté Freedom Fields, je pensais qu'à moi. Puis j'ai commencé à comprendre ce qui se passait tout autour, j'ai repensé à ces pauvres types qu'on avait laissés derrière nous dans les champs de chaal. Et je me suis retrouvé à Hopetown, j'ai vu ce qui s'y passait aussi, je t'ai rencontrée, puis les Aigles et, tout à coup, j'ai entrevu la chance de faire quelque chose de ma vie… Alors, j'ai saisi cette chance. Tout est arrivé en même temps, Saba. Tu dois me croire. Comme je t'ai dit, c'est le destin.

Jack, tu crois quand même pas qu'on va vaincre les Tontons à nous sept plus un corbeau ?

Pourquoi pas ? Ike et moi, on connaît les lieux. On peut les surprendre. Ils s'attendent pas à être attaqués.

Je suis ici pour récupérer Lugh, pas pour changer le monde. Je te l'ai déjà dit. T'es complètement fou.

Saba, il dit. Si on trouve un plan, on peut faire les deux. Tu as envie de récupérer ton frère, puis de vivre dans un monde gouverné par les Tontons ? Pas moi. Ike non plus. Cendre et Epona non plus. Et si tu leur demandais, je parie que Tommo et Emmi te diraient la même chose. Tu as peut-être mis le feu à Hopetown, mais ils sont déjà en train de reconstruire la ville sur ses cendres. Je te le parie.

Et alors, Jack ? Qu'est-ce que tu es en train de me dire ? Que tu m'aideras uniquement si j'accepte ton plan ?

Non ! Ce que je te dis, c'est qu'il faut voir grand. On récupère Lugh, et on détruit tout en même temps. Les Tontons, les champs de chaal… Mais on peut pas le faire sans toi.

Promets-moi qu'on sortira Lugh de là.

Je te le promets. Tu as ma parole.

Très bien. Dans ce cas, j'accepte de participer à ton plan. C'est quoi ?

Pour être honnête, il dit, j'ai pas vraiment ce qu'on pourrait appeler un plan. C'est plutôt… des idées…

Jack !

Je t'ai dit que tu avais ma parole !

Je siffle Nero. Il arrive dans un battement d'ailes et se pose sur mon épaule. Je sors un petit anneau en or de ma poche.

Si jamais t'as besoin de moi, si t'as besoin des Aigles, envoie Nero avec cet anneau, et on viendra à votre secours. N'importe où, n'importe quand… Tu l'envoies avec cette bague, et on arrive.

Ça appartient à Maev, je déclare. Elle m'a dit de le lui renvoyer avec Nero si j'avais besoin d'elle. T'as quelque chose pour l'attacher ?

Il fouille dans ses poches et en sort un grand bout de ficelle.

Mets-lui à la patte, je dis. Serre bien, mais lui fais pas mal.

Jack a des gestes rapides.

C'est fait, il annonce en reculant.

Je caresse les plumes de Nero et je regarde ses yeux noirs et intelligents.

Va chercher Maev, je lui dis. Je touche l'anneau, puis je le touche à la poitrine. Nero va chercher Maev. Cherche Maev.

Il incline la tête, puis il croasse deux fois et s'envole dans la nuit.

Il m'a encore jamais laissée tomber, je dis.

J'aurais dû te raconter tout ça plus tôt, reprend Jack. J'aurais dû…

Quoi ? je demande. Me faire confiance ?

Ouais… Mais c'est pas vraiment dans mes habitudes de faire confiance aux gens.

Moi non plus.

On pourrait essayer à nouveau, il dit.

Il me tend la main.

J'hésite. Puis je la prends. Elle est chaude. Calleuse. Forte.

Je suis désolé d'avoir été si dur chez Ike, il me murmure. J'étais… Tu vois, Saba… j'étais jaloux que tu souries à Tommo et pas à moi. Tu m'adressais à peine la parole, je parle pas de sourire, alors j'ai pas pu me retenir.

Jaloux ? Toi, jaloux ? De Tommo ? C'est qu'un enfant !

Je suis jaloux de toute personne à qui tu souris à part moi.

Il s'approche et passe le dos de sa main sur ma joue. Un frisson brûlant me traverse.

Je regarde ces lèvres… et je peux penser qu'à une chose, c'est à t'embrasser. T'en as aucune idée, hein ? T'as aucune idée de combien t'es belle.

On se dévisage. La lune illumine sa figure d'une

teinte gris argent. Dessine des ombres sur ses yeux. Lui donne un aspect étrange. Assez irréel.

Je recule, si bien que sa main retombe. Je chasse tout ce qu'il vient de dire, même si mon cœur tambourine contre mes côtes. Même si j'arrive pas à respirer et que la pierre me brûle.

Je pense qu'on retournera à Crosscreek, j'annonce. Emmi, Lugh et moi. Au début, en tout cas. On a une amie là-bas, Mercy. Je t'ai déjà parlé d'elle ?

Saba, il m'interrompt.

Elle est très gentille. C'est une vieille amie de ma mère. J'ai tout arrangé. J'ai eu le temps d'y réfléchir.

Saba, il répète.

Je sais que je dis tout ce qui me passe par la tête, mais c'est plus fort que moi. J'ose pas le regarder. J'ai trop peur de dire quelque chose que je devrais pas ou que je pense pas. Je suis perdue. C'est comme si je marchais sur une corniche et que mon pied pouvait glisser à tout instant. Je dois penser à Lugh, rien qu'à Lugh, à pourquoi je suis ici, et tout ira bien.

Bon, je retourne au camp, je déclare.

Je passe près de lui et il m'attrape par la main. Il m'arrête. On est tout près. Trop près.

Reste avec moi, il supplie.

Avant que je puisse m'en empêcher, je le regarde. Erreur. Ses yeux gris brillent. Ils brillent pour moi. Je me sens fondre.

Il se penche vers moi.

Reste avec moi, il me murmure à l'oreille. Juste un moment.

Je… je dois y aller, je répète.

Je t'en prie.
Son souffle contre ma peau. L'odeur de Jack. Je me sens faiblir. C'est dangereux. Ce que je ressens dès que je suis près de lui… c'est dangereux. Je retire ma main.
Non, je dis. Je peux pas. Bonne nuit, Jack.
Je me glisse près de lui. Je dois partir. Sinon, j'arriverai jamais à temps.
Il dit rien de plus.

*

Le soleil blanc a brillé toute la journée. Vers midi, le sentier est devenu raide et rocailleux. On a dû mettre pied à terre et mener les chevaux à la main et, depuis, on n'arrête pas de grimper. On se dirige vers un col, ensuite ça sera notre dernière grande traversée avant Freedom Fields. Jack dit qu'il veut y arriver avant la nuit, mais on a du mal à progresser sur ce terrain.
Plus on monte, plus il fait chaud, et la journée est déjà bien avancée. La chaleur nous donne aucun répit. Il n'y a pas un seul arbre pour se protéger.
Quand on était dans le brouillard, j'aurais jamais imaginé une seconde que je regretterais sa fraîcheur humide.
Emmi a de plus en plus de mal à suivre, et je dois l'attendre. Je regarde par-dessus mon épaule. Elle a les pieds lourds. Elle est pâle et fatiguée. La sueur coule sur mon visage et me pique les yeux. Je m'essuie avec le bout de mon sheema.
J'ai tellement soif, elle dit quand elle me rejoint.
Ton outre est vide ? je lui demande.

Elle hoche la tête.

Assieds-toi.

Elle s'écroule sur un rocher. Je débouche mon outre et je la porte à ses lèvres. Elle boit avec avidité. L'eau coule sur son menton et son cou, et je l'essuie avec le bout de ma chemise.

Elle a l'air un peu étonnée. D'habitude, je m'embête pas avec des trucs comme ça, savoir quand elle s'est lavée pour la dernière fois, ou si son visage est sale. Quand Pa a arrêté d'y faire attention, c'est Lugh qui s'en est chargé. J'y avais jamais pensé jusque-là. Je la regarde en fronçant les sourcils.

Quand est-ce que tu t'es lavée pour la dernière fois ? je demande.

Elle a l'air encore plus étonnée.

Je sais pas.

Tu devrais te laver plus souvent. Tu dois rester propre.

D'accord.

Je me retourne et je bois à mon tour. J'étale une goutte sur mes lèvres sèches.

Les autres sont loin devant. Cendre se retourne, nous voit, nous fait signe. Elle met ses mains en porte-voix.

Pas le temps de s'arrêter ! Jack veut qu'on traverse avant la nuit !

Emmi a besoin de se reposer ! je réplique.

Elle se reposera plus tard !

Elle a besoin de se reposer maintenant !

Je vois qu'ils parlementent. Puis Ike tend ses rênes à Tommo et revient vers nous. Il s'accroupit près d'Emmi.

Alors, ma petite ? Tu es très courageuse, tu

sais. Qu'est-ce que tu dirais de monter sur mes épaules ?

Elle acquiesce sans le regarder. Elle aime bien Ike, mais elle a un peu peur de lui. Je pense que c'est parce qu'il est si grand, et elle si petite.

Allez, viens.

Elle grimpe sur son dos.

Merci, Ike, je dis.

On doit traverser avant la nuit, il répond.

Je commence à le savoir. J'ai entendu ça des centaines de fois.

Il jette un coup d'œil vers le ciel.

La lumière décline, elle devient dorée.

On est en retard, il annonce.

Il se met en marche avec Emmi accrochée dans son dos comme une araignée. J'arrive pas à croire qu'il puisse avancer aussi vite sur ces cailloux. C'est comme si elle pesait rien. J'imagine que pour un homme de cette taille, c'est le cas.

Je prends une dernière gorgée d'eau, puis j'attrape les rênes d'Hermès et je suis Ike aussi vite que je peux.

*

Quand j'atteins le sommet, ils m'attendent tous. Emmi me jette un regard, mais c'est la seule.

Ils observent quelque chose devant eux.

Qu'est-ce qu'il y a ? je demande.

Puis je vois. C'est ça qu'ils regardent tous.

On est au bord d'un ancien lac de montagne. Du temps des Destructeurs, ça devait être une étendue d'eau claire, un soulagement pour les pieds fatigués des voyageurs. Mais c'est plus le cas.

Maintenant, seule une terre craquelée et pleine de crevasses s'étend devant nous. Sèche comme la poussière. Immense.

Mon cœur plonge dans mes bottes. Je me passe la langue sur les lèvres.

Je vois pas l'autre bout, je dis.

C'est par là, répond Jack. On devrait être en vue à l'heure qu'il est.

On n'aurait pas pu aller plus vite dans cette chaleur, je proteste.

Je sais, je sais. C'est ma faute. On aurait dû partir plus tôt ou… Il se passe la main dans les cheveux d'un air mécontent. Je croyais qu'on avait le temps. Il regarde Ike. Qu'est-ce que t'en penses ?

On pourrait commencer la traversée avant la tombée de la nuit, il dit. Mais on voit sur son visage, on entend à sa voix, qu'il n'en a pas envie.

Je vois pas le problème, dit Epona en fronçant les sourcils. Il suffit de traverser au galop.

Ouais, renchérit Cendre.

On peut pas galoper là-dedans, explique Jack. Il y a trop de trous où un cheval risque de trébucher.

Alors on traverse en faisant attention, je lance. Et si la nuit tombe, on campera dans le lac asséché.

Impossible, dit Ike.

Je regarde Jack. Ils ont l'air lugubre.

C'est quoi cette histoire ? je demande. On doit traverser avant la nuit, on peut pas camper dans le lac desséché… Ça me plaît pas.

Moi non plus, dit Cendre.

Moi non plus, ajoute Epona.

Je croise les bras sur ma poitrine.

Jack, dis-nous pourquoi on doit traverser avant la nuit ?

Ike écarte ses grandes mains.

Montre-leur, Jack.

Jack jure dans sa barbe et observe le sol un moment. Puis il attrape les bords de sa chemise et la remonte au-dessus de sa tête.

Emmi a un haut-le-cœur. À côté de moi, Cendre arrête de respirer. J'ai déjà vu ces cicatrices, mais ça me fait toujours mal au ventre.

Trois longues griffures roses vont de son épaule droite à sa hanche gauche. Jack reste immobile, puis il se tourne pour qu'on voie son dos. Une série de cicatrices plus petites sillonne ses omoplates.

Il se retourne et baisse sa chemise.

Ça répond à votre question ?

*

Qu'est-ce qui t'a fait ça ? demande Emmi.

Il faisait nuit, dit Jack. J'ai pas bien vu.

On appelle ça des vers de l'enfer, dit Ike.

Des vers avec des griffes..., lâche Epona. Et gros, apparemment. J'avais jamais entendu parler de ça.

Et t'en as jamais vu non plus, dit Ike.

D'où ils viennent ? demande Cendre.

C'est une vieille histoire qui date du temps des Destructeurs. Ils ont mis du poison dans le lac, explique Ike. Ça a tout tué. Sauf les vers. Qui ont proliféré.

Proliféré. Ça veut dire qu'il y en a beaucoup. Combien ?

Trop nombreux pour les compter, dit Jack.
De mieux en mieux ! je m'exclame.
Il y a un silence.
Puis j'annonce, Ça règle la question. J'y vais seule.
Tout le monde se met à parler en même temps, y compris Tommo, tous plus fort les uns que les autres. Je finis par poser mes mains sur mes oreilles en hurlant, Taisez-vous ! Taisez-vous tous !
Ils s'exécutent. Et ils me regardent.
C'est mon frère, je déclare. Je laisserai aucun d'entre vous m'accompagner si on doit se battre contre des trucs comme ça, je dis en montrant le dos de Jack, avant même d'arriver à Freedom Fields. Je peux pas non plus me permettre de redescendre ce col et de le remonter demain matin. Le solstice approche. Si je pars tout de suite, j'atteindrai peut-être le bout du lac avant la tombée de la nuit.
On avance plus vite quand on est seul, dit Ike, c'est ça l'idée ?
En effet. Emmi, qu'est-ce que tu fabriques ?
Pendant qu'on parlait, Emmi a gratté le sol tout autour d'elle. Elle se relève et tend les deux mains. Elle a un tas de cailloux blancs dans l'une et un tas de cailloux noirs dans l'autre.
Le blanc, ça veut dire qu'on vient avec toi, le noir qu'on reste ici. On choisit la solution qu'a le plus de cailloux.
J'ai pas de temps de m'amuser, Emmi, je…
Tais-toi, Saba, elle me dit.
Je suis tellement abasourdie que j'obéis.

Elle fait deux tas de cailloux par terre et laisse un espace entre eux.

Tout le monde vote, elle déclare. Vous choisissez votre caillou et vous le mettez au milieu. Quand on aura tous fini, je compterai. Tournez-vous pour pas voir ce que font les autres.

Personne ne bouge. On l'observe tous.

Je vous ai dit de vous tourner ! elle s'écrie. Tommo, tu commences.

On obéit. Ike est près de moi.

C'est de famille, apparemment, il grogne.

Emmi a fait voter tout le monde. Il reste plus que moi.

Et moi ? je lui demande.

Toi, tu votes pas, elle dit. Retournez-vous.

Au milieu, il y a six cailloux blancs. Pas un seul noir.

Je m'accroupis. Je ramasse les cailloux et je les serre entre mes mains. Ils sont tièdes. Je les observe l'un après l'autre. Comme si je les avais jamais vraiment regardés. Jack, Ike, Emmi, Epona, Cendre et Tommo. Ils veulent tous venir avec moi. M'accompagner dans l'obscurité et affronter ce qui s'y trouve.

Ma gorge se serre.

Vous êtes pas obligés, je dis.

Epona hausse les épaules.

On est tes amis, Saba. On veut t'aider.

Je préférerais que non.

Tant pis pour toi. Mais on te suit.

Si vous continuez, dit Cendre, je vais me mettre à pleurer. Si c'est bon, alors on y va.

*

Jack nous fait envelopper les pieds de nos chevaux dans du tissu pour que les vers entendent pas qu'on est là. Puis on s'avance sur le lit du lac asséché.

On va aussi vite qu'on peut mais, comme a dit Jack, on doit guider les chevaux avec précaution à cause des crevasses et des craquelures. On parle peu, on essaie de pas faire de bruit. Mais les chevaux sentent quelque chose. Ils sont nerveux. Ils ont peur de leur ombre, tout à coup.

Et on n'y arrive pas. On n'arrive pas à l'autre bout du lac avant la nuit. Même si les journées sont longues, on n'est qu'à mi-chemin quand la lumière commence à décroître.

Jack s'arrête et observe le ciel. Il attend que tout le monde le rejoigne. Quand le soleil va disparaître, il dit à voix basse, tout va aller très vite. On doit être prêts avant eux.

Mon ventre se serre.

Prêts à quoi ? je demande.

Les vers de l'enfer dorment pendant la journée, il m'explique. Sous la montagne. Quand la nuit tombe, ils sortent par les craquelures du lac. Ils viennent se nourrir. On aura peut-être de la chance. S'ils ont le ventre plein grâce à la dernière nuit ou même à celle d'avant, ils vont peut-être pas se réveiller. Sinon…

À l'instant où il fait noir, reprend Ike, les vers vont surgir des crevasses qui couvrent la surface de ce lac à une vitesse que vous imaginez même pas.

Tu aurais dû nous dire ça avant qu'on se lance, je râle.

J'espérais ne pas y être obligé, répond Jack.

Mais est-ce que ça aurait changé quelque chose ? Vous autres ?

Tout le monde fait signe que non.

Non, affirme tout haut Emmi.

*

On décide de laisser les chevaux partir. On retire les tissus autour de leurs pieds et on les envoie de l'autre côté du lac. Comme ça, ils auront au moins une chance de s'en sortir. Car, quand les vers seront là, ils pourront pas se défendre.

Je plaque ma tête contre celle d'Hermès et je caresse ses naseaux.

Saba, me dit Jack, il faut le laisser partir, maintenant.

Je regarde une dernière fois ses yeux noisette.

Merci, je lui murmure.

Puis je recule.

Vas-y, je dis.

Il part au trot. Puis il s'arrête, se retourne et m'observe. Je lève la main pour lui dire adieu. Il agite la tête et hennit. Il va rejoindre les autres.

En le regardant s'éloigner, je sais que je vois disparaître ma meilleure chance de retrouver Lugh avant le solstice d'été. J'ai envie de reprocher cette situation à quelqu'un, mais hurler contre Jack ou Ike n'y changerait rien. On est tous dans le même pétrin maintenant.

Je me retourne.

Alors, Jack, c'est quoi le plan ? je demande.

*

On fait vite. On n'a pas beaucoup de temps avant la tombée de la nuit.

Mes mains et mes pieds trépignent. Je chasse la peur qui veut s'emparer de moi. Y a pas de place pour elle. Pas le temps non plus. Jack dirige les opérations. Il dit de faire quelque chose, on le fait aussitôt. On pose pas de questions, on lui demande pas pourquoi. On le saura bien assez tôt.

Il nous demande de rassembler tout le bois qu'on peut trouver. Des branches, des brindilles, des bouts d'arbres morts poussés par le vent. On les porte ou on les traîne jusqu'à Jack et Ike.

Puis on les attache ensemble avec des lianes. On casse les plus grosses branches avec nos mains, et celles qui sont trop solides, Ike les fend avec sa hache. Puis on les dispose en forme de grand cercle.

Jack m'appelle et me demande de compter combien on a de flèches.

Je vide mon carquois. Heureusement, Maev m'en a donné une bonne provision. Puis je recense celles de Jack, Epona et Cendre. Ike a une arbalète plus un arc, mais il a juste quelques traits pour l'arbalète, qu'on réserve aux cas extrêmes. Emmi et Tommo ont des lance-pierres. Je compte une première fois, puis je recompte pour être certaine.

Deux cent quatre-vingt-huit, j'annonce à Jack.

Il me fait un sourire crispé.

C'est plus qu'assez. Enveloppe les pointes dans du tissu, tout ce que tu pourras trouver.

J'attrape le bas de ma chemise. Elle est trempée de sueur, mais je devrais pouvoir en récupérer une bande.

Non, il dit. Il faut du tissu sec. Regarde combien de bouteilles tu peux trouver. Demande à Ike un peu de sa vodka de sève de pin.

J'ai compris son plan.

Le feu. On va les combattre par le feu.

*

Le bois est disposé comme Jack l'a demandé. En un grand cercle prêt à être enflammé quand il nous le dira. On a laissé un espace assez large au centre. C'est de là qu'on se battra. À l'intérieur d'une forteresse de feu.

On a fabriqué des torches avec des bouchons de tissu enroulé au bout de branches. Maintenant, en gardant un œil sur le ciel qui s'obscurcit, on attache du tissu autour des pointes de flèche. On a prélevé des bouts aux couvertures et à nos vêtements. Tout ce qui est sec.

Ike a versé un peu de sa précieuse vodka dans des bouteilles, on en a deux chacun. Dès qu'on a terminé la pile de flèches, Emmi et Tommo en plongent plusieurs dans chaque bouteille. Prêtes à être allumées et tirées. On peut mettre que quelques flèches dans chaque bouteille si bien que, quand la bataille aura commencé, leur boulot consistera à les remplir. Ça et tirer au lance-pierres.

Ike travaille près de moi.

Tu as traversé le lac avec Jack cette nuit-là. Où sont tes cicatrices ?

C'est Jack qui a tout pris, il me répond. S'il avait pas été entre moi et les vers, je serais pas là aujourd'hui.

Tu étais si lent qu'il a bien fallu que je m'en occupe, lance Jack.

Tu étais tiré d'affaire, dit Ike. T'aurais pas dû faire demi-tour et risquer ta vie.

Je suis toujours là, non ?

Puis il va aider Emmi et Tommo.

Ces saloperies de vers ont failli me tuer, conclut Ike.

Jack... est différent de ce que je pensais quand je l'ai rencontré, dit Epona.

Ouais, fait Ike. Il y a plein de Jack différents, en fait.

Il tend le dernier paquet de flèches à Tommo et lui donne une claque amicale dans le dos.

C'est bon, il annonce. On est prêts.

La peur me saisit le ventre. Je la connais. J'étais tout le temps comme ça avant d'entrer dans la Cage. Mais je sais comment m'en servir. Un sourire éclaire mon visage. Je regarde tout le monde.

Je sais pas pour vous, je dis, mais j'ai l'impression que, ce soir, je vais avoir de la chance.

*

On attend.

On est assis par terre, espacés régulièrement à l'intérieur de notre cercle de bois. On observe l'autre bout du lac. J'ai Jack d'un côté et Epona de l'autre. Ike et Cendre constituent l'autre bout du cercle. Emmi et Tommo sont accroupis au centre près d'une pile de cailloux pour leurs lance-pierres. Je serre mon silex dans ma main, prête à allumer un feu.

La nuit tombe. Les doigts rouges du soleil

couchant deviennent gris foncé. Les premières étoiles apparaissent dans le ciel. Il n'y en a plus pour très longtemps.

Si je te demande quelque chose, est-ce que tu me diras la vérité ? me chuchote Jack.

Peut-être, je dis. Ça dépend.

Pourquoi tu es venue me chercher ? À Hopetown. Et comment tu savais où me trouver ?

J'ai envie d'inventer une réponse pour le maintenir à distance, comme toujours. Mais la pierre brûle contre ma poitrine. Et je me sens pleine de courage. Inconsciente, même.

J'ai fait un rêve. La veille de l'incendie.

Tu as rêvé de l'endroit où tu pouvais me trouver ?

On chuchote pour que les autres nous entendent pas.

Dans ce rêve, j'étais dans le noir. J'y voyais rien, j'arrivais à peine à respirer. Il y avait de la fumée et du feu partout et la chaleur était terrible. Je cherchais quelqu'un. Je savais pas qui, je savais juste… que je devais le trouver. Mais j'y arrivais pas et c'était affreux. Terrifiant. Et puis… je me suis réveillée.

En fait… tu me cherchais ? demande Jack.

Je pense que oui.

Et tu m'as trouvé. Tu m'as trouvé alors que j'étais au trou. Comment tu as fait ?

Je m'approche de lui.

Sens ça, je dis.

Je prends la main de Jack et je la mets sur la pierre autour de mon cou.

Elle est brûlante, il dit.

Je prends une grande bouffée d'air.

C'est une pierre de cœur, je lui explique. Elle se réchauffe uniquement quand je suis près de toi. Plus on est proches, plus elle est chaude. C'est comme ça que je t'ai retrouvé.

Il répond pas. C'est la première fois que je vois Jack à court de paroles. Au bout d'un moment, il retire sa main.

Ça doit être un peu casse-pieds, non ? il lance.

J'y suis habituée, maintenant. Écoute, Jack, je voulais juste te dire…

Il lève la main.

Chut !

On tend l'oreille.

Silence.

Puis un petit grondement, comme le tonnerre dans le lointain.

Ils sont réveillés, il annonce.

*

Allumez les feux ! crie Jack.

Je m'agenouille et je place mon silex à la base du bois.

Je frappe avec mon silex sur une pierre. Une étincelle jaillit. Le petit bois s'enflamme, et je souffle doucement jusqu'à ce qu'une flamme s'élève. Elle lèche rapidement les brindilles et les branches. Je jette un coup d'œil par-dessus mon épaule. Tout le monde fait pareil. En un instant, on a un grand feu et on se tient debout dans une forteresse de flammes.

On a de la chance, le ciel est dégagé et clair, la lune suspendue au-dessus des montagnes. Elle projette son grand rayonnement sur le lac asséché. On voit dans toutes les directions.

J'ai pris mon arc. Il y a deux bouteilles de flèches imbibées de vodka à mes pieds. Mon couteau est dans l'étui, à ma botte. J'ai pas réfléchi à la manière de l'utiliser. Ça sera ma dernière défense. Le sortir, ça voudra dire que tout le reste a échoué.

Je me sens calme, la tête claire, même si mon cœur tambourine contre mes côtes.

Emmi, je dis, reste bien près de Tommo.

D'accord.

Silence, à part le craquement du feu. Je lance un regard à Jack. Il a le nez en l'air, on dirait un chien qui cherche une piste.

Puis on entend un crissement, un lent gémissement douloureux. Comme une vieille porte rouillée quand on la force. Mais c'est pas une porte. C'est le sol.

Loin sous nos pieds, à l'intérieur de la terre, le lit du lac est contraint de s'écarter.

Les vers de l'enfer sont réveillés. Et ils remontent à la surface pour se nourrir.

Le sol se met à trembler, puis il s'ouvre sous nos pieds. Je titube. Epona me rattrape par le bras pour m'empêcher de tomber.

Qu'est-ce que c'est que ce truc ? crie Cendre, les yeux écarquillés.

Tout le monde à terre ! crie Jack.

Epona et moi, on se jette au sol. Et on met nos bras au-dessus de notre tête.

La terre gémit, mais n'a d'autre choix que de s'ouvrir. Elle hurle de douleur. Ce bruit me submerge, prend le contrôle de ma respiration, de mon cerveau, j'ai l'impression de devenir folle.

Puis ça s'arrête.

Silence.

Lentement, on se relève. J'ai les doigts serrés sur mon arc. Je jette un coup d'œil à Emmi. Agrippée à la main de Tommo, elle est livide.

Puis, par-dessus les craquements du feu, un autre bruit. Quelque chose qui bouge.

Un sifflement.

Il nous sent, explique Ike d'une voix grave.

Un cri aigu déchire la nuit.

Mon cœur me remonte dans la gorge. Mon estomac se serre.

Il appelle les autres, annonce Jack. Préparez-vous ! Et n'oubliez pas ce que je vous ai dit !

Visez les orbites. Et les laissez surtout pas approcher, pour qu'ils puissent pas utiliser leurs griffes.

Des griffes. Ils n'ont pas d'yeux, juste des fentes là où étaient leurs yeux, autrefois. Pas besoin d'yeux quand on vit sous terre, alors ils chassent à l'odeur, a dit Jack. Ils sentent leur proie.

Leur proie. Nous.

À une dizaine de mètres devant Epona et moi, une fissure s'ouvre et s'agrandit.

Attention ! hurle Epona.

Une griffe apparaît.

*

Les griffes s'accrochent au bord de la fente. On aperçoit trois doigts couverts d'écailles. Chacun se termine par une griffe crochue assez aiguisée pour atteindre l'os d'un seul coup. Puis une autre griffe apparaît près de la première.

Petit, petit, je chuchote. Montre-nous ta tête, espèce d'enfoiré.

Et puis, comme s'il m'avait entendue, une tête ronde apparaît. Couverte d'écailles, blanche comme un asticot avec des fentes là où il aurait dû y avoir des yeux. Un long cou. La tête aveugle tourne dans tous les sens, et ses écailles bougent par vagues. Il doit être en train de sentir notre présence.

C'est ça, je dis. Par ici. J'ai très bon goût, tu sais.

Je sors une flèche imbibée de vodka. Je l'encoche. Je plonge la pointe dans le feu à mes pieds. Elle s'enflamme aussitôt. Je vise.

Le ver se glisse hors de la fissure. Et il se dresse sur ses pattes arrière.

Euh… Jack, tu nous avais pas dit qu'ils marchaient.

Désolé, j'ai oublié.

Le ver est trois fois plus grand que moi. Deux longs bras avec des griffes, et des griffes aux pieds aussi. Une grande fente en guise de bouche avec plein de dents pointues, parfaites pour déchirer la chair. On voit à travers sa peau blanche translucide le cœur qui bat et les organes. Il dégage une odeur atroce, comme un cadavre resté trois jours dans une petite pièce humide. J'ai un haut-le-cœur. Epona aussi.

Il rejette sa tête en arrière et pousse un cri.

Je décoche ma flèche. Juste dans l'orbite droite. Touché. La tête du ver s'enflamme. Il hurle, titube et retombe dans la fente d'où il vient.

Bien joué, dit Epona.

Mais d'autres arrivent. Il y en a partout. Des centaines. Le lit du lac est couvert de leurs corps puants.

On les abat avec nos flèches aussi vite qu'on peut. Epona, Jack, Ike, Cendre et moi. Emmi et Tommo tirent avec leurs lance-pierres en se faufilant entre nous pour mieux viser.

Jack, je proteste. T'avais pas dit non plus qu'ils étaient si nombreux.

Ils ont dû faire des petits, il répond.

Il m'adresse un sourire rassurant, mais je vois qu'il s'attendait pas à ça.

La nuit résonne des cris des vers de l'enfer et de nos propres cris. L'air est empli de l'odeur répugnante de leurs corps et de la chair brûlée.

Je tire sans arrêt. Je plonge une flèche, je l'enflamme, je vise, je tire. Et je recommence.

Autour de moi, tout le monde fait pareil. Emmi et Tommo courent partout pour remplir les bouteilles de flèches, mais on a beau abattre plein de vers, il y en a toujours autant qui arrivent.

Ils sont trop nombreux ! s'écrie Epona. On va pas y arriver !

Mes réserves de flèches baissent, j'annonce.

Moi aussi, dit Cendre.

Encore des flèches, Emmi ! je crie.

Y en a plus !

Jack m'attrape par le bras au moment où je vais tirer. Dans le rayon de lune argenté, je vois que son visage est couvert de cendres à cause des flammes.

Pars, il dit. Emmène Emmi et Tommo. Cendre et Epona vont vous couvrir.

Mon cœur manque de s'arrêter. Il y a un

rugissement dans mes oreilles. Tu veux qu'on parte ? je demande.

Il hoche la tête.

Ike et moi, on reste, il dit.

Non.

Je me libère de son emprise. J'attrape des petits fagots que je lance dans le feu. Ils s'enflamment et je les jette sur les vers. Ils crient en prenant feu. À côté de moi, Jack continue à tirer avec son arc.

Si tu pars maintenant, tu as au moins une chance de retrouver ton frère.

Non.

Je recommence à tirer.

S'ils approchent trop, utilisez vos torches ! crie Ike. Ne gaspillez pas de flèches !

Je regarde autour de moi. Les vers sont plus près de nous encore. Certains glissent sur le sol, d'autres marchent en balançant la tête. Ils essayeront pas de traverser le cercle de feu, mais quand il commencera à faiblir, on sera foutus.

Jack me prend mon arc des mains.

Si tu pars pas maintenant, il dit, tout ce que tu as fait pour retrouver ton frère aura servi à rien.

Je le dévisage. Je sens ma gorge se serrer. Laisser Jack. Laisser Ike. Mais je dois retrouver Lugh. Je suis sur le point de le retrouver.

Tu sais que j'ai raison, il dit.

D'accord, d'accord. On y va.

Saba ! hurle Cendre. Derrière toi !

Je me retourne.

Un ver plus gros que les autres fonce par un endroit où le feu est en train de mourir. Jack m'attrape par le bras pour me tirer en arrière, mais le ver sort ses griffes. Une terrible douleur me traverse l'épaule gauche. Je hurle.

Il y a un grand bruit, et la tête du ver explose. Sa chair putride et son sang m'aspergent comme de la pluie. Je regarde par-dessus mon épaule. Ike tient son arbalète. Il me fait un petit salut.

Tu vas bien ? me demande Jack.

Je ferme mon esprit à la douleur. Comme à Hopetown.

Ça va.

C'est le moment de partir, il me dit. Il attrape une torche dans chaque main, les allume et crie, Cendre ! Epona ! Venez ici !

Elles arrivent en courant.

Le sol tremble. On chancelle tous, et j'empêche Jack de tomber.

Les vers s'immobilisent, lèvent la tête et se dispersent.

Ils se glissent dans les fentes du lac et disparaissent.

Ils sont partis. Tout ce qui reste, ce sont les corps fumants de centaines de vers de l'enfer.

*

On se tient au milieu du cercle de flammes mourantes, immobiles. Il y a aucun bruit à part le sifflement des braises. Personne ne bouge. C'est comme si on retenait tous notre respiration. On en croit pas nos yeux.

Puis Cendre éclate de rire. Epona et elle sautent partout et lancent leurs arcs en l'air.

T'as vu ça, Jack ? Ike ! Tu les as vus s'enfuir, ces salauds ?

Elles attrapent Emmi et Tommo et les font tourner.

C'est bizarre, qu'elles fassent la fête comme ça. Moi, je suis pas rassurée.

Je regarde Jack. Il a les mâchoires serrées. Un tic nerveux agite sa joue.

Qu'est-ce qui se passe ? je demande.

C'est pas nous qui leur avons fait peur, il déclare. Ils étaient en train de gagner la bataille.

Si on leur a pas fait peur, alors quoi ? j'insiste.

Ike s'approche de nous. Jack et lui scrutent le lac.

La terre tremble à nouveau. Cette fois, plus fort et plus longtemps.

Jack, dis-moi à quoi tu penses, je demande.

Epona et Cendre arrêtent leur petite fête et nous rejoignent avec Tommo et Emmi.

Emmi glisse sa main dans la mienne.

Qu'est-ce qui se passe, Saba ?

Certains racontent que les vers de l'enfer ont un maître, dit Ike.

Nouveau tremblement.

Un maître ? demande Emmi. Qu'est-ce que ça veut dire ?

Ce que ça veut dire, explique Jack, c'est qu'il existe quelque chose de si terrible que même les vers de l'enfer s'enfuient quand ils l'entendent arriver.

Je prends le temps de réfléchir à ce qu'il vient de dire.

Puis j'annonce, Si les vers de l'enfer s'enfuient, moi aussi je peux le faire.

Moi aussi ! s'exclame Jack.

On se dévisage un instant puis, tous en même temps, on crie, Sauve qui peut !

*

Chacun saisit l'arme la plus proche, et on part en courant. Cendre et Epona sont avec Emmi et Tommo. Mais avant que je puisse faire plus de deux pas, j'entends un puissant rugissement. Le sol se soulève et s'ouvre à mes pieds. Je tombe dans une fissure géante. Je me débats, en vain.

En un instant, Jack est là. Il m'attrape par la main et me tire. Je regagne le sol, haletante. Mon cœur bat à tout rompre.

Merci, je dis. J'ai failli y passer, je…

Tout à coup, une longue queue surgit de la fissure, s'enroule autour de mes chevilles et me tire.

Jack plonge et m'attrape à nouveau par la main. Il est couché par terre, il me retient de toutes ses forces. Ike ! il crie. J'ai besoin de toi !

Ike se jette à terre à côté de Jack. Ils me tiennent chacun par une main.

J'ai l'impression de me déchirer en deux. La queue me tire vers les entrailles de la terre, Jack et Ike vers la surface.

Je hurle. Ils ont l'air désespérés, le visage tendu par l'effort. Mes mains commencent à glisser des leurs.

À cet instant, Cendre et Epona apparaissent au bord de la faille, arc bandé. Elles visent juste à côté de moi. Un cri aigu retentit, et la queue perd de sa force. Mais juste un peu, juste un instant. Ike et Jack me sortent du trou.

Courez, courez ! hurle Jack. Il prend Emmi

dans ses bras et part à toute vitesse en direction du nord. Epona, Cendre et Tommo sont juste derrière lui. J'attrape mon arc, mais j'ai le temps de saisir qu'une flèche. Jack et moi, on se lance à leur suite.

Un rugissement furieux se fait entendre derrière moi. Je jette un coup d'œil par-dessus mon épaule.

Un ver de l'enfer géant vient de sortir du trou. Il est dressé sur ses pattes arrière. Il fait deux fois la taille des autres, au moins dix mètres de haut, et il a une longue queue de lézard.

Oh, non ! je crie.

Je continue à courir, mais je ralentis un peu pour regarder.

Le ver de l'enfer a senti notre odeur.

Il nous suit ! je crie.

Jack m'attrape par la main et on accélère. Je jette un nouveau coup d'œil.

Il gagne du terrain ! je crie à nouveau.

Jack s'arrête net. Sans un mot, il fait demi-tour et se met à marcher vers lui. Il s'approche du ver et le ver s'approche de lui.

Jack tient l'arbalète d'Ike. Il a dû la ramasser sans que je le voie. Il place rapidement un carreau.

Jack ! je crie. Qu'est-ce que tu fabriques ?

J'en ai marre de cette saloperie !

Jack ! Fais pas l'idiot !

Il continue à marcher.

Jack ! je hurle. Non !

Il s'immobilise. Il lève l'arbalète. Il vise. Il attend que le ver soit à vingt pas. Et il tire.

Le trait arrache une patte au ver. Il rugit, mais

il continue à avancer. Jack cherche un nouveau carreau sans le quitter des yeux.

Je vois qu'il a pas le temps de le placer. Et il a pas son arc. Il a dû le perdre. Je le rejoins.

Le ver est à sa hauteur. Il tend ses membres, attrape Jack, et le projette en l'air comme la poupée en chiffon d'Emmi. Jack atterrit avec un bruit sourd et bouge plus.

La colère rouge me submerge. Je jette mon arc et je prends ma dernière flèche à la main. Le ver est au-dessus de Jack. Il s'apprête à frapper à nouveau de ses griffes.

Je le contourne et lui grimpe sur le dos. Je m'agrippe à son cou puant et je serre avec toute la force de mon corps.

Il rugit de fureur. Il tourne en rond, ses grandes griffes cherchant à me faire tomber, mais je tiens bon. Je lève la flèche et, de toutes mes forces, je la plonge dans l'une de ses orbites. Elle pénètre profondément. Je la ressors et je la plonge dans l'autre.

Le ver hurle de douleur. Je saute de son dos à l'instant où il s'affale. Il se relève et manque d'écraser Jack sous ses pattes. Sa queue s'agite et frappe Jack.

Il titube d'un côté, puis de l'autre. Et c'est fini. Il disparaît dans une grande fente du lac asséché.

Je le regarde tomber en hurlant et en heurtant les parois pour aller mourir dans les entrailles de la terre.

*

Jack ! je m'écrie.

Je cours vers l'endroit où il est couché. Je me jette près de lui et le retourne.

Il respire plus. Il est affreusement pâle. Il a les yeux fermés. Je passe mes mains sur ses jambes, ses bras, son cou pour voir s'il a quelque chose de cassé. Il est intact.

Jack !

Je lui tape le visage. Je lui incline la tête en arrière, je lui pince le nez et je souffle dans sa bouche. Je cherche à voir si sa poitrine se soulève. Je souffle à nouveau.

Ses lèvres tressaillent. Il sourit.

Je me redresse brusquement.

Jack, à quoi tu joues ?

Il ouvre un œil.

Ta technique de baiser ne demande qu'à être améliorée, il déclare.

Espèce de salaud, je pensais que t'étais mort ! J'essayais de te sauver la vie ! Pourquoi j'ai envie de sauver un minable comme toi, je me le demande !

J'étais sous le charme, pas en train de mourir. Tu ferais bien d'apprendre la différence.

Il s'assied, secoue la tête et gémit.

J'ai fait une sacrée chute, il dit.

Pas assez, je rétorque.

Qu'est-ce qui est arrivé au ver ?

Mort, je dis.

Il grogne. Et ferme les yeux.

Me remercie surtout pas, j'insiste.

Merci. Ça fait deux points pour toi. Une fois dans la prison, et une fois ici. Et deux pour moi. Je t'ai tirée de la rivière et de cette crevasse.

Je refuse de jouer à ton petit jeu stupide, Jack. Allez, debout.

Il ouvre un œil.

Si on est honnête, Ike t'a aussi tirée de la crevasse, donc ça fait sans doute plutôt un et demi.

Il me tend la main.

Aide-moi à me relever. Mais doucement.

Je le tire aussi fort que je peux. Une douleur me transperce l'épaule. J'en ai le souffle coupé. J'ai l'impression qu'elle est en feu. J'étais tellement occupée à sauver nos deux vies que je l'ai pas sentie jusqu'à présent.

Tu as pris un coup de griffe, il dit. Laisse-moi y jeter un œil.

Il tend les doigts. Je le repousse.

Laisse-moi, je vais bien.

Sois pas aussi têtue, viens ici.

Va te faire foutre, je réplique.

Et je me mets en route sur le lac desséché en ramassant mon arc au passage. Je marche sans me retourner. Je l'attends pas.

Dans mon dos, il se met à chanter.

J'ai escaladé les hautes montagnes et navigué sur les vastes mers

Des jolis minois j'en ai vu beaucoup

Mais d'un seul regard, sa beauté m'a envoyé au tapis

Ô Annie au cœur de pierre que je ne peux satisfaire.

J'ai arpenté la terre entière
Des baisers j'en ai saisi beaucoup
Mais ce sont ses lèvres rouges dont je rêve toujours
Ô Annie au cœur de pierre, Annie mon amour.

J'ai aimé tant de femmes et courtisé tant de filles
Et dans des bras doux combien de fois je me suis blotti
Si seulement elle avait accepté de passer une nuit avec moi
Avec Annie au cœur de pierre je serais mort de plaisir.

Combien de beautés m'ont supplié de rester
Mais aucune sauf Annie ne m'a ensorcelé
Même si elle me fait souffrir et fait saigner mon cœur
Mon Annie au cœur de pierre je ne pourrai jamais quitter.

Je pense pas que beaucoup de gens chanteraient après avoir combattu des centaines de vers de l'enfer. Mais Jack est pas comme les autres, je devrais commencer à le savoir.

Il a une voix belle et puissante. Elle porte loin, elle est limpide comme s'il marchait juste derrière moi. L'air qu'il chante est pas mal, et il chante plutôt bien. Mais dès qu'il a fini, il recommence. J'en ai vite marre d'entendre parler d'Annie au cœur de pierre.

Quelle chanson idiote.

Comment un type peut aimer une fille aussi compliquée ?

*

Je veux jeter un coup d'œil à ma blessure pendant que je marche. Je soulève ma chemise avec précaution. Il y a du sang sec collé au tissu, et ça tire sur la plaie. Je me mords les lèvres pour pas crier. Jack est derrière moi. Je veux pas qu'il entende. Il y a une seule entaille, mais elle a l'air profonde. Ça fait affreusement mal.

Cette douleur est pas pire qu'après un rude combat dans la Cage. J'arrête pas de me le répéter. C'est le moyen de garder le contrôle. J'ai juste besoin de faire comme là-bas. De couper mon cerveau de ce que ressent mon corps. De m'obliger à croire que ça arrive à quelqu'un d'autre.

Pense à autre chose.

Pense à Lugh. Pense à comment il était la dernière fois que tu l'as vu. Jeté comme un sac sur le dos d'un cheval, poignets et chevilles liés.

Ils ont tué mon père. Ils ont pris mon frère.

C'est cette colère qui me fait avancer.

Je sens sa chaleur dans mon ventre. Partout en moi.

Chaleur.

Brûlante.

*

Dès que j'aurai rejoint Emmi et les autres, je nettoierai mon épaule et je me ferai un pansement avec de l'écorce. C'est ça. Je me ferai un pansement de… de quoi déjà ?

Mes pieds sont lourds, comme si un poids était attaché à mes jambes. Je dois aller de l'avant. Je dois aller… où ça déjà ? Ah, oui. Retrouver Lugh. Mais je dois m'asseoir. Juste un instant.

Je m'écroule.

Il fait nuit. Il devrait faire frais, pourtant je

transpire beaucoup. Je dois m'essuyer le front avec ma manche, mais mon bras refuse de se lever. Je me souviens. Mon épaule. Elle doit être… infectée.

Je dois retrouver Lugh.

C'est juste que je suis… si fatiguée. Je dois… m'allonger.

J'ai cinq ans. Il fait beau. Je suis au bord de Silverlake. Seule. La brise soulève mes cheveux. L'eau du lac clapote doucement. Accroupie, j'empile des pierres plates, toutes blanches. Je les compte.

Un, deux, trois, quatre, cinq, six, sept !

Une ombre me recouvre. Je lève la tête. C'est Pa. Comme quand j'étais petite, avant la mort de Ma. Cheveux noirs épais, yeux souriants, fort, beau.

Pa, regarde ! Sept !

Il s'accroupit près de moi.

Ils vont avoir besoin de toi, Saba. Lugh et Emmi. Et d'autres encore. Beaucoup d'autres, qui te chercheront, et tu seras seule. Ne cède pas à la peur. Sois forte, comme je sais que tu l'es. Et n'abandonne jamais, tu as compris, jamais. Quoi qu'il arrive.

Je lui souris.

J'abandonnerai pas, je dis. Je suis courageuse, Pa.

Tu es bien ma fille, il dit. Et il disparaît. Comme ça. Il s'est volatilisé.

Pa ! Pa ! Où tu es ? Reviens !

Sa voix résonne et s'éloigne, elle devient de plus en plus faible.

Tu es bien ma fille, ma fille, ma fille.

Pa ! Je regarde partout autour de moi. Mais il est parti. Silverlake est asséché. Le sol autour est craquelé et brûlé.

*

Ténèbres. Des voix. En colère. Des cris. Mais je comprends pas ce qu'ils disent.

Puis tout s'arrête.

Un éclair de lumière blanche. Epona est devant moi. Seule. Au milieu des ténèbres.

Il y a juste le bruit de mon cœur. Qui bat, bat, bat.

Epona regarde par-dessus son épaule, comme si elle surveillait derrière elle. Elle me voit. Me fait un signe de tête.

Tout se passe au ralenti. Si lentement que je vois ses paupières cligner. Je vois ses lèvres bouger alors qu'elle prend une bouffée d'air.

Mon cœur bat, bat, bat.

Elle se met à courir vers moi. Elle ouvre grands ses bras et elle lève la tête. Elle bondit.

Un éclair de lumière blanche.

Le monde éclate en mille morceaux.

*

Jack! Je crois qu'elle est réveillée! crie la voix d'Emmi.

Il y a un sourd battement dans mon épaule droite. J'entends les crépitements d'un feu. Quelqu'un s'agenouille près de moi. Pose une main sur mon front. Elle est calleuse et fraîche. Elle fait du bien à ma peau brûlante.

J'ouvre lentement les yeux. Je vois de la roche. Je fronce les sourcils.

C'est une grotte, me dit Jack.

Je tourne la tête vers lui. À la lueur du feu, ses

yeux argentés scintillent. Sa peau est éclatante. Il est magnifique.

Bonjour, il me lance.

Je lève la main vers sa joue. Elle est chaude. Rêche à cause de sa barbe de plusieurs jours.

Jack, je dis.

Il s'immobilise. Puis il repose ma main sur la couverture.

Je vais te chercher à boire, il annonce en disparaissant.

Emmi ? je demande.

Je suis là !

Elle m'attrape la main et l'embrasse.

Emmi, je dis. T'inquiète pas, je vais bien.

J'étais effareyée que tu meures, elle murmure. Tu as eu de la fièvre. Tu criais, tu appelais Pa.

Vraiment ? J'ai fait des rêves très étranges.

Jack réapparaît. Il passe un bras sous mes épaules et il me soulève. Je grimace.

Désolé, il dit.

Il porte la tasse à mes lèvres et me fait boire. C'est amer, et je fronce le nez.

C'est de l'écorce de saule, il m'annonce. Ça fait tomber la fièvre. Je l'ai broyée moi-même.

Il me fait boire la tasse entière avant de me lâcher.

Mon épaule droite est bandée avec un bout de chemise.

Elle est dans quel état ? je demande.

Bien mieux qu'avant. On l'a nettoyée et on a mis un cataplasme pour endiguer l'infection. Ce ver t'a pas ratée. Il te faut des points de suture, mais pour ça, la plaie devait être propre.

Tu as déliré pendant deux jours, dit Emmi.

Deux jours ! je m'exclame.

Je m'assieds d'un coup et je repousse ma couverture, mais Jack me retient. Il m'oblige doucement à me rallonger. J'ai mal à l'épaule.

C'est pas possible, je dis. On est à combien de jours du solstice ?

Emmi et lui échangent un regard.

C'est ce soir, elle répond.

Non ! Quelle heure il est ?

J'essaie de m'asseoir et, cette fois, c'est Emmi qui m'en empêche.

Je dois y aller !

T'inquiète pas, dit Emmi, on a le temps.

On y est, dit Jack.

Qu'est-ce que ça veut dire, on y est ?

À Freedom Fields, Emmi me dit. On est à Freedom Fields, Saba.

*

C'est juste de l'autre côté de la colline, dit Jack.

Il se lève et s'approche du feu. Il change des marmites de place et attrape des objets, mais je vois pas quoi.

Je comprends pas, je dis. Comment je suis arrivée là ?

Tu as perdu connaissance pendant que tu marchais sur le lac, m'explique Emmi. Jack t'a trouvée et t'a portée jusqu'à nous. Tu serais morte s'il avait pas été là. Pas vrai, Jack ?

Il pousse un grognement.

Il a laissé à personne d'autre le soin de s'occuper de toi, elle poursuit. Il t'a chargée sur Hermès et on a marché jusqu'ici.

Sur Hermès ? Mais on a libéré les chevaux. Ils auraient dû être partis depuis longtemps.

Pas Hermès, a dit Emmi. Il nous a attendus. Il t'a attendue.

Rappelle-moi de le remercier, je dis en me rallongeant. On est arrivés à temps. On a réussi.

Il s'en est fallu de peu, dit Jack.

Où sont les autres ? je demande.

Dehors. Ils s'occupent.

Ils fabriquent des flèches, m'explique Emmi.

Je dois vous aider, je dis.

Tu vas m'aider dans une minute, annonce Jack. Je vais recoudre ta blessure.

On n'a pas le temps, je dis.

Je te laisse pas le choix.

Il passe un fil dans une aiguille en os.

Emmi me dit, Tu aurais dû les voir partir tous en courant quand Jack a demandé qui savait coudre.

Des lâches, renchérit Jack. Tous.

Ike a dit que seul un fou oserait toucher un cactus comme toi, ajoute Emmi.

C'est ce que tu es, Jack ? Fou ?

Apparemment, il répond. Examinons ça.

Il défait ma chemise autour de mon épaule blessée et retire le pansement. Je jette un coup d'œil. Le cataplasme d'écorce a fait son travail. La blessure est laide mais saine.

Tu vas avoir une grosse cicatrice, dit Emmi.

Tu dis ça parce que tu m'as pas encore vu coudre, lance Jack. Je fais du beau travail.

Il attrape une bouteille de vodka à moitié pleine.

Tiens, prends ça, il me dit. Bois tout. Ça va atténuer la douleur.

Non. J'ai besoin d'avoir la tête claire tout à l'heure.

Il hausse un sourcil.

Tu es sûre ? Allez, prends-en.

Non.

Dans ce cas, moi je veux bien un petit coup, il dit, et il avale une longue gorgée. Ça fait du bien. Vas-y, Jack.

Il me tend un bout de tissu. Je le glisse dans ma bouche. Puis il me met une pierre dans chaque main.

Emmi est assise sur mes jambes pour que je puisse pas donner des coups de pied. Elle tient une torche enflammée à la main.

Me fais pas tomber, elle me prévient.

Je vais aller aussi vite que possible, me dit Jack, mais ça va faire un mal de chien. T'es prête ?

Mon cœur bat très vite. Je mords le tissu et je serre fort les pierres. Je fais un signe de tête.

Éclaire-moi bien, Emmi, il dit. C'est parti.

Il commence à recoudre.

Heureusement pour moi, je m'évanouis aussitôt.

FREEDOM FIELDS

*

Je sors dans le soleil de midi. Je dois cligner des yeux après être restée si longtemps dans la grotte. Je prends une grande bouffée d'air pour m'éclaircir les idées. L'atmosphère est plus fraîche que d'habitude. Elle a une odeur différente, aussi. Elle sent le pin et un effluve douceâtre.

Le plus long jour de l'année. Le solstice d'été.

Tiens, t'as repris connaissance, dit Jack.

Il est assis sur un gros rocher, au bord d'une petite clairière à l'entrée de la grotte. Il termine une flèche et la lance sur une grosse pile.

Comment va ton épaule ?

J'essaie de la bouger un peu. Elle est raide, ce qui n'a rien d'étonnant, et un peu sensible à l'endroit des points, mais pas douloureuse. L'affreuse potion à l'écorce de saule de Jack a fait son effet.

Ça va, je dis. Merci.

Je lève les yeux vers le ciel.

Pas de trace de Nero ?

Il secoue la tête.

Non.

Mon ventre se serre. Je regarde à nouveau le ciel, comme si Nero allait apparaître dans les deux secondes.

J'ai dû expliquer à tout le monde pourquoi il était parti, dit Jack. Ils arrêtaient pas de me demander où il était.

Il va trouver Maev. Je le sais. Mais ils devraient être arrivés, à l'heure qu'il est.

Je scrute le ciel.

Ça dépend pas de nous. On va pas compter sur eux, Saba.

Où sont les autres ?

Si tu cherches bien, tu vas les trouver, il me dit.

Je fais quelques pas dans la clairière, et je les vois.

Cendre et Epona sont côte à côte en train de tailler des flèches. Elles travaillent vite. Ike et Tommo coupent des bouts d'ardoise pour les pointes, et Emmi aide tout le monde.

On dirait qu'aucun d'eux n'a dormi depuis un bon moment. Ils lèvent la tête en me voyant, ils me font un petit signe ou un sourire, mais ils continuent à travailler. Même Emmi court pas vers moi comme chaque fois.

L'atmosphère est tellement lourde que l'air en devient presque irrespirable. À cause de la tension. De l'urgence. Je sens le rouge me monter aux joues. Tout le monde doit se dire que je suis une lâcheuse, que j'ai dormi pendant qu'ils travaillaient.

Ça va ? me lance Epona.

Ouais, je vais pouvoir tirer.

Tant mieux, dit Ike. On risque d'en avoir besoin.

Faites-moi faire quelque chose, je demande.

Tu peux m'aider à attacher les pointes de flèche, répond Jack.

Il me fait de la place sur son rocher et je m'assieds à côté de lui.

Aussitôt, ma pierre se réchauffe.

Je secoue la tête.

Quoi ? il fait.

Rien.

J'attrape un bout de corde, une pointe et une penne et je me mets au travail. Au début, mes doigts sont maladroits, mais je prends vite le rythme.

Jack me montre la flèche qu'il vient de terminer. Il lâche un soupir. Dès que je fabrique une flèche, il dit, je l'imagine… propulsée par l'arc, qui file dans l'air et atteint sa cible en plein dans le mille.

Moi aussi, je dis.

Nos regards se croisent un instant. On sourit. Puis on se remet au travail.

Il me demande, Tu savais que chaque fois que tu fabriques quelque chose, une petite part de ton esprit s'y glisse ?

Non.

Alors… Arrange-toi pour que ça soit une bonne part de toi, pas une mauvaise.

Je crois que je n'ai plus de bonne part en moi depuis un moment déjà, je dis.

Moi non plus, sans doute.

Il me fait son sourire de travers, et mon cœur s'envole.

Je suis désolée, je lui glisse.

De quoi ?

D'être toujours… tellement…

Ingrate ?
Ouais.
Désagréable ?
Je crois.
Grincheuse ? Têtue ? Violente ?
Je suis pas violente !
Oh, si. Très, même. Mais ça me plaît chez une femme.
J'éclate de rire.
T'es fou, je dis.
J'étais normal avant de te rencontrer.

*

Quand le soleil est bien haut dans le ciel, on lève le camp et on prépare nos armes. Je me souviens qu'Emmi m'a dit qu'Hermès m'avait attendue, contrairement aux autres chevaux.
Où est Hermès ? je demande.
Par là, dit Tommo avec un signe de tête.
On est tous habitués à sa voix rauque maintenant, et on comprend bien ses gestes, aussi. Mais Emmi semble toujours le comprendre un peu mieux que nous.
Il est déjà de l'autre côté de la colline, elle explique. Il nous attend.
Tommo hoche la tête.
J'avais compris, je dis. Merci, Tommo.
Il devient tout rouge et il décampe.
Ce garçon t'aime bien, remarque Ike. Et il est pas le seul. J'attends toujours que tu me donnes ta réponse, ma chère.
Tu sais, Ike, je dis, je vais peut-être finir par accepter ta proposition.

Il a l'air éberlué. Juste un instant. Puis il sourit.

Tu voudrais m'épouser ?

Je sais pas, je réponds. Peut-être. J'y songe.

Attention, mon cœur va s'arrêter de battre !

Jack nous interrompt en disant, C'est l'heure. On doit partir, maintenant.

Vous avez déjà tout repéré, c'est ça ? je demande.

Exactement, répond Ike. Cendre, Epona et moi, on s'en est chargés pendant que tu faisais la Belle au bois dormant.

Et ça se présente comment ?

Ike me fait un clin d'œil.

Du gâteau.

Du gâteau ! proteste Cendre en secouant la tête.

C'est quoi le plan ?

Tu me connais, dit Jack. J'aime pas trop m'embarrasser de plans.

Jack !

T'énerve pas. J'ai quelques idées à te soumettre. Mais on saura pas vraiment ce qu'on va faire jusqu'à ce qu'on comprenne ce qu'ils vont faire, eux. On pourrait avoir à… improviser un peu.

Quoi ? Il s'agit de la vie de mon frère, Jack ! Je refuse d'improviser ! Tu m'as dit que tu avais un plan !

Euh… Je pense qu'on va y aller, nous, lance Ike.

Bonne idée, renchérit Cendre.

Ils disparaissent tous dans la grotte.

Ils vont où ? Tu m'as dit que Freedom Fields était de l'autre côté de la colline !

En effet, répond Jack. Mais il y a un tunnel au fond de la grotte. Un raccourci.

Il leur emboîte le pas. Je l'attrape par le bras.

Attends, Jack. On a besoin d'un plan. Un vrai. Tout de suite.

Je t'ai promis qu'on sortirait Lugh de là, et je le pensais vraiment. On va réussir. Tu m'as dit que tu me faisais confiance. C'est vrai ? Là, à l'instant, tu me fais confiance ?

Je le regarde droit dans les yeux. Je cherche… quelque chose. Et je le trouve.

Je le vois. Tout à coup, je le vois vraiment. Pas le Jack des plaisanteries et des moqueries, mais le vrai Jack. Le Jack calme comme de l'eau dormante.

Je l'avais déjà vu, la première nuit où on était couchés sous les étoiles. Quand je lui ai parlé de Lugh et qu'il m'a promis qu'on le retrouverait. Le vrai Jack a toujours été là. C'est juste que je refusais de le voir. Jusqu'à présent.

J'éclate de rire.

Je suis sans doute folle, je m'exclame, mais oui. Je te fais confiance, Jack.

Dans ce cas, on y va.

On entre dans la grotte. Je distingue une étroite fente tout au fond, l'entrée du tunnel. Jack allume une torche au feu mourant, puis je l'aide à l'éteindre en répandant des cendres.

On peut y aller, il déclare en se tournant.

Je lui effleure le bras.

Jack, je dis, je…

Quoi ?

Je t'ai pas vraiment remercié pour… t'être occupé de moi. Pour m'avoir soignée.

C'est pas le moment.

Il se remet en route, et je l'arrête à nouveau.

Jack!

Ouais?

J'aurai peut-être plus jamais l'occasion de te dire que… de t'expliquer… combien j'apprécie tout ce que tu fais. Tout ce que tu as fait. T'étais pas obligé, mais tu l'as fait et… je t'en suis… reconnaissante. Je l'ai toujours été, c'est juste que… je dois pas être très douée pour le dire, c'est tout.

Ça suffit, il me coupe. Je le mérite pas. J'ai rien d'un héros.

Il se retourne et je le suis. On se glisse par la fente et on se retrouve dans un tunnel assez haut pour marcher debout. J'ai le ventre serré. On est à quelques pas l'un de l'autre, quand je lance, Jack, attends.

Il se tourne, impatient.

Quoi encore?

Je veux te dire quelque chose. Je veux dire… je sais pas. Autre chose. Je pourrais te raconter tout ce que je ressens pour toi à cet instant. Après avoir combattu ce ver de l'enfer, et avoir eu l'épaule déchirée, ce que j'ai senti en te voyant à mon réveil, alors maintenant, alors qu'on est si près de retrouver Lugh, je sais pas ce qui va se passer, et…

Jack me regarde, sourcils froncés.

Mais qu'est-ce qui te prend, Saba?

Je lui attrape le visage et j'embrasse ses lèvres.

Puis je recule.

On se dévisage. On dirait que le tunnel s'est vidé de son air. La pierre me brûle la peau. Le sang bat à mes tempes.

Tu choisis vraiment le bon moment, il dit.

Il lâche la torche et me pousse contre le mur. Et, l'instant d'après, sa bouche est sur la mienne. Il m'embrasse comme s'il mourait de faim, de soif, de tout le reste. Il embrasse mes lèvres, mon visage, mon cou, puis revient à mes lèvres. Sa bouche est douce. Chaude. Son odeur m'emplit.

On est plaqués l'un contre l'autre, torse contre torse, cuisse contre cuisse. Son cœur tambourine contre le mien. Un frisson va du sommet de mon crâne jusqu'au bout de mes orteils. J'ai à la fois chaud et froid. Le duvet sur mes bras et ma nuque me picote. Ma peau est tendue sur mes os. Une lourde chaleur s'est emparée de mon ventre.

J'aurais jamais pensé que l'embrasser ferait cet effet.

Je passe mes mains sur ses bras, ses épaules, son dos. Je sens sa force. Je me serre davantage contre lui. J'ai l'impression de pas pouvoir être assez près de lui.

Arrête, il me murmure.

Mais je continue. Je peux pas m'arrêter. Je veux pas m'arrêter.

Il m'attrape par les deux mains.

Saba, il dit, Saba, arrête.

On respire tous les deux très fort. J'ai des vertiges.

Quoi ? je dis. Quoi ? Qu'est-ce que j'ai fait de mal ?

Rien ! Surtout pas ! C'était… c'était magique. C'est juste que… c'est ni le bon endroit ni le bon moment. Et tu as été très malade. Tu n'as pas l'esprit très clair.

Si, je dis. Je te le jure.

Je crois pas, il dit. Et moi non plus. Mais j'ai eu envie de t'embrasser de cette manière à l'instant où je t'ai vue. T'imagines pas à quel point.

Je veux lui répondre, mais il pose un doigt sur mes lèvres.

Ne dis rien, il souffle, ça ferait que rendre les choses plus dures encore.

Il m'embrasse une dernière fois. Vite. Fort. Puis il s'écarte de moi et ramasse la torche par terre. Elle brûle toujours.

Viens, il murmure. On doit y aller.

Juste comme ça ? je demande.

Saba, il chuchote. Ton frère. Il t'attend.

Il s'éloigne. Je reste sur place. Mes lèvres me picotent. Je sens toujours son goût.

Je suis contente qu'il m'ait arrêtée. Il a raison, ce n'est ni le bon endroit ni le bon moment. Mais, pour nous deux, ça sera jamais le cas. Quand j'aurai récupéré Lugh, tout sera fini. Je repartirai à Crosscreek avec Emmi et Lugh, ou dans un autre endroit, Jack s'en ira avec Ike et Tommo et on se reverra jamais. On a tous les deux des projets d'avenir.

Mais je suis contente qu'on l'ait fait. S'embrasser. C'était notre dernière chance. Et je suis contente qu'il m'ait arrêtée.

Menteuse, menteuse, menteuse.

Saba ! il crie. Viens, dépêche-toi !

*

Le plafond est plus bas ici, dit Jack. Fais attention à ta tête.

La torche projette des éclairs de lumière sur les

parois en pierre. Je marche bras tendus pour tâter le plafond et pas me cogner.

Le tunnel semble interminable. Je commence à croire qu'on va jamais en sortir quand je vois un peu de lumière dans l'obscurité. Puis on atteint le bout et on aperçoit le ciel doré d'un après-midi d'été.

Ils nous attendent tous. Emmi, Tommo, Ike, Cendre et Epona. Hermès broute dans les hautes herbes. Il lève la tête et hennit en me voyant.

Qu'est-ce qui vous a pris tant de temps ? demande Emmi. Ça fait des siècles qu'on est là.

Ike, Cendre et Epona échangent un regard de connivence en nous observant, Jack et moi.

Il fait plutôt noir, là-dedans. Vous vous êtes perdus ?

Je sens la rougeur envahir mon cou. Heureusement, Hermès arrive au trot et je me mets à lui caresser l'encolure.

Euh… On a eu du mal à éteindre le feu, dit Jack.

Saba, dit Emmi. Viens voir !

Elle me prend par la main et m'attire au bord de la corniche qui fait tout le tour de la vallée, comme si on était sur le rebord d'un bol. Elle est parsemée de bosquets de chênes épais et de pins. Une vallée large et plate s'étend à nos pieds, couverte de rangées de buissons aux feuilles d'un vert luisant. Il y a plein de travailleurs en tunique blanche entre les rangées. Ils cueillent les feuilles et les mettent dans des sacs sur leur dos. Des esclaves.

Helen a fait partie de ces esclaves. Jack et Ike aussi.

C'est une terre riche. Luxuriante, magnifique. Comme Pa nous a dit que c'était du temps des Destructeurs. Le paradis, il appelait ça. L'époque où l'air était doux et la terre fertile. Où on produisait tellement de nourriture qu'il y en avait des tonnes, et que si on avait besoin de quelque chose, il suffisait de se servir.

Mais c'est pas le paradis, ici.

Et voilà Freedom Fields, dit Ike.

Cendre tend un doigt. De l'autre côté de la vallée, un mur de lumière scintille.

Et ça, c'est le Palais du roi, elle annonce.

*

Jack me met quelque chose dans la main.

C'est la moitié des vue-melles qu'Emmi a cassées dans la ville des Destructeurs.

Jack les a réparées ! elle s'écrie. Comme il l'avait dit !

Je les porte à mes yeux.

Fais attention, elle me prévient. C'est terriblement brillant !

Face à nous, sur le flanc opposé, une grande maison, la plus grande que j'ai jamais vue, s'étend à mi-hauteur entre la vallée et la corniche. Ses murs sont couverts de disques brillants. Quand le soleil s'y reflète, des arcs-en-ciel s'élèvent. Les couleurs sont comme des étoiles filantes, elles scintillent tellement que des points noirs se forment devant mes yeux.

C'est incroyable ! je dis. J'ai jamais rien vu comme ça.

C'est là qu'ils doivent garder Lugh, dit Jack. C'est bien ce que tu penses, Ike ?

Ouaip. Et ils ont dû bien s'occuper de lui, vu le mal qu'ils se sont donné pour le trouver.

Tu le penses vraiment ? je demande.

Je suis prêt à parier, dit Ike.

Le Palais. Je cligne des yeux. Maintenant, j'aperçois plein de fenêtres. Il y a aussi de grandes colonnes sur le devant et deux gros battants de porte en cuivre sculpté. De grandes marches descendent jusqu'à un chemin en pierre blanche qui serpente à travers un jardin jusqu'aux champs. Je repense à Ma et à son jardin de pierres à Silverlake. Elle aurait jamais imaginé qu'il existe un jardin vert comme ça.

Il y a un grand bassin avec des jets d'eau qui montent vers le ciel. Des parterres de fleurs et de légumes aux contours élégants, et un verger.

Il y a plein de gens, aussi. Surtout des Tontons dans leur longue tunique noire et leur armure, mais certains esclaves en blanc aussi.

Tu vois les écuries ? me demande Ike. Sur la droite.

Je dirige les vue-melles vers le bâtiment près de la maison.

Oui.

Et le système d'irrigation ? ajoute Jack.

Le long des champs, au-dessus des buissons, montés sur de longues jambes, il y a des tuyaux pleins d'eau argentée. Tous reliés.

C'est ça, des chenaux ? je demande.

Oui. Ça permet d'arroser régulièrement les buissons. Le chaal aime l'humidité, mais pas trop. Une grande quantité d'eau, et il meurt très vite.

Vraiment ?

Vraiment. Maintenant, tu veux connaître le plan ? Venez me voir, tous. Ike et moi, on a plusieurs idées.

*

L'après-midi s'étire, puis la soirée arrive. L'arc-en-ciel créé par le Palais s'atténue à mesure que le soleil baisse. Mais il va faire jour pendant plusieurs heures encore. Le plus long jour de l'année. Le plus long jour de ma vie.

Et toujours aucun signe de Nero. Ni de Maev. Pas la moindre Aigle Libre en vue.

J'ai jamais été aussi inquiète. On monte la garde à tour de rôle, mais quand c'est pas mon tour, je peux pas me reposer. Si je m'assieds, je me relève tout de suite. J'énerve tout le monde en demandant depuis combien de temps on est là. Je démêle les nœuds de la crinière d'Hermès avec mes doigts et je vérifie ses dents, si bien qu'il finit par faire mine de me mordre. Je fais vibrer la corde de mon arc jusqu'à ce que Cendre me dise d'arrêter, sinon, elle va m'étrangler avec.

Nero devrait être là, maintenant, je lance à Emmi.

Tu l'as déjà dit un millier de fois.

Il lui est arrivé quelque chose. Ça lui ressemble pas.

Ça aussi, tu l'as dit un millier de fois. Il va bien. Il va venir.

Et s'il était arrivé quelque chose à Maev ? Elle a dit que les Aigles avaient des problèmes sur la route de l'Ouest. Et si… Elle aurait pu se faire tuer. Ça arrive, ce genre de chose.

Maev est pas morte, répond Emmi. Elle va venir, elle te l'a promis. Les Aigles vont venir, Saba.

T'en sais rien. Et si elles venaient pas ? Moi, je pense qu'elles vont pas venir. On va devoir tout faire tout seuls. Allez, on y va ! Qu'est-ce qu'on attend ?

Arrête ! hurle Cendre, tandis qu'Ike gémit, Tommo soupire et Jack reste allongé, les yeux fermés, en train de chantonner.

Epona est de garde.

Saba, on est tous tombés d'accord pour dire qu'on attendait le crépuscule. On fera rien avant, elle me dit.

Epona. Toujours calme. Pas du tout comme je l'avais imaginée au début.

Bon, d'accord… On attend la nuit. Mais… je vais devenir folle à force d'attendre. Je veux le voir. M'assurer qu'il va bien.

Je te comprends, elle me rassure. Mais sois patiente, Saba. Attends la nuit.

*

La nuit tombe. Le ciel se strie de violet et de noir. Des nuages dérivent au-dessus de la lune de solstice. Cette lune qu'on traque depuis si longtemps.

Il va y avoir des nuages, dit Jack. Tant mieux.

Et, tout à coup. Un son aigu s'élève dans la vallée, il fend l'air. Les travailleurs redressent la tête et commencent à quitter les champs. Ils se dirigent tous vers des dortoirs au loin. Je vois maintenant qu'ils sont enchaînés six par six.

C'est l'heure du repos pour les Enfants de la Lumière, dit Ike.

Quel nom… Les Enfants de la Lumière. De bons souvenirs, hein, Ike ?

Pas vraiment.

Les esclaves disparaissent dans les dortoirs. Un groupe de Tontons se dirige vers un grand espace vide au centre des champs.

Jack surveille aux vue-melles.

Ça commence enfin à devenir intéressant, il déclare.

*

Jack et moi, on est accroupis au bord de la corniche, on se passe les vue-melles. On voit parfaitement la vallée, mais il n'y a aucune agitation à part dans la clairière au centre des champs de chaal.

De gros chariots tirés par des chevaux vont de la maison à la clairière.

Pour commencer, les Tontons y dressent une grande estrade. Puis ils installent une plateforme encore plus haute avec une longue volée de marches. Ils apportent un grand fauteuil et le hissent à l'aide d'une poulie et de cordes sur la grande plateforme. Le fauteuil doré a des sculptures et des pierres incrustées.

Jack dit, La personne assise sur ce fauteuil aura une vue parfaite sur l'estrade en contrebas.

Tu penses qu'ils vont quand même faire la cérémonie ? Alors que Pinch est mort ?

On dirait.

Les Tontons apportent deux escaliers pour l'estrade, un de chaque côté. Puis ils disparaissent dans le Palais, et tout redevient calme.

Ike, Cendre et Epona sont partis avec Emmi et Tommo, en emmenant Hermès. Ils exécutent la première partie du plan.

Jack et moi, on n'a rien à faire à part attendre. Et attendre encore.

On atteint cet étrange moment du plus long jour de l'année où il devrait faire nuit, mais où il reste encore quelques traces de jour. Des nuages sombres encombrent le ciel. Le vent se lève.

Je regarde la lune.

Il doit être environ onze heures, je dis.

Presque l'heure du solstice, renchérit Jack.

Je frissonne. Puis je prononce tout haut ce qui m'a taraudée toute la journée :

Elles vont pas venir, si ?

Je crois qu'on devrait pas compter sur elles.

C'est pas grave. On va y arriver quand même.

Un nouveau chariot va des écuries à l'estrade. Des Tontons en descendent de lourds sacs de sable et des tonnes de bois.

Ils ont pas l'air armés, je remarque. C'est bizarre. Je croyais qu'ils seraient armés jusqu'aux dents. Et tu as dit qu'il y avait des patrouilles de chiens, aussi.

Visiblement, ils s'attendent pas à avoir des ennuis ce soir, explique Jack. Mais certains d'entre eux sont quand même armés. Les gardes du corps du roi, pour commencer.

On entend du bruit. Ike et Epona qui reviennent. Ils s'accroupissent près de nous. Le sourire blanc d'Ike est éblouissant dans la nuit.

Emmi et Tommo sont en train de rallier le point de rendez-vous ? je demande.

Ouais, répond Ike. Ils vont faire comme on leur a dit. Ils nous attendent à la décharge de pneus à une heure de cheval d'ici.

Emmi s'en sortait bien avec Hermès ? Elle sait pas bien monter sur des grands chevaux. Est-ce que… ?

Elle se débrouille très bien, Saba, m'interrompt Ike. T'inquiète pas.

Tu es sûr qu'ils ont bien compris ce qu'ils doivent faire ? je demande.

Je l'ai fait répéter trois fois à Emmi, assure Epona. Ils nous attendent à la décharge. Cachés. Si on les a pas rejoints à l'aube, ils font un large détour par l'est pour regagner Darktrees. Ils savent qu'Hermès les guidera.

Et Cendre ? interroge Jack. Elle est aux écuries ?

Tout près, répond Epona. Et bien cachée. Personne se doute de sa présence. Elle va nous préparer des chevaux. Je peux jeter un coup d'œil sur la vallée ?

Je lui tends les vue-melles. Elle observe l'estrade.

Qu'est-ce qu'ils fabriquent au milieu ? demande Ike.

Ils étalent du sable sur la grande estrade, répond Epona. Comme un grand bac à sable. Et ils dressent un poteau au milieu d'un tas de bois.

C'est-à-dire, un poteau ? Comme un piquet de barrière ? insiste Jack.

Plus ou moins. Mais plus grand. Plus haut. Je me demande bien pour quoi faire.

Laisse-moi voir, dit Jack.

Epona lui tend les vue-melles. Il observe un long moment, puis les écarte de son œil. Il me regarde en déclarant, Le poteau est juste de la bonne taille pour y attacher un homme. Et le sable sert à éviter que le feu se propage.

Mon ventre se contracte. Ma respiration s'accélère.

Non, non, ils vont pas... Jack, ils vont pas le brûler, quand même ? Ils vont pas le brûler, si ?

T'inquiète pas, on va pas les laisser faire. Ils feront pas de mal à Lugh, je te le promets.

Il me prend les mains en disant ça, et il les serre fort.

Maintenant, écoute-moi. Tu m'écoutes ? il demande.

Oui, je t'écoute.

Tu vas rester calme. Et tu vas me faire confiance. Tu vas nous faire confiance à tous. Ike, Epona et moi. Tommo et Emmi aussi. On connaît tous le plan. On ne change rien. Chacun sait ce qu'il a à faire. Maintenant, on y va, d'accord ?

D'accord.

Bon. Emmi et Tommo se dirigent vers le point de rendez-vous, ils sont hors de danger. Quand les Tontons auront quitté les écuries, Cendre préparera six chevaux. Toi et Ike, vous irez récupérer Lugh. Puis on se rejoint tous aux écuries, et on file. Epona, répète ta mission.

Pendant que Saba et Ike vont récupérer Lugh, toi et moi, on va... créer une diversion.

C'est ça, dit Jack.

On dirait que la petite fête commence, annonce Ike.

Des battements de tambour s'élèvent pendant qu'on parle. De plus en plus fort, avec toujours de nouveaux tambours. Ce sont des Tontons en tunique noire qui jouent. Puis on entend des flûtes en os. Ils allument des feux dans de grands seaux éparpillés tout autour de la clairière.

Les esclaves en tunique blanche sortent des dortoirs libérés de leurs chaînes et se dispersent devant l'estrade. Il y a des hommes, des femmes et même quelques enfants. Ils se mettent à danser sauvagement en se balançant, en tournoyant et en sautant par-dessus les feux. Le bruit de plus en plus sourd des tambours emplit la nuit.

Les Tontons commencent à chanter, et les esclaves se joignent à eux. Mais ils prononcent pas des mots, ils produisent des sons qui leur viennent du fond de la gorge. Les Tontons oscillent sur place. Les esclaves tournoient.

Il y a de l'agitation près du Palais. Des torches éclairent maintenant le chemin qui va de la maison aux champs.

Epona regarde toujours dans les vue-melles.

Il se passe quelque chose, elle dit. Puis elle retient son souffle. Oh non, oh non, elle gémit. J'y crois pas.

Quoi ? je demande. Qu'est-ce qu'il y a ?

Elle secoue la tête en me tendant les vue-melles. Elle a les yeux écarquillés.

On dirait qu'elle vient de voir un fantôme.

*

Je dirige les vue-melles sur le Palais.

Vicar Pinch se tient sur les marches.

Mon cœur cesse de battre. Puis il se met à battre comme un fou.

C'est pas possible, je proteste. Il est mort !

Quoi ? dit Jack. Pinch ? Le roi est vivant ?

Oui. Mais je l'ai vu mort. Je suis certaine qu'il était mort.

Le diable est pas si facile à tuer que ça, dit Ike.

Pinch est entièrement vêtu d'or. Il porte un pantalon court et bouffant, des bas et des chaussures à talons hauts. Et un magnifique manteau cousu d'or bordé de fourrure blanche. Le manteau, qui traîne derrière lui, est incrusté de pierres brillantes, de bouts de miroir et de disques brillants. Il a les cheveux blancs, aujourd'hui. De longues boucles retombent sur ses épaules et remontent haut sur son crâne.

Et il a le visage peint en or. Il s'exhibe au sommet des marches avec sa canne. Les torches l'éclairent. Il brille dans l'obscurité comme si le soleil descendait sur terre. Le Roi-Soleil.

Tout à coup, je remarque qu'il s'appuie beaucoup sur sa jambe gauche.

Je m'accroupis et je jette un coup d'œil sous Le Cygne.

Vicar Pinch est à terre. Sa jambe droite est repliée selon un angle bizarre.

Il est blessé à la jambe, je déclare. Il a dû se faire ça quand le bateau s'est renversé sur lui.

Quatre esclaves tiennent la traîne de son manteau. Deux des plus gros Tontons le soulèvent avec précaution, le portent jusqu'au pied des marches et le déposent dans une chaise à porteurs dorée. Les esclaves arrangent son manteau, puis six Tontons attrapent la chaise par les poignées et se mettent à descendre le chemin éclairé par les torches en direction des champs.

Je les observe avec les vue-melles tandis qu'ils se dirigent vers l'endroit où se trouve l'estrade. La chaise de Pinch passe au milieu de la foule des esclaves, qui continuent à chanter et danser. Ils tendent les mains dans l'espoir de le toucher. Les porteurs repoussent les esclaves à coups de pied. Ils posent la chaise devant l'estrade.

Puis ils soulèvent le roi. Son manteau scintillant se gonfle dans l'air nocturne. Ils le portent au sommet des marches jusqu'à l'estrade supérieure et l'asseyent sur le fauteuil doré. Puis les Tontons reprennent la chaise et s'en vont.

Je commence à ressentir le tiraillement.

Il signifie qu'il va bientôt y avoir de l'action. Je sais pas quoi exactement, mais je suis prête. J'avais toujours cette sensation avant d'entrer dans la Cage.

C'est la colère rouge qui monte.

On y va, je dis.

*

On court, presque pliés en deux. Jack, Ike, Epona et moi, on traverse les rangées de chaal en passant sous les canaux d'irrigation. On atteint le bord de la clairière.

On s'accroupit derrière les plants de chaal. Ils sont tellement denses qu'ils nous fournissent une bonne couverture. Les esclaves sont pris de frénésie. Ils sautent par-dessus les feux, dansent, chantent et tournoient. Les tambours résonnent en moi. Les pieds qui frappent font trembler le sol.

Les flûtes lancent leur cri aigu. L'odeur douceâtre du chaal qui brûle emplit l'air.

Vicar Pinch trône sur son fauteuil doré. DeMalo se tient près de lui, et il y a un Tonton de l'autre côté. Pinch a quelque chose dans la main, qui ressemble à une grosse corne. Il la porte à sa bouche. Je vois ses lèvres bouger, comme s'il parlait, mais le bruit des tambours est trop fort.

DeMalo sort une arme de sa tunique et tire en l'air. Trois fois. Les coups partent vers le ciel avec un petit éclair.

Tout s'arrête. Les tambours, la danse, les chants.

C'est pas une arbalète! je souffle à Jack.

C'est un bâton de feu, m'explique Jack. Surtout, reste bien à l'écart de son champ de tir.

Haletants, les esclaves se tournent vers la plateforme. Leurs visages et leurs corps brillent de sueur à la lueur des feux, et leurs yeux fous luisent. Pinch dit dans sa corne:

Mes chers Enfants de la Lumière. Je suis votre roi!

Sa voix résonne dans toute la vallée.

Les esclaves l'acclament et lèvent le poing vers le ciel.

Votre roi est tout puissant! Il incarne la sagesse! La miséricorde!

À chaque mot, des acclamations s'élèvent.

Il est la fontaine de vie! La source d'abondance! Même la terre se plie à ses volontés!

Il est fou, dit Epona.

Fou comme un bourdon, reprend Ike.

Mes chers Enfants de la Lumière! continue Pinch. Ce soir, ici même! Par ce solstice d'été!

Notre père le soleil, haut dans le ciel, détient les pleins pouvoirs. Et ce soir, la force de vie du prince né en hiver atteint son summum ! Le soleil et la lune se rencontrent ! Et transmettent leurs pouvoirs à votre roi ! Ce soir, ces pouvoirs seront réunis ! Ils se rejoindront par le feu, et votre roi renaîtra !

Il écarte les bras. Les esclaves sont pris de folie.

Regarde, souffle Epona. Le Palais.

Je porte les vue-melles à mes yeux.

Un groupe de Tontons descend les marches puis s'avance. Ils vont deux par deux. Les quatre premiers éclairent le chemin avec des torches. Les quatre suivants transportent un homme couché sur leurs épaules. La lueur des torches éclaire une longue tresse dorée.

C'est Lugh.

*

C'est lui, je murmure. C'est Lugh. Il est vivant.

Et, tout à coup, les larmes me montent aux yeux. Ça fait si longtemps que je les retiens. Ça fait si longtemps que je le cherche.

Jack me prend dans ses bras et met ma tête sur son épaule. Mon corps est secoué de sanglots silencieux.

Chut, il dit. Pas maintenant. C'est pas le bon moment, Saba.

Je redresse la tête.

J'avais peur qu'il soit mort. Je l'ai jamais dit, mais…

Je le sais, souffle Jack. Je le sais. Mais il est en vie, et on va le sortir de là. D'accord ?

J'inspire deux grandes bouffées d'air et je m'écarte de lui. Je m'essuie les yeux.

Désolée, je dis. Désolée.

Bon, annonce Jack, j'emporte les vue-melles. Puisque, Epona et moi, on doit créer une diversion, on aura besoin d'y voir clair.

À l'instant où je les lui donne, il me serre fort la main.

Bon courage à tous. Mettez toutes les chances de votre côté, mais restez prudents. On se retrouve aux écuries.

À l'attaque ! crie Ike.

Jack et Epona disparaissent vers la gauche.

Ike et moi, on part vers la droite, en direction du Palais. On avance à toute vitesse entre les rangs de chaal. On fait halte au bout du champ, là où commencent les jardins. On s'accroupit derrière les plants qui longent le sentier. Les Tontons vont devoir passer juste à côté de nous pour atteindre l'estrade.

Les Tontons qui portent Lugh contournent la fontaine et prennent deux par deux le chemin qui traverse le jardin. Il y a quatre éclaireurs à l'avant, quatre Tontons qui portent Lugh et six à l'arrière. Ils avancent en rythme avec les tambours. Et ils chantent. Le même chant que les esclaves.

Les deux derniers Tontons se tiennent un peu en retrait.

Ils sont pour nous, dit Ike.

Les Tontons atteignent le verger. On voit les torches approcher. Ils seront là dans une minute environ.

Prêt ? je murmure.

Prêt, répond Ike.

On se couche par terre et on sort une corde de notre poche.

Les quatre éclaireurs passent. Leurs bottes tapent sur le sol. Leur chant emplit l'air. Ils produisent des bruits étranges que j'ai jamais entendus. Leurs tuniques bruissent contre les plants. Je sens la chaleur de leurs corps. Je sens leur odeur.

Les quatre suivants arrivent. Ceux qui portent Lugh. Je lui jette un bref coup d'œil. Il a les yeux fermés et il agite la tête de gauche à droite. Il a l'air drogué. J'en ai mal au cœur.

Puis viennent les six Tontons qui ferment la marche.

On attend. Je compte en silence.

Deux, quatre. Un espace.

Les deux derniers surgissent.

Ike et moi, on se glisse sans un bruit sur le chemin derrière eux.

Mon cœur bat fort dans ma poitrine, comme s'il allait exploser entre mes côtes. Je tends la corde entre mes doigts.

Ike me fait signe. On lance nos cordes autour du cou des Tontons, on serre fort et on les tire dans les buissons. Ils sont tellement surpris qu'ils se débattent même pas.

Ike lève son arbalète et les frappe à la tête avec le manche. Ils sont inertes.

Le meilleur endroit pour commettre un délit, c'est une foule bruyante, me souffle Ike.

On les dépouille de leurs vêtements. Puis on les attache et on les bâillonne. On enfile leurs tuniques noires et leurs armures sur nos vêtements. On vérifie que nos arcs et nos carquois se voient pas. Ma tunique est beaucoup trop longue.

Tu permets ? me demande Ike. Il l'attrape et la remonte dans ma ceinture.

Je sors mon couteau de son étui et je le glisse à ma ceinture. Ike fait de même avec son arbalète. Puis on rattrape l'escorte de Lugh.

Ike me fait un sourire. Ses dents blanches brillent à la lueur des torches. Ses yeux scintillent d'excitation. Il a l'air terrifiant.

Pour l'instant, tout se passe comme prévu. Ike et moi, on a réussi à se glisser au milieu des Tontons.

Mais c'est la fin du plan. À partir de là, on va devoir improviser. Comme a dit Jack.

*

On avance sur le chemin en direction de l'estrade.

On atteint le bord de la clairière remplie par les esclaves en sueur et en transe. Les tambours accélèrent le rythme. Les esclaves tapent des pieds et chantent. Le bruit est assourdissant.

Les quatre éclaireurs se frayent un chemin au milieu de la foule, ils repoussent les esclaves qui dansent, ils ouvrent un passage pour Lugh. Puis on resserre les rangs et on passe d'un bloc, Ike et moi fermant la marche. De près, l'odeur âcre des corps sales envahit mes narines et me donne la nausée.

On atteint les marches de l'estrade. On les monte une à une. On se retrouve sur l'estrade. Ike et moi, on se dissimule sous nos capuches baissées. Je jette un bref regard à Vicar Pinch. Depuis son fauteuil doré, vêtu de son manteau doré, il observe la foule qui danse et qui chante. Son visage pailleté d'or est vide de toute expression.

Les quatre Tontons qui portent Lugh s'avancent vers le cercle de sable. Quand ils le posent à terre, ses genoux cèdent et sa tête part en arrière. Ils le rattrapent et l'adossent au poteau où ils l'attachent par les chevilles et les poignets. Puis ils éparpillent des brindilles à ses pieds.

Lugh est face à la foule, torse nu. Il porte juste un pantalon et des bottes. Il a toujours les yeux fermés. Sa tête pend sur le côté, mais je vois ses lèvres bouger. D'instinct, je veux m'avancer vers lui.

Ike me retient.

Attends, il souffle. Regarde.

Il y a de l'agitation sur l'estrade. Les Tontons finissent d'attacher Lugh et disposent leurs torches allumées autour du cercle de bois.

Puis ils se rangent de chaque côté. Deux groupes de sept.

Dans la confusion, Ike et moi on réussit à se retrouver au bout de chaque rangée, près du poteau. On est les plus près de Lugh. Ike d'un côté, moi de l'autre.

Mettez toutes les chances de votre côté.

Les tambours battent, les pieds tapent, les voix chantent. La terre tremble.

Vicar Pinch, le Roi-Soleil, est toujours dans son fauteuil doré, sur l'estrade en surplomb. Il est flanqué de DeMalo et d'un autre garde.

DeMalo et l'autre Tonton aident Pinch à se mettre debout.

Allumez le feu ! crie Pinch en écartant les bras.

Et il lève la tête en direction du ciel.

À nos côtés, les Tontons tapent des pieds et scandent.

La sueur coule sur ma nuque. Il faut que Jack et Epona fassent diversion maintenant.

Jack, t'es où ?

Je jette un coup d'œil à Ike, cachée sous mon capuchon.

Allumez le feu ! hurle à nouveau Pinch.

Ike hoche la tête. On s'avance dans le cercle de sable avec deux torches. La foule est toujours en train de chanter, de danser et de jouer du tambour. Elle fait pas attention à ce qui se passe sur l'estrade.

Tu me couvres pendant que je le libère ? je demande en tendant ma torche à Ike.

Heureusement, il est très grand. Il fait écran avec sa tunique.

Fais vite, il dit. Si on allume pas le feu, ils vont commencer à se poser des questions.

Mon couteau est bien aiguisé. Je le glisse entre les cordes qui retiennent Lugh.

Vite ! souffle Ike.

Mais je dois lui libérer les mains !

Jack. La diversion ! Qu'est-ce que tu attends ?

Allumez le feu ! hurle à nouveau Pinch.

À cet instant, une sirène retentit dans la vallée. Celle qui a rappelé les travailleurs des champs un peu plus tôt.

Je jette un coup d'œil par-dessus mon épaule. Les canaux d'irrigation explosent l'un après l'autre. L'eau se répand dans un grand flot argenté à la lueur de la lune. Partout dans les champs, les chenaux et les tuyaux débordent et s'effondrent.

Voilà la diversion de Jack.

Une inondation.

Qui va détruire la précieuse récolte de Pinch.

Je suis toujours en train de couper les cordes autour des poignets de Lugh.

Pinch hurle de colère. Gardes, gardes ! Réagissez, imbéciles ! Réagissez !

Autour de nous, les Tontons partent en courant. Ils dévalent les marches, sautent de l'estrade et filent dans les champs pour essayer d'endiguer l'inondation.

Je sectionne la dernière corde qui relie les poignets de Lugh au poteau. Ike le charge sur son épaule.

On y va ! je dis.

Tout se passe en une seconde.

DeMalo et l'autre Tonton aux côtés de Pinch nous remarquent tout à coup. Au moment où Ike bondit de l'estrade avec Lugh, le capuchon de ma tunique se rabat.

DeMalo me voit. Nos regards se croisent. Puis il détourne la tête.

Il détourne la tête.

Au même moment, Pinch me montre du doigt et crie, Attrapez-la, attrapez-la !

L'autre Tonton saute de son estrade et se dirige vers moi.

J'attrape une torche et je la lance vers lui.

Il plonge.

La torche atterrit sur le bord du manteau doré de Pinch. Les flammes embrasent le tissu. Il hurle et se met à frapper le feu.

Je demande pas mon reste. Je me précipite sur les marches et je fonce dans la foule. La plupart des esclaves sont toujours en train de chanter et de danser. Les autres sont assis par terre ou debout, l'air perdu, des sourires béats sur le visage.

Je m'enfuis dans les champs de chaal en direction du Palais et des écuries.

*

Quand je les atteins, Cendre a préparé les six chevaux. Les animaux sont nerveux à cause des cris, des sirènes et de l'odeur des champs inondés. Jack est déjà perché sur un magnifique étalon blanc.

Ike met Lugh à cheval devant Jack. Sa tête dodeline sur sa poitrine. Je vais lui prendre la main.

Lugh ! je l'appelle.

On n'a pas le temps pour ça, dit Jack.

Cendre me lance les rênes d'une jument noire et je bondis à cheval. Saba ! Tiens ! On a réussi ! On l'a récupéré !

Ike et Cendre se mettent en selle. Ike tient le cheval de Lugh par les rênes.

On est partis ! je crie.

Mais au moment où on lance les chevaux au galop, Cendre crie, Attendez ! Où est Epona ?

Elle était juste derrière moi ! crie Jack. Laissez-lui un cheval ! Elle nous rattrapera !

On peut pas partir sans Epona ! je m'écrie.

Saba ! On peut pas attendre ! On y va !

On quitte l'écurie au grand galop et on part à l'assaut de la colline derrière le Palais.

Je ferme la marche. Au sommet de la colline, je me retourne, espérant voir Epona derrière moi.

Personne.

Mais il y a plein de Tontons sur le chemin qui mène des champs au Palais. Ils courent dans le verger et dans les jardins, autour de la fontaine. Ils poursuivent quelqu'un.

Epona.

*

J'arrête mon cheval. Attendez ! je crie aux autres. Ils ont trouvé Epona !

On fait faire demi-tour aux chevaux. On a une bonne vue depuis le sommet de la colline, mais on est cachés par les arbres.

Epona atteint le Palais.

Je vais la chercher ! déclare Ike.

Mais Jack attrape les rênes de son cheval et l'arrête.

C'est trop tard, il dit.

Je le regarde, horrifiée.

Epona saute sur une gouttière et l'attrape, puis l'escalade à toute vitesse. Deux Tontons la suivent de près, même s'ils sont lourds et pas aussi agiles. Mais Epona n'est pas armée. Elle a dû perdre son arc en chemin.

Il faut faire quelque chose ! hurle Cendre. On peut pas la laisser là, ils vont la massacrer !

On échange tous un regard. Je lis dans les yeux de Jack et Ike ce qu'il faut faire. Je prends mon arc.

Allez-y, je dis. Je vous rattrape.

Non, dit Cendre. Oh, non, non !

Cendre, il n'y a aucune autre solution, dit Ike.

Jack dit, Saba, et si tu me laissais…

J'ai dit que je vous rattrapais.

Ils hésitent.

Saba, me supplie Cendre.

Partez ! je leur crie.

Ils s'éloignent au galop. Je sors une flèche de mon carquois. Ma main tremble.

Epona court sur le toit. Elle cherche une issue de secours, mais il n'y en a pas. Les deux Tontons atteignent la gouttière et se hissent sur le toit à leur tour. Ils sortent leurs armes en s'avançant vers elle. D'autres arrivent. Le Palais est cerné. En se retournant, Epona voit les deux Tontons s'approcher.

Epona regarde par-dessus son épaule, comme si elle surveillait derrière elle. Elle me voit.

Elle m'a repérée à la lisière des arbres. Le monde s'arrête autour de moi. Il n'y a plus rien, plus personne. Juste Epona, moi, et le battement de mon cœur.

Qui bat, bat, bat.

Elle me fait un signe de tête.

Tout se passe au ralenti. Si lentement que je vois ses paupières cligner. Je vois ses lèvres bouger alors qu'elle prend une bouffée d'air.

Elle se met à courir vers moi. Elle ouvre grands ses bras et elle lève la tête. Elle bondit.

Des larmes occultent ma vision. Je les chasse. Je tends la corde de mon arc. Je vise. Epona me sourit.

Elle court vers moi en ouvrant grands les bras et en levant la tête. Elle saute du toit. Elle s'envole. Pendant un instant, elle est libre.

C'est là que je lui tire dessus.

*

Ils sont partis avec Lugh, sauf Cendre qui m'attend.

Les nuages découvrent la lune. Je vois les larmes couler sur les joues de Cendre.

Les Aigles se doivent entraide. Jusqu'au bout. C'est moi qui aurais dû faire ça, je… Je suis désolée, Saba, je suis désolée.

C'est à cause de moi qu'elle était là, je dis. C'est moi qui devais le faire. C'est normal que ça ait été moi.

*

Les nuages se dissipent. Le vent tombe. C'est une magnifique et belle nuit de solstice d'été.

On progresse à un bon rythme vers le nord. On se dirige vers le point de rendez-vous où on doit retrouver Emmi et Tommo qui attendent avec Hermès. On quitte la montagne. Et, à mesure qu'on descend, le sol change. Il devient plus sec et plus caillouteux. Les arbres sont moins verts, maintenant. Il y a surtout des pins maigres, des genévriers et quelques peupliers.

Cendre et moi, on a vite rattrapé Ike et Jack. Puis Jack et moi, on a échangé nos montures pour que je puisse chevaucher avec Lugh.

Il est pas encore réveillé. Il s'appuie lourdement contre ma poitrine. Je sens sa respiration. J'ai mal aux bras à force de le tenir droit.

Lugh est avec moi. Je l'ai retrouvé. Il est sain et sauf. J'arrive pas à y croire. J'en ai si souvent rêvé. Je vis depuis si longtemps pour ce moment, uniquement pour ce moment. Avec un vide glacial en moi. Un vide en forme de Lugh, que personne pouvait combler. Et maintenant, il est à nouveau près de moi. Tout devrait aller bien.

Mais ça va pas.

J'ai mal dans tout mon corps.

Epona. Pour le reste de ma vie, chaque fois que je fermerai les yeux, je la verrai bondir de ce toit. J'entendrai le bruit de la flèche qui quitte mon arc pour son cœur.

Jack arrive à ma hauteur.

Ça va ? il me demande.

Je réponds pas.

Personne devrait avoir à faire ce que t'as fait, il me dit. Je sais que tu peux pas le penser maintenant, mais tu as fait ce qu'il fallait. Tu l'as sauvée.

C'est pas vrai. Elle serait en vie maintenant, sans moi. Elle aurait jamais dû quitter Darktrees.

Ma voix est lourde.

Epona a pris sa décision toute seule, affirme Jack. Elle a voulu venir. Elle connaissait les risques. On les connaissait tous. Personne t'en veut.

J'en ai assez de la mort, je lâche. Je l'ai trop vue.

Il pose sa main sur la mienne.

Nous aussi. Mais ça va aller, Saba.

C'est pas encore fini. Ils vont nous poursuivre, non ?

Sans doute. Mais Ike et moi, on pense qu'on a bien deux heures d'avance sur eux. Pinch ira nulle part tant qu'il aura pas réglé le problème des champs inondés.

J'ai mis le feu à ses vêtements, je déclare. Par accident.

Joli coup. Tu crois qu'il y a une chance qu'il soit mort ?

Qu'est-ce qu'il a dit, Ike, déjà ? Le diable est pas si facile à tuer ? Non, je crois pas.

Dommage. Il pourrait encore nous donner du fil à retordre.

Je prends une profonde inspiration. Je me redresse.

On verra bien, je lâche. J'ai pas fait tout ça pour laisser ce salopard gagner.

C'est l'idée, il dit. Et ça me plaît bien, comme idée.

On chevauche en silence.

*

La voix de Lugh. Rauque. Pâteuse.

Saba ? Saba ? C'est toi ?

Un éclair jaillit dans mon cœur.

Lugh, oui, c'est moi. Je suis là. Je t'ai retrouvé.

T'es vraiment là, il dit en me prenant la main pour l'embrasser.

Des larmes me montent aux yeux. Lui et moi, on ferme la marche.

Il est réveillé ! je m'écrie. Lugh est réveillé !

J'arrête mon cheval. Les autres nous rejoignent. Jack met pied à terre.

Tu crois que tu peux tenir debout ? il demande à Lugh. Je vais t'aider.

Qui es-tu ? demande Lugh.

Je suis Jack. Un ami de Saba.

Moi aussi, dit Cendre. Je m'appelle Cendre.

Et moi, Ike, dit Ike. Ike Twelvetrees.

Lugh nous regarde tous.

Je savais pas que tu avais autant d'amis, il dit. Merci. Merci à vous tous.

Jack l'aide à descendre de cheval. Je glisse à terre.

On va vous laisser vous retrouver tous les deux, il déclare.

Une fois qu'ils sont hors de portée de voix, il n'y a plus que Lugh et moi. On s'observe. On s'observe un long, très long moment dans la lueur du solstice d'été.

Il a vieilli. Il s'est endurci. Mon cœur se serre.

Mon frère en or. Il est toujours si beau. Il est juste différent. C'est plus le garçon de Silverlake.

Tu vas bien ? je lui demande.

J'ai des vertiges. Mais… oui, je vais bien.

Des larmes roulent sur mes joues. Je les chasse.

Je suis désolée d'avoir mis autant de temps. J'ai été… retardée.

Lui aussi a les yeux qui débordent. Il fait quelques pas vers moi et il ouvre les bras.

Je m'approche de lui et je le serre très fort contre mon corps. Je sanglote.

Les bras de Lugh se referment lentement autour de moi. Légèrement. Comme s'il était pas certain que je sois réelle.

C'est un rêve ? il me demande.

Non, c'est la réalité. Je suis là. Je le serre encore plus fort. Il me retient contre lui. Je t'ai retrouvé, je dis. Je te l'ai promis, et je l'ai fait. Je t'ai retrouvé.

Ils m'ont dit que t'étais morte, m'explique Lugh. Ils m'ont dit qu'ils vous avaient tuées, Emmi et toi.

Et tu les as crus ?

Au début, non. Au début, je pensais que t'allais arriver. Tu avais dit que tu me retrouverais. Elle tient toujours ses promesses, elle va bien trouver un moyen, je me répétais. Alors je t'ai attendue. J'ai espéré et continué à espérer… longtemps. Mais tu venais pas. Alors je me suis dit, Je connais Saba. Elle est tellement têtue que la seule chose qui l'empêcherait de venir, c'est la mort. C'est là que j'ai commencé à croire ce qu'ils me disaient. Et que j'ai cessé d'espérer. Ça a été le moment le plus dur. Celui où j'ai cru que tu étais morte. J'avais plus d'espoir.

Tu as vraiment pensé que la mort allait m'empêcher de te retrouver ? Tu me connais, pourtant.

J'aurais pas dû être si impatient. Emmi va bien ?

Très bien. Elle est toujours aussi casse-pieds.

Je lui caresse la joue. Là où il a le même tatouage que moi.

Ils t'ont fait du mal ? je demande.

Non. Personne a jamais levé la main sur moi. Et j'ai jamais aussi bien mangé de toute ma vie.

Tout à coup, c'est comme s'il me voyait enfin.

Qu'est-ce qui est arrivé à tes cheveux ? il me demande.

J'ai oublié que mes cheveux étaient si courts. Je passe la main sur mon crâne. Ils me semblent plus longs, plus doux qu'avant. Ils ont dû pousser depuis que j'ai quitté Hopetown. Mais je lui raconterai pas la Cage. Ni le reste. Pas maintenant.

C'est une longue histoire, je dis. Je t'expliquerai plus tard.

Ça te va bien. Puis il ajoute, Tu as l'air différente.

Je sais, je dis. Mes cheveux.

Non, il n'y a pas que ça. Tu as changé, Saba.

Le jour où les Tontons ont débarqué à Silverlake, tout a changé, je rétorque.
On va juste devoir apprendre à se connaître à nouveau, il déclare.
Sans doute, oui.

*

Ça fait deux heures qu'on a quitté Freedom Fields. Maintenant que Lugh peut tenir seul sur son cheval, on va plus vite.
On approche du point de rendez-vous, annonce Ike.
On arrive à la décharge de pneus des Destructeurs où Emmi et Tommo nous attendent avec Hermès. Elle est immense. Les piles montent haut dans l'obscurité le long du chemin. Ike lève la main, et on s'arrête.
Il pousse un cri aigu, comme une chauve-souris. C'est le signal pour Emmi. Quand elle l'entend, elle doit répondre de la même manière. Ça fait partie du plan.
Pas de bruit.
Je sens un frisson me parcourir.
Ils sont où ? murmure Lugh.
Ike recommence. Rien.
Allez, Emmi, murmure Cendre.
Ike recommence encore.
Et là, un petit hennissement. Un cheval. Quelqu'un s'avance entre deux tas de pneus. Tommo, qui tient Hermès.
Mais pas trace d'Emmi.

*

Mon cœur se serre.

On va à la rencontre de Tommo. Je suis la première à sauter à terre et à courir vers lui. Les autres sont juste derrière moi.

Où elle est ? Qu'est-ce qui s'est passé ?

Je prends Tommo par le bras.

L'expression de son visage me dit ce que je sais déjà. Emmi a eu des ennuis. Je vois que Tommo a pleuré.

Vous êtes partis ensemble, dit Ike. Je vous ai envoyés vous mettre à l'abri. Qu'est-ce qui s'est passé ?

Dis-le-nous, Tommo, je le supplie. Vas-y.

Emmi a voulu y retourner, il explique. Elle voulait vous attendre. Voir Lugh. J'ai pas pu la retenir.

Oh, non ! je m'exclame. Pourquoi elle peut jamais faire ce qu'on lui dit ?

On a vu Lugh, et puis Emmi a dit, on y va, reprend Tommo. Mais il y a eu du bruit et Hermès… il a eu peur… il est parti.

Il a pris le galop, je complète. Et Emmi est tombée.

Tommo hoche la tête. Il s'essuie les yeux sur sa manche.

Je suis parti la chercher, mais les hommes…

Les hommes de Freedom Fields ?

… ont pris Emmi. Je voulais y retourner, mais Ike, tu as dit.

J'ai dit, Quoi qu'il arrive, tu continues jusqu'au point de rendez-vous, dit Ike. Et c'est ce que tu as fait, fiston.

Il attrape Tommo et le serre dans ses bras.

Désolé, murmure Tommo. Désolé.

Tu n'y es pour rien, je le console. Tu as fait ce qu'il fallait.

Emmi s'est bien battue, il déclare. Avec des coups de pied. Elle criait et elle tapait.

Je ressens un immense soulagement. Je regarde les autres.

Elle est en vie, je dis.

Elle était en vie à ce moment-là, me corrige Lugh. Si ce salopard lui a fait du mal, je jure que…

Je ne pense pas, avance Jack. Il va plutôt se servir d'elle comme monnaie d'échange.

Pour échanger quoi ? je demande.

Tu le sais aussi bien que moi, il dit en regardant la lune. Ils vont se lancer à notre poursuite, maintenant, et ils vont vite retrouver notre trace. On n'a rien effacé derrière nous.

Je veux retrouver Emmi, lance Lugh.

On le veut tous, répond Jack.

Alors, on doit aller les trouver, je m'écrie. On va voir Vicar Pinch et les Tontons. Et on récupère Emmi.

Mais c'est nous qui décidons du lieu de rencontre, dit Jack. On va prendre position.

Ça veut dire quoi, prendre position ? demande Tommo.

C'est quand tu rencontres ton ennemi à tes conditions, fils, explique Ike. Que tu le laisses pas te traquer comme une bête.

Ça me plaît pas, proteste Cendre. À Freedom Fields, au moins, ils s'attendaient pas à nous voir.

Qu'est-ce qu'on peut faire d'autre ? demande Lugh. On peut pas aller les voir pour exiger qu'ils nous rendent Emmi. Comme ça, au moins, on a une chance.

Tu crois ? je demande.

Il y a un silence. On pense tous la même chose. Que c'est bien plus dur que tout ce qu'on a fait jusqu'à présent. Mon ventre se serre.

Faut pas croire que ça va être facile, affirme Jack.

C'est pas possible, renchérit Cendre.

Mais c'est pas impossible, il conclut. Rien n'est impossible.

Sans réfléchir, je regarde le ciel. Comme si Nero pouvait passer devant la lune à cet instant. Mais il n'y a pas le moindre corbeau noir pour venir à notre rescousse.

Moi, je pense qu'on doit essayer, je déclare. De prendre position.

Où ça ? demande Lugh.

Pine Top Hill, propose Jack. Au nord d'ici.

En termes de position haute, c'est parfait, annonce Ike.

On y voit de loin et la pente est raide sur les vingt derniers mètres, explique Jack. Et si je me souviens bien, la roche est fragile. C'est un mauvais terrain pour les chevaux. Ils pourront pas nous charger.

Il faut qu'on soit installés avant qu'ils arrivent, dit Cendre.

Qu'est-ce qu'on attend ? lance Lugh. On y va.

*

On marche toute la nuit vers le nord.

Jack nous entraîne. Il nous oblige à avancer jusqu'à ce qu'on traverse un petit ruisseau où on met pied à terre pour se désaltérer et laisser boire les chevaux.

On y est presque, il déclare.

Lugh tremble en se frottant les bras et la poitrine. Il porte juste un pantalon et des bottes.

T'aurais dû dire que tu avais froid, dit Jack en retirant sa chemise et en la roulant en boule pour la lancer à Lugh. Désolé, elle est pas propre. J'ai quelques lessives de retard.

Je vais pas prendre ta seule chemise, proteste Lugh.

T'inquiète pas, dit Jack.

Mais maintenant, c'est toi qui vas avoir froid, rétorque Lugh.

Oh, j'ai le sang chaud, dit Jack avec un petit sourire. Et puis, Saba aime bien admirer ma poitrine nue.

Lugh me regarde en fronçant les sourcils.

C'est vrai ? il demande.

Je me sens devenir toute rouge. Non, c'est pas vrai. Jack, tu es un salaud.

Ils éclatent tous de rire. Sauf Lugh. Qui fronce toujours les sourcils en enfilant la chemise de Jack.

Je lance un regard furieux à Jack, et il me fait un clin d'œil. Je deviens encore plus rouge.

Tu vois, il dit. C'est plus fort qu'elle.

J'ai envie de le bourrer de coups tellement je lui en veux de me ridiculiser en public. Mais j'ai tout autant envie de l'embrasser pour détendre l'atmosphère.

Vu ce qui nous attend, c'est peut-être une bonne idée.

*

On atteint Pine Top Hill au moment où le soleil apparaît à l'est. La journée va être chaude. On entend presque la terre soupirer à cette perspective.

On y est, déclare Ike.

Une plaine rouge s'étend devant nous. Juste en face, une colline ronde se dresse. Il y a des bosquets de pins au sommet avec de gros rochers qui forment une bonne protection. Et, comme l'a dit Jack, une pente argileuse, raide et glissante.

S'ils attaquent, ils devront laisser leurs chevaux en bas. On aura l'avantage.

C'est un endroit étrange, cette plaine. Sèche, morte, et rouge partout où on regarde. Comme le cœur d'un feu. Les rochers sont rouges, la terre est rouge.

Rouge comme l'orage à Silverlake le jour où les Tontons ont surgi à cheval.

À l'ouest de la colline se dresse une corniche escarpée.

À l'est, on aperçoit un ensemble de pointes rocheuses serrées les unes contre les autres. Elles sont grandes et acérées. Elles ont l'air dangereuses. Aiguisées comme des dents. Des dents rouges.

Un frisson parcourt ma nuque.

Qu'est-ce que c'est ?

On appelle ça les Hoodoos, déclare Jack.

Cendre se met à trembler.

Ça me donne la chair de poule, elle dit.

On se dirige vers Pine Top Hill aussi vite qu'on peut.

Et les chevaux ? demande Lugh.
On peut avoir besoin d'eux, répond Jack.
Il le dit pas, mais on sait tous que, si ça se passe mal, on devra s'enfuir.
Je veux Hermès avec moi, je déclare. Il sera à l'abri au milieu des arbres.
Je mets pied à terre et je mène Hermès sur la colline argileuse. Il glisse et il a peur, mais je lui parle tranquillement et il s'apaise. Il me fait confiance autant que je lui fais confiance. Les autres me suivent, et on grimpe lentement vers le sommet.
Jack a raison. On verra Pinch arriver de loin dans la plaine.
Je donne une petite claque sur la croupe d'Hermès. Cendre et Ike mènent les chevaux entre les arbres. Pendant ce temps, Jack, Lugh, Tommo et moi, on se répartit les munitions. Il y a un bon tas de flèches pour chacun de nous mais, à leur vue, je me sens mal.
Tommo regarde Jack. Ses grands yeux bruns sont inquiets.
Pas assez, il dit.
Y en a plein, gars, affirme Jack. T'inquiète pas.
J'ai pas d'arme, lance Lugh.
Tommo lui tend son arc.
C'est un bon, il explique. Ike me l'a fabriqué.
Je peux pas prendre ton arc, proteste Lugh. Et toi, tu vas te servir de quoi ?
Lance-pierres, répond Tommo.
Si tu en es sûr…, lâche Lugh. Merci, Tommo.
Ike et Cendre nous rejoignent. Jack tend les vue-melles à Tommo.
Tu veux monter la garde ?

Qu'est-ce que t'en dis, fils ? Monter la garde, c'est le boulot le plus important ici, appuie Ike.

Tommo est aux anges.

Vraiment ?

Vraiment. Choisis l'arbre qui a la meilleure vue sur la plaine et grimpe tout en haut pour surveiller. Dès que tu vois quelqu'un arriver, tu nous appelles. Fort. Compris ?

Compris, fait Tommo.

À l'instant où il se retourne, Ike l'attrape par le bras.

S'il y a de la bagarre, tu viens près de moi, tu restes pas tout seul, d'accord, fils ?

T'inquiète pas, Ike, dit Tommo en souriant. Je te couvre.

En serrant les vue-melles contre sa poitrine, il part choisir son point de vue.

Il me couvre, murmure Ike. Une bagarre, c'est pas un bon endroit pour un garçon sourd. Je m'en veux de l'avoir amené.

Tout va bien se passer pour lui, dit Jack. T'en fais pas. Tu vas le protéger.

Alors, c'est quoi le plan ? demande Cendre.

Jack me regarde. Et me fait son sourire de travers. Je lui rends la pareille.

Les yeux argentés de Jack. Ce calme en lui. Comme de l'eau dormante.

On va devoir improviser, j'annonce.

Cendre roule des yeux.

J'étais sûre que t'allais dire ça !

Et maintenant ? demande Lugh.

Pour l'instant, on attend.

*

On est tapis derrière les gros rochers au sommet de la colline, les pins derrière nous. La plaine, grande et nue, s'étale à nos pieds.

Lugh et moi, on est dos contre la roche, tout près l'un de l'autre. Nos épaules se frôlent.

Oh, j'allais oublier, je fais en plongeant une main dans ma poche.

Je sors son collier. Le petit anneau de verre vert cousu sur un bout de cuir. Je le lui rends.

Je l'ai trouvé par terre, j'explique.

Je me demandais ce qu'il était devenu.

T'as de la chance que je sois passée par là.

Ouais. J'ai beaucoup de chance.

On dit rien un moment, puis il me donne un coup de coude.

Alors, Jack ? il demande.

Quoi, Jack ? je réponds.

On dirait qu'il y a quelque chose entre vous.

Je sens la chaleur monter dans mon cou et sur mes joues.

Pas du tout.

Tu mens très mal. Il te plaît. Tu l'as rencontré où ?

Lugh a la voix tendue. Il frappe le sol avec le bout de son arc.

À Hopetown. Sans lui, je t'aurais jamais retrouvé à temps.

Il me lance un regard soupçonneux.

Il faut que je lui casse la gueule ?

Dis pas n'importe quoi. Non, faut pas que tu lui casses la gueule.

Heureusement. Parce que je suis dangereux, maintenant. Je suis un dur.

Un dur. Bien sûr.

On se donne quelques coups d'épaule, puis on dit rien pendant quelques instants.

Il reprend, Tu sais ce que j'ai le plus détesté ? En plus d'être séparé de toi ?

Quoi ?

Penser à Pa. Penser à comment j'ai été avec lui pendant cette dernière journée. Et me rappeler toutes les choses horribles que je lui ai dites. Qu'il soit mort en croyant que je le voyais comme ça.

Il savait que tu le pensais pas. Pa t'adorait. Il était fier de toi.

Tu crois vraiment ?

Je le sais.

Le soleil monte dans le ciel.

On attend.

*

Ils arrivent ! crie Tommo depuis son point de guet dans l'arbre.

Combien ils sont ? demande Ike.

Tommo montre trois doigts.

Qu'est-ce que c'est que cette histoire ? lance Cendre.

Tommo descend de l'arbre aussi vite qu'un lézard et se précipite sur Ike.

Jack porte les vue-melles à ses yeux. Puis il les baisse lentement.

C'est Pinch, il annonce. Il a Emmi avec lui. Mais il y a que deux Tontons pour l'accompagner. À quoi il joue ?

Il me lance les vue-melles. En effet, il n'y a que trois cavaliers dans la plaine. Ils chevauchent côte à côte. DeMalo et un autre Tonton de chaque côté de Pinch.

Je braque les vue-melles sur Pinch. Il est monté sur un gros étalon blanc. Il est toujours habillé comme la veille : un long manteau doré avec des pierres qui brillent, des bouts de miroir et des disques étincelants. Mais cette fois, le manteau est brûlé et déchiré. Pinch tient sa jambe droite. Il y a des barres en métal autour, presque comme une cage. Il a la tête et le visage couverts par un sheema doré.

Et, à cheval avec Pinch, contre sa poitrine, comme s'il avait tous les droits sur elle, Emmi. Elle a l'air si pâle, si petite, si maigre. Mais elle garde le menton haut. Elle lui montrera pas qu'elle a peur. Mon cœur se serre.

Lugh prend les vue-melles et regarde à son tour.

Emmi, il murmure. Elle a l'air en forme. Il a pas l'air de lui avoir fait de mal.

Si c'est le cas, je lui arrache la tête, annonce Ike.

Il faut croire que l'épreuve de force commence, déclare Cendre.

Tout le monde est prêt ? demande Jack.

On encoche des flèches sur nos arcs. On reste derrière les rochers et on attend. Mon cœur bat la chamade. J'ai la bouche sèche.

Ils arrivent ! crie Tommo.

On sort la tête et on vise.

*

Ils se sont arrêtés un peu avant le pied de la colline, mais à portée de nos flèches.

Pinch fait avancer son étalon blanc. Le cheval secoue la tête et s'agite.

Il a l'air de pas aimer son cavalier.

Emmi ! je crie. Tu vas bien ? Ils t'ont fait du mal ?

Non ! elle répond d'une voix fluette et tremblante. Je vais bien !

Tactique de bataille classique, déclare Pinch. Forcer son ennemi à charger au sommet d'une colline. Mais il n'y a pas d'ennemi ici ! Il n'y a que votre roi !

T'es pas mon roi ! crie Ike.

Ike ! siffle Jack. Ça sert à rien !

C'est vrai, quoi, il l'est pas !

Vous oubliez quelque chose, lance Pinch. Quelque chose de valeur ! Que votre roi condescend à vous rendre !

Lâchez-la ! je m'écrie.

Il sort une arbalète et la pointe sur la tempe d'Emmi.

Le roi n'aime pas les enfants, il déclare. Ils font du bruit. Ils sont sales.

Lâchez-la ! crie Lugh en se dressant. C'est moi que vous voulez !

Je veux le retenir, mais il me repousse.

Tu as terriblement déplu à ton roi, dit Pinch. Il t'a choisi avec soin, mais tu as été trop stupide pour comprendre le grand honneur qu'il te faisait. Toutes ces années réduites à néant. Son immense bonté envers toi, hôte de son palais royal, tu l'en remercies en l'humiliant. Le roi n'aime pas être humilié.

Je reviens, crie Lugh. Tout ce que vous voulez. Mais relâchez ma sœur !

Tu as blessé le roi par ton ingratitude, il répond. Tu ne m'intéresses plus.

Des doigts glacés de peur courent le long de ma colonne vertébrale.

Dans ce cas, prends-moi, lance Ike. C'est moi qui leur ai montré où te trouver.

Quel brave géant, réplique Pinch. Non. Tu ne fais pas l'affaire, toi non plus.

Alors qu'est-ce que vous voulez ? demande Lugh.

Qui je veux, telle est la question.

Il me désigne.

C'est elle que le roi veut. L'Ange de la Mort.

*

Pour quoi faire ? crie Ike.

Il veut lui parler, dit Pinch. Avoir une petite conversation avec elle.

Je baisse mon arc et je m'avance.

Lugh m'attrape par le bras.

Qu'est-ce que tu fais ? Tu vas pas descendre, quand même !

Il a Emmi. Bien sûr que je vais y aller, je proteste.

Mais c'est pas parler qu'il veut ! Cet homme est fou !

C'est trop dangereux, Saba, renchérit Cendre d'un ton suppliant.

Pourquoi il t'en veut ? demande Lugh.

Elle a tué ses parents, explique Jack. Et elle a failli le tuer, lui aussi.

C'était un accident, je proteste.

Lugh me lance, Pourquoi tu m'as rien dit ?

Je pensais pas que ça avait de l'importance.

Moi, je dis qu'on attaque, propose Ike. On est six et eux trois seulement.

Ike, il a une arbalète contre la tête d'Emmi, je proteste. Je considère que j'ai pas le choix. J'y vais.

Non, m'arrête Lugh. On va trouver autre chose. C'est pas possible que tu y ailles. Je te l'interdis.

C'est ma sœur, je dis.

Jack me prend la main. Je le regarde. Je sais ce qu'il pense.

Et s'ils avaient pris Emmi ? Emmi, et pas Lugh. Tu serais partie à sa recherche ?

Quand il m'a posé cette question à Darktrees, la réponse était non. S'il me la posait à nouveau, s'il me la posait maintenant, je répondrais oui. Sans hésiter.

Il me serre la main.

Il me chuchote, Quoi qu'il dise, lui fais pas confiance. On te couvre.

Saba ! crie Lugh. Reviens !

Je descends la colline. Mes pieds glissent sur l'argile. Je m'arrête à une dizaine de pas de Pinch et Emmi.

Ça va, Em ? je demande.

Oui, elle souffle.

Tu es courageuse.

Comme c'est touchant, dit Pinch. Jette tes armes.

Je passe mon carquois par-dessus ma tête et je le pose par terre près de mon arc.

C'est tout ?

Je fais un signe de tête.

Fouillez-la, il ordonne à ses hommes.

Ils mettent pied à terre.

DeMalo s'approche de moi. Il a le visage fermé. Ses yeux sombres se posent un instant sur ma figure avant de me palper. La sensation de ses mains sur moi. Rapide. Fraîche. Légère. Je retiens mon souffle. Il trouve le couteau dans son étui. Il le prend ainsi que mon arc et mes flèches.

C'est bon, il annonce à Pinch.

Attrape l'enfant, lui ordonne Pinch. Si l'Ange tente quoi que ce soit, brise-lui le cou.

Pendant que l'autre Tonton me surveille, DeMalo tient Emmi. Pinch descend de cheval. Il atterrit mal sur sa jambe en cage et il jure.

DeMalo lui rend Emmi.

Pinch la tient devant lui, l'arbalète à nouveau contre sa tête. Il fait quelques pas vers moi en lançant sa jambe. Il est trempé de sueur. Il doit vraiment souffrir.

Je la sens d'ici. Son odeur âcre, douceâtre, pourrie.

Enfin, dit Pinch. L'Ange de la Mort. Tu as une dette envers ton roi.

Pourquoi ? Parce que j'ai repris mon frère avant que vous le brûliez vif ?

C'est donc ton frère. Le tatouage sur votre joue, c'était ça. Le roi aurait dû le tuer, ça lui aurait épargné beaucoup de soucis. Le problème n'est pas là.

Alors quoi ?

Il retire le sheema de son visage. Il est brûlé à vif. La peinture dorée a fondu dans la chair.

Il m'observe en respirant fort. Son regard est dur, plein de haine. Et de folie.

Regarde ce que tu as fait, il me dit.

Je réponds pas.

Regarde ce que tu as fait ! il hurle.

C'est un accident, je rétorque. Je l'ai pas fait exprès.

La jambe du roi. Regarde ce que tu as fait à la jambe du roi.

Vous nous poursuiviez, le bateau s'est retourné. Je l'ai pas fait exprès. C'était un accident.

Non, ce n'était pas un accident !

Il hurle à pleins poumons. Toutes les veines de son cou gonflent et des postillons s'échappent de sa bouche.

Je recule. Emmi me regarde avec de grands yeux écarquillés. Elle est livide.

Le roi exige ta vie, dit Pinch. Tu te livres, et ils repartent tous libres. Ton cher frère, ton innocente petite sœur et tes amis.

Je réponds pas.

Personne te retient, il insiste. Tu es libre de partir. Mais, à l'instant où tu le fais, ce doigt glisse et, pop ! Plus de petite sœur.

Je le dévisage. Je suis pétrifiée d'horreur.

DeMalo me regarde, le visage blême.

Réfléchis, Saba, réfléchis !

Je vois que tu t'interroges. Tu te demandes si j'ai d'autres hommes cachés. Tes amis t'ont sans doute dit de ne pas faire confiance au roi. Tu te demandes si je vais tenir parole.

Il se tait.

Puis il ajoute, Tu ne peux pas savoir. C'est ça qui rend la situation délicieuse.

Relâchez-la, espèce de salaud, je m'écrie.

Son visage se tord de colère. Il gifle Emmi, et elle tombe. Mais aussitôt, il la rattrape par un bras. Il y a une marque rouge sur sa joue.

C'est ta faute, il déclare.
La colère rouge me prend.
Je ferai ce que vous voudrez, mais vous la relâchez d'abord.
Tu veux un témoignage de bonne volonté ? Il secoue la tête. Non.
Je sens la sueur couler dans mon dos. Je regarde Emmi. Je regarde Lugh, Tommo, Cendre. Ils me quittent pas des yeux. Ils attendent. Et Jack. Oh, Jack.
Aucun d'eux ne bouge.
Le sang bat à mes tempes. J'ai le cœur au bord des lèvres. Le ventre contracté.
Je me retourne vers Pinch.
Vous avez gagné, je déclare.

*

Je lève lentement la main.
Il fait un petit geste.
DeMalo bouge pas, mais l'autre Tonton court vers moi, me met les mains dans le dos et les attache.
Maintenant, relâchez ma sœur, je demande.
Pinch bouge pas. Il me dévisage un long moment. Puis ses lèvres s'étirent sur son visage meurtri. Et il sourit.
S'il y a un gagnant, c'est qu'il y a aussi un perdant, il déclare.
Il lève la main. DeMalo porte un bout de métal tordu à ses lèvres et siffle. Un grand bruit emplit l'air. Des oiseaux s'envolent.
Je regarde tout autour de moi, le cœur battant.
Des Tontons sortent des bois au sommet de

la colline, juste derrière Lugh et les autres. Ils sont douze, avec des arcs et des arbalètes. Ils ont dû faire un détour par le nord pour nous encercler.

J'entends aussi un bruit étrange. Comme un marteau qui tape. Je me retourne. Derrière Pinch, en direction de Freedom Fields, d'autres Tontons, au moins une cinquantaine, sans doute armés, surgissent. Ils avancent au petit trot dans la plaine. Le sol tremble à leur approche.

On est piégés.

Coincés.

Pas d'issue.

*

L'armée de Tontons s'aligne derrière DeMalo.

Je regarde mes amis déposer les armes. Jack, Ike, Lugh, Cendre et Tommo. Les Tontons les obligent à se coucher par terre, les mains derrière la tête. Ils reçoivent un coup de pied dans le dos s'ils résistent.

Et voilà.

Après tout ce qu'on a fait, tout ce qu'on a traversé, voilà comment ça se termine. Même pas une chance de mourir dignement, au combat. De mourir ensemble.

Douze Tontons sur la colline, cinquante en bas. Pinch nous réserve pas une mort douce. J'ai la bouche sèche. La colère rouge a disparu.

Je suis petite. Seule. Faible.

Saba, dit Emmi. Saba, fais quelque chose.

Elle fond en larmes.

Je vous en supplie, je dis à Pinch. Vous avez

aucune raison de lui faire du mal. Laissez-la partir avec le garçon. Ils vous ont rien fait.

Oh, non. Ils mourront en premier. Pour que vous puissiez tous voir le sort qui vous attend.

Je tombe à genoux.

Je vous en supplie. Laissez-les partir.

Un long silence.

Puis, Non.

Je regarde DeMalo. Nos yeux se croisent.

Aidez-moi, disent mes lèvres. Mais aucun son ne sort.

Pinch frappe Emmi à la tête avec son arbalète.

Une mort lente ou rapide, il reprend. Par le couteau ou par les flèches.

Et il embrasse le sommet de la tête d'Emmi en me regardant.

Je vous en supplie, j'implore. Je vous en supplie.

Il prend une profonde inspiration.

Il n'y a rien de tel, non ? Que l'odeur de la peur.

Tout à coup, un cri rauque.

Un oiseau noir apparaît au-dessus de la corniche à l'ouest.

Un corbeau.

*

Mon cœur semble s'arrêter.

Le temps semble s'arrêter.

Un bruit sourd de sabots. Une longue rangée de cavaliers et de chevaux apparaît au bord de la corniche. Les Aigles Libres. Mais pas seulement. Il y a bien une trentaine de cavaliers supplémentaires. Maev est au centre. Nero vole au-dessus de sa tête en poussant des cris de triomphe.

La colère rouge me reprend. Me projette dans l'action. Je bondis sur mes pieds.

Nero ! je crie.

Un petit groupe d'Aigles Libres, peut-être une dizaine, sort en courant des bois de Pine Top Hill. Elles prennent les Tontons par surprise. Lugh, Jack et les autres se relèvent à toute vitesse et empoignent leurs armes. Le combat commence.

Maev descend de la corniche comme une furie dans un nuage de poussière rouge, entourée de cavaliers qui hurlent en fonçant sur les Tontons alignés derrière DeMalo. Les flèches volent. Les Tontons commencent à reculer en criant quand les flèchent atteignent leur cible.

Mais qu'est-ce que qui se passe ? s'exclame Pinch.

Il regarde autour de lui avec frénésie.

DeMalo s'avance vers moi. Il a mon arc et mon carquois. Il tient mon couteau dans sa main.

C'est ça ! crie Pinch. Égorge-la !

DeMalo est face à moi. Il lâche mon arc et mes flèches à mes pieds.

Qu'est-ce... qu'est-ce que tu fais ? dit Pinch.

DeMalo passe les bras dans mon dos. Il soutient mon regard. D'un coup, il sectionne les cordes autour de mes poignets.

DeMalo ! hurle Pinch.

Jusqu'à la prochaine fois, me dit tout bas DeMalo.

Il lance le couteau sur les autres armes. Et il se retourne.

DeMalo ! hurle Pinch. Tu es devenu fou ?

L'homme remonte à cheval et s'en va, il quitte la

bataille en direction de Freedom Fields. Quelques Tontons le voient et se lancent à sa poursuite.

DeMalo ! beugle Pinch derrière lui. DeMalo ! Où tu vas ? À l'attaque, à l'attaque !

Il tourne comme un chien fou en brandissant son arbalète. Ses lèvres laissent apparaître ses dents. Il est comme un animal pris au piège. Il tient toujours Emmi contre lui. Elle a l'air terrifiée.

Je me précipite vers lui et je lui saute dessus. Je le frappe à la main, son arbalète vole. Il hurle de douleur et chancelle.

Emmi, cours ! je crie.

Pinch veut m'attraper, mais une flèche siffle dans l'air. Elle l'atteint à la poitrine. Il hurle et s'effondre. Je me retourne pour voir qui m'a sauvée.

Maev arrive au galop. Elle tient Hermès par ses rênes. Il se cabre d'excitation.

Juste à temps, je dis pour la remercier. Qui sont tes amis ?

Les Bandits de la route de l'Ouest, elle m'annonce. On a conclu une trêve. Ce sont de vrais guerriers. Quand ils ont entendu dire qu'il pouvait y avoir de la bagarre, j'ai pas pu les retenir. Juste une question, tu cherches les ennuis, ou c'est eux qui te cherchent ?

Elle me lance les rênes d'Hermès.

J'aimerais bien le savoir.

À plus tard ! elle me crie en repartant vers la bataille.

Je mets Emmi à cheval sur Hermès et je lui tends les rênes.

Je lui montre la corniche d'où viennent les Aigles.

Tu vois cet endroit ? Tu y vas, tu y restes jusqu'à ce que la bataille soit finie et, pour une fois, tu obéis.

Mais je veux me battre ! elle s'écrie. Tu dois me laisser me battre !

Pas question !

Je donne une claque sur la croupe d'Hermès, qui part comme une fusée. Il va se charger de la mettre à l'abri.

Sur Pine Top Hill, le combat est terminé. Les douze Tontons sont morts ou se sont enfuis.

Couché par terre, Pinch bouge pas. La flèche dépasse de sa poitrine. Il en a plus pour très longtemps.

Nero m'appelle et plonge vers moi. Je tends mon bras et il s'y pose. Je lui caresse les plumes, j'embrasse sa tête noire, je respire son odeur poussiéreuse.

Nero, t'es arrivé pile à l'heure.

Mais il aime bien l'action. S'il se passe quelque chose, il peut pas rester tranquille. Il agite les ailes, croasse et repart dans le ciel.

Je me jette dans la bagarre. Les Aigles, les Bandits de l'Ouest et mes amis contre les Tontons. L'excitation monte en moi.

J'attrape une flèche dans mon carquois en courant. Je bande mon arc. Je tire dès que j'aperçois une tunique noire.

Ike se bat en lisière de la mêlée, une grande épée dans une main et une chaîne cloutée dans l'autre. Tommo est derrière lui, il tire au lance-pierres.

Ike sourit en me voyant.

Ça, c'est de la bagarre ! il me crie.

Je me lance dans la bataille. Pendant quelques instants, Jack et moi, on se bat dos à dos. Puis c'est au tour de Lugh et moi. Puis Cendre.

Saba, regarde ! crie Cendre. Pinch ! Il s'enfuit !

Je lève la tête. Il a réussi à extraire la flèche de sa poitrine et il est en train de remonter péniblement sur son grand étalon blanc.

Il est pour moi ! je hurle.

Je me précipite vers lui. Au moment où il se met en selle, je tire ma dernière flèche. Elle pénètre dans sa jambe blessée, et il pousse un cri.

Il essaie d'arracher la flèche en attrapant les rênes. Son cheval se cabre, comme s'il voulait se débarrasser de ce cavalier à qui il fait pas confiance.

Je plonge vers lui et j'attrape sa jambe en cage. Il se débat, et je reçois un coup de métal sous le menton. J'atterris durement sur le sol. J'en ai le souffle coupé.

Alors que je me relève péniblement, il part au galop en direction des Hoodoos. Je regarde frénétiquement autour de moi. Pas un seul cheval.

Puis je vois Cendre qui galope vers moi, montée sur le mustang noir qu'on a pris dans les écuries de Pinch. Il est rapide comme l'éclair.

Vite ! je crie. Pinch s'enfuit ! Laisse-le-moi !

Elle saute à terre, je bondis en selle.

Attends, elle dit en retenant les rênes. On est en train de gagner, Saba. Tu as récupéré Lugh. Emmi est saine et sauve. Laisse-le.

Non.

Pourquoi ?

Je dois faire ça, Cendre.

Alors, je t'accompagne.

C'est mon combat. Dis pas aux autres que je suis partie. Jure-le-moi, Cendre.

Si c'est vraiment ce que tu veux…

Elle lâche les rênes et s'écarte.

Je fais tourner mon cheval.

Saba ! Tiens !

Elle me lance un carquois à moitié plein. Je l'attrape.

Bonne chance !

C'est parti !

Je file ventre à terre dans la plaine en direction des doigts pointus des Hoodoos.

*

Mon mustang est solide, fort et sauvage. Il sent la colère rouge se consumer en moi et lui aussi, il brûle de colère.

Nero vole un peu devant moi. Il me sert d'éclaireur.

Les Hoodoos se dressent face à nous. De près, ils ont l'air encore plus étranges.

De profonds canyons séparent leurs parois hautes et raides. Il y a partout des aiguilles pointues et bien serrées. Je vois des crevasses. Quelques arbres maigres s'accrochent à la terre rouge.

Je cherche Pinch. Il a disparu entre deux rochers. Je fais avancer mon cheval sur un étroit sentier. Je retrouve ses traces.

Cet endroit est sinistre. Il y règne un silence lourd, comme si la roche retenait son souffle.

Mais il y a toujours quelque chose à entendre, même dans le silence. Devant moi, un cheval nerveux s'ébroue et tape du pied. Il y a toujours quelque chose à sentir, aussi. Un léger effluve. Âcre, douceâtre, pourri. L'odeur de Pinch.

Puis un écho.

J'arrête mon cheval. J'attends que l'écho cesse. Un caillou tombe. Et il y a un léger bruit alors que Pinch traîne sa jambe blessée.

Je mets pied à terre.

Attends-moi, je murmure à Hermès.

Il y a deux Hoodoos moins pointus que les autres et un chemin au milieu. Je m'y avance.

La terre sèche glisse sous mes pieds. J'essaie de marcher sans faire de bruit. Nero m'accompagne. Il saute de rocher en rocher. Je mets mon doigt sur mes lèvres, il sait qu'il doit ni croasser ni crier.

J'atteins un sommet. Je m'assure que Pinch me voit pas. Il y a des traces dans la poussière. Il a pas pu aller bien loin. Il doit beaucoup souffrir.

J'attrape mon arc. J'encoche une flèche. Puis je suis les traces. Elles s'arrêtent au bord du Hoodoo.

J'envoie Nero me dire ce qu'il voit depuis le ciel. Presque aussitôt, il se met à décrire des cercles. Il a trouvé Pinch. Apparemment, il est sur le Hoodoo suivant. Une roche à pic comme une cheminée.

Il doit être de l'autre côté.

Il y a un petit espace entre les deux Hoodoos. Un petit rocher plat pour atterrir, puis une étroite saillie qui part sur la gauche et disparaît.

Pinch pourrait être dessus. Il a récupéré son arbalète. Mais il est blessé. Il est faible. Sans doute même mourant.

Le diable est pas si facile à tuer que ça.

Je lève la tête vers Nero, qui décrit toujours des cercles. Il semble assez calme.

Je saute et j'atterris légèrement. Je suis maintenant sur le même Hoodoo que Pinch.

J'ai la gorge serrée. Je plaque mon dos contre le rocher, puis je commence à le contourner.

Tiens-toi prête.

J'avance lentement. Je tâte le terrain avec mon pied droit. Je fais pas un bruit. J'ai une chance que si je le surprends.

Tiens-toi prête.

La saillie s'élargit de plus en plus. Je tourne.

Je vais vite. Mon arc est prêt.

Je jette un coup d'œil.

J'arrive sur une saillie du Hoodoo. Pinch est assis, il repose sa jambe.

Il lève la tête, surpris. Il attrape son arbalète.

Je décoche ma flèche. Elle le touche à la main.

Il hurle, mais il continue à essayer d'y placer un trait.

Pas le temps d'encocher une nouvelle flèche sur mon arc.

Je plonge sur lui pour le faire tomber.

Mais il a réussi. Il essaie de la coincer sous mon menton. On se bat, et je l'oblige à la lâcher.

Il met son poing contre ma gorge et il presse.

Je peux plus respirer. Il me serre le cou. J'attrape sa main et j'essaie de le repousser. Je me débats.

Mais il est plus fort que je le pensais.

La puanteur de son haleine et de sa sueur emplit mes narines.

Cette fois, tu t'échapperas pas, il dit.

Je griffe son manteau, puis son visage brûlé.

Il crie mais se dégage.

Je me précipite sur mon arc. J'ai perdu mon carquois quand j'ai bondi sur lui, et mes flèches sont éparpillées par terre. Je tâtonne pour en trouver une.

Mais Pinch est debout et il tient son arbalète à deux mains. Pointée sur moi.

Je rampe le plus loin possible de lui, je me colle contre un rocher.

Pinch s'approche de moi. Il saigne à l'endroit où je l'ai griffé. Il est dans un sale état. Son visage est couvert de sang, de chair brûlée et de paillettes dorées.

J'ai quelque chose de pointu dans la main. Je serre quelque chose. Un petit bout de miroir du manteau de Pinch. J'ai dû le lui arracher.

Tout à coup, le soleil s'y reflète. Et projette un éclat de lumière.

Pinch lève une main pour se protéger les yeux.

Je tiens ma chance.

Je dirige à nouveau le miroir vers lui, puis je me déplace. Rapidement. Silencieusement.

Il pointe son arbalète là où il croit que je suis.

Je me déplace encore. Je projette un éclair de soleil avec le miroir. Je change de place.

Il agite son arbalète.

Reste tranquille ! il crie.

J'oriente le miroir. Je me déplace.

Il tire.

Je plonge.

Le coup est puissant. Il ricoche sur la roche en faisant voler de la poussière rouge partout.

Au moment où l'écho meurt et où la poussière se disperse, je vois Pinch.

Il est à quelques pas du bord de la saillie, debout. Il a l'air surpris. Il a le cou en sang. Il s'est blessé avec l'arbalète. Il se tâte la gorge et regarde ses doigts pleins de sang comme s'il n'y croyait pas. Puis il met la main sur sa blessure.

Mais je suis le roi, il dit.

T'es pas un roi, je rétorque.

On m'a dit que tu es l'Ange de la Mort. Mais je ne les ai pas crus.

Il fait un pas vers moi, tandis que le sang gicle à travers ses doigts.

Tout à coup, Nero fond sur lui en croassant. Pinch agite les bras. Titube. Et tombe dans le vide.

Je cours vers lui.

Il a atterri sur le dos. Les bras et les jambes écartés. Les yeux grands ouverts.

Empalé sur la pointe acérée du Hoodoo en contrebas.

Nero se pose sur mon épaule.

Normalement, je devrais ressentir quelque chose. De la joie, du soulagement, du triomphe…. Mais non. J'éprouve rien.

Le vent gémit entre les dents rouges des Hoodoos. Un bruit d'ailes dans le ciel. Je lève les yeux. Les vautours arrivent.

Viens, Nero, je dis. On s'en va.

*

Quand je rejoins le champ de bataille, mes alliés sont en train de le nettoyer.

Je vois Lugh assis par terre un peu à l'écart, l'air épuisé. Quand il m'aperçoit, il me fait un signe de la main. Jack et Cendre soignent quelques Aigles blessées. Heureusement, personne n'a l'air gravement touché. Mais on a perdu deux Aigles et un brigand. Ils sont déjà attachés sur le dos de leurs chevaux pour être ramenés à Darktrees où un bûcher funéraire sera dressé.

Emmi apparaît sur Hermès. Elle saute à terre, court vers Lugh et se jette dans ses bras.

Tout le monde ramasse les armes et ce qui peut se révéler utile. Ike est penché sur un Tonton mort, il vérifie ce qu'il a sur lui. Tommo est à son côté.

Un mouvement attire mon attention. Un Tonton par terre, pas très loin d'Ike et de Tommo. Il s'est redressé sur un coude. Il lève son arme. Il vise.

Ike ! je hurle.

Il se redresse et se retourne.

J'attrape mon arc. Je cherche une flèche. Je l'encoche et je tire.

Tout va très vite. Trop vite. Le Tonton tire à l'instant où Tommo se jette sur Ike. Ils tombent tous les deux.

Ma flèche atteint le Tonton.

Ike ! je crie. Tommo !

Je galope vers eux et je saute à terre. Je les rejoins en même temps que Jack.

Tommo est couché sur Ike. Je le prends dans mes bras. Il bouge pas, il est tout mou. Il a les yeux fermés.

Non, je sanglote en le secouant. Non, Tommo !

Mais il reprend connaissance. Ses magnifiques yeux bruns me regardent, perdus. Je le serre très fort contre ma poitrine.

Jack a roulé Ike sur le dos. Il s'agenouille près de lui et tâte son cou.

Ike, non, il murmure.

Il me regarde et je comprends.

Ike ? demande Tommo. Où est Ike ? Je veux Ike !

Je le serre encore plus fort. Je veux pas qu'il voie. Je veux pas qu'il sache.

Je sens le moment où il voit Ike. Il cesse de se débattre. Je le lâche. Il se lève, s'approche d'Ike, s'assied par terre près de lui et prend sa main. Non, il supplie. Me laisse pas, Ike. Pas toi. De grosses larmes roulent sur ses joues. Il se balance d'avant en arrière en pressant la main d'Ike sur son cœur. Il répète encore et encore, Me laisse pas, me laisse pas, me laisse pas.

*

On construit un bûcher funéraire au centre du champ de bataille. Un beau bûcher pour les guerriers. On dépose Ike dessus.

Jack prononce quelques mots. Des mots sur l'amitié. Et d'autres paroles encore, mais surtout sur l'amitié. Cendre et lui allument le bûcher.

On se tient immobiles. Les Aigles Libres, les Bandits de la route de l'Ouest et mes amis. On regarde les flammes dévorer le bois, atteindre les vêtements d'Ike et s'attaquer à lui.

Tommo se tient tout seul un peu à l'écart. Il refuse qu'on le touche. Il refuse qu'on le console.

Lugh passe le bras autour des épaules d'Emmi. Elle pleure.

Ce drôle d'Ike qu'avait peur de rien. Avec son grand rire et son grand cœur. Je repense à Molly

Pratt, la plus belle créature qui a jamais respiré. Elle l'attendra à jamais. Il voulait qu'elle rencontre Tommo. Il pensait qu'il pouvait faire un bon père et un bon mari.

Moi aussi je pleure.

On renvoie Ike aux étoiles.

*

Je serre la main de Creed. Maigre, les cheveux en bataille, tatoué. Le chef des Bandits de l'Ouest. Les nouveaux alliés de Maev.

Merci, je lui dis. On s'en serait pas sortis sans vous.

Il me baise la main. C'était amusant, il répond.

Il saute à cheval et me fait un grand sourire plein de dents blanches. T'es mignonne, il me lance. Préviens-moi la prochaine fois que tu veux rigoler.

Il talonne son cheval avec un grand cri, et ils filent dans la plaine.

T'es sûre que tu veux pas venir avec nous ? propose Maev. On a toujours de la place.

Sûre.

C'est gentil de vous charger du gamin, elle dit.

Elle jette un coup d'œil à Tommo, qui est en train d'aider Lugh à préparer les chevaux.

Jack dit qu'Ike l'aurait voulu. Et puis, ça sera une bonne compagnie pour Emmi. Écoute, Maev, je sais pas comment te remercier. Sans toi, aucun de nous serait là.

J'aurais dû écouter Jack, elle répond. Et vous accompagner dès le début. Mais mieux vaut tard que jamais.

Elle saute à cheval et fait signe à Nero, perché sur l'épaule d'Emmi, qui est en train de lui caresser les plumes.

Tu peux remercier ton corbeau, elle me dit. Il est incroyable. Si jamais tu en as assez de lui, je l'adopte.

Je crois pas que ça se produira, je réponds.

Je me tourne vers Cendre. Elle sourit. Je sens des larmes me piquer les yeux. Je la prends dans mes bras et on se serre très fort.

Merci, je dis.

Elle répond pas. On reste un moment dans les bras l'une de l'autre. Puis elle s'éloigne en disant, Prends soin de toi.

Je vais essayer.

Lugh l'aide à se mettre en selle derrière Maev.

Elles nous laissent trois chevaux, elle va monter avec Maev jusqu'à Darktrees.

Lugh lève la main. Maev la saisit.

Merci, il dit. Pour maintenant et pour… avoir aidé Saba et Emmi. Peut-être qu'on se reverra.

On sait jamais, lance Maev.

Ils échangent un regard.

Ma main, elle demande.

Lugh la tient toujours. Il la lâche et recule.

Au revoir, lance Cendre.

À bientôt, crie Maev.

Elle fait faire demi-tour à son cheval et elles partent retrouver les Aigles qui les attendent déjà sur la corniche. Maev fait cabrer son cheval pour nous saluer et elles disparaissent.

Lugh regarde toujours dans leur direction. Une sacrée fille, je dis. Tu trouves pas, Lugh ?

Hein ?

Maev, je dis. Une sacrée fille.

Oui. Elle a l'air gentille.

Il s'apprête à monter sur le cheval que les Aigles lui ont laissé.

Maev, gentille, je murmure.

Crosscreek, je lance. C'est tellement beau, Lugh, tu vas pas en croire tes yeux.

Pas question, dit Lugh en secouant la tête. Ça serait revenir en arrière. Pour moi, c'est du passé. On a vécu trop longtemps dans le passé avec Pa. On doit aller de l'avant, d'accord ?

D'accord.

Moi, j'irais vers l'ouest, il déclare. Vers la Grande Étendue d'Eau. Il y a des terres fertiles là-bas. Il paraît que l'air y sent le miel.

Qui t'a raconté ça ?

Il hausse les épaules.

Je sais plus.

Moi, je veux juste qu'on reste ensemble, je déclare. Loin d'ici. Dans un endroit sûr. La Grande Étendue d'Eau. Ce nom me plaît. Qu'est-ce que t'en dis, Emmi ?

Moi aussi, ça me plaît bien, elle répond.

Tommo ?

Il hoche la tête.

Dans ce cas, cap vers l'ouest, déclare Lugh. C'est parti.

Attends, je dis en regardant partout autour de moi. Où est Jack ? Vous l'avez vu ?

Tommo pointe le doigt. Là-bas ! il s'écrie.

Jack est parti.

Dans la plaine, sur son cheval blanc. Il se dirige vers l'est.

La colère monte en moi. La panique, aussi. Mon sang entre en ébullition.

Oh, non! je m'exclame.

Je saute sur Hermès, je le talonne et on file aussi vite que l'éclair. Nero vole devant nous.

Saba! crie Emmi. Dis-lui de venir avec nous!

*

Je le rattrape après les Hoodoos. Il se retourne en nous entendant arriver. Il s'arrête et il m'attend.

Je fais halte devant lui et je saute à terre. Je saisis les rênes de son cheval. Le sang tambourine contre mes tempes, ma respiration est courte.

Descends de cheval, je lui ordonne en lui décochant un regard noir.

Pas si c'est pour me faire tuer, il rétorque.

J'ai dit, descends!

D'accord, d'accord, il fait en se laissant glisser à terre.

Nero croasse et se pose dans un buisson.

Je vois que tu es venue avec du renfort, il déclare.

Qu'est-ce que tu fabriques? je m'écrie. À partir comme ça. À te défiler. Même pas un au revoir, rien.

Il fronce les sourcils.

Je vais revenir, il me dit.

Je le dévisage.

Quoi?

Je vais revenir, il répète. Mais j'ai des affaires à régler d'abord.

Des affaires? Je croyais que t'étais un voleur.

Charmant! J'ai jamais dit ça. Mais… j'ai des

choses à faire. Et Ike a quelqu'un qui l'attend. Elle l'attend depuis longtemps. Je dois lui annoncer ce qui lui est arrivé.

Tu parles de Molly, je dis.

Tu la connais ?

Ike m'a raconté.

Mais après, je vais revenir. C'est le plan.

Parce que… parce que… Je t'ai sauvé la vie. Trois fois. Non, deux. Dans l'incendie, et puis avec le ver de l'enfer. Et tu as dit que quand on sauve deux fois la vie de quelqu'un…

Ça s'appelle la règle de trois, il me coupe. Pas la règle de deux. Je le sais, c'est moi qui l'ai inventée.

Je m'en doutais !

Oh, deux ou trois fois… C'est pas très différent. C'est pas pour ça que je reviens.

Ah, bon ?

Non. C'est pour toi.

Il fait deux pas dans ma direction.

Tu es mon sang, Saba. Tu es mon esprit. Tu es mon souffle, tu es mes os… tu es partout en moi. Tu y es depuis le premier jour où je t'ai vue.

Mon cœur chavire. J'ose pas respirer. La pierre brûle sur ma peau.

Je me souviens de la première fois où je t'ai vue, tu m'as dit… Qu'est-ce que tu m'as dit ?

Que… t'étais pas mon genre.

C'est toujours ton opinion ?

Je l'observe. J'observe ses étranges yeux gris qui passent de l'éclat de la lune au granit en un instant, son nez tordu, sa lèvre supérieure avec la petite fente.

Et je réponds, Je crois que… j'ai changé d'avis.

Il me fait son sourire de travers.
Approche, il dit.
Non. Toi.
Il s'approche. Il sent la sauge, les ciels d'été et une odeur qui n'appartient qu'à lui. Jack.
Et maintenant ? il demande.
Maintenant, tu m'embrasses.
Il passe ses bras autour de moi et me serre très fort contre lui. Il m'embrasse les lèvres, le visage, et puis encore les lèvres. Moi aussi, je l'embrasse. Je respire Jack comme s'il était de l'air. Je le bois comme s'il était de l'eau.
Pour finir, il s'écarte et me tient à bout de bras.
Je dois y aller, il dit.
Tu pourrais y aller plus tard. On pourrait y aller tous ensemble, quand…
Non, je dois y aller maintenant.
Il recule tout en parlant. Mais il me quitte pas des yeux.
Mais comment tu me retrouveras ? je demande. On sera plus là. Tu sais même pas où on va.
Vous allez vers l'ouest, il répond, vers la Grande Étendue d'Eau. Là où on dit que l'air sent le miel.
Il se met en selle.
Attends. Prends ça, je dis en courant vers lui avec ma pierre.
Il se penche. Je la passe autour de son cou.
Elle… elle t'aidera à me retrouver, je lui dis.
J'ai pas besoin d'une pierre pour ça. Je te retrouverai n'importe où.
Il m'embrasse à nouveau, jusqu'à ce que je me sente prise de vertiges. Jusqu'à avoir les jambes en coton.
Puis il lance, À bientôt.

Il incline son chapeau, fait tourner son cheval et part au trot. Et en partant, il se met à chanter.

J'ai escaladé les hautes montagnes et navigué sur les vastes mers
Des jolis minois j'en ai vu beaucoup
Mais d'un seul regard, sa beauté m'a envoyé au tapis
Ô Annie au cœur de pierre que je ne peux satisfaire.

*

Saba ! crie Lugh.

Emmi, Tommo et lui sont venus me rejoindre.

Ça va ? me demande Lugh.

Je hoche la tête.

Tu lui as pas demandé de rester ? lance Emmi.

Il avait quelque chose à faire, je réponds.

Je monte sur le dos d'Hermès. Nero vient se poser sur mon épaule.

On va plus jamais le revoir ? demande Emmi.

Un jour.

Bientôt, dit Tommo.

J'espère, je lance.

On fait tourner nos chevaux face à l'ouest.

Oh ! J'allais oublier ! s'écrie Emmi.

Elle sort le lance-pierres de Lugh de sa poche et le lui donne.

Je te l'ai gardé, elle lui dit.

Il tend la main et lui ébouriffe les cheveux.

Merci. Je t'apprendrai à t'en servir.

Pas besoin, je m'interpose, elle tire déjà très bien.

Ça alors ! s'exclame Lugh. Je vais donc devoir trouver autre chose à t'apprendre, Emmi.

Peut-être que c'est moi qui t'apprendrai quelque chose, elle rétorque. Tu sais pas tout. Tu le crois, c'est tout.

Lugh secoue la tête.

Je suis vraiment parti trop longtemps. Je vois que tu as besoin d'être reprise en main, Emmi. De parler plus poliment à tes aînés et…

Je me laisse un peu distancer. Je les écoute bavarder et rire. Comme toujours.

On est à nouveau réunis.

Lugh est devant, et moi derrière.

Mais ça me va.

C'est bien comme ça.

C'est comme ça que ça doit être.

Lugh se retourne et il me sourit.

Qu'est-ce que tu fais loin de nous ? Je sais pas où on va. Viens nous montrer le chemin.

Alors je passe devant.

Les routes de Saba et de Jack se croiseront-elles à nouveau? Vous le saurez en lisant la suite des *Chemins de poussière*:

Extrait

Les chemins de poussière
2. Sombre Eden

L'après-midi touche à sa fin. Depuis le matin, la piste suit une longue rangée de tours de lumière. Ou plutôt, ce qui reste des tours de lumière du temps des Destructeurs, un temps hors du temps. La piste serpente à travers des collines délavées, sur de l'herbe brûlée, entre des buissons couverts d'épines.

La chaleur du plein été est terrible. Son chapeau est humide de sueur. La poussière de longues journées de voyage colle à sa peau, à ses vêtements, à ses bottes. Il la sent quand il passe sa langue sur ses lèvres gercées. Depuis le début, la route est sèche et mauvaise. Il franchit une crête, la piste plonge vers une petite vallée et soudain, tout devient vert et frais. L'air prend la douce senteur des pins qui parsèment le flanc des collines.

Jack arrête son cheval et inspire une grande bouffée d'air. Une immense bouffée d'air. Il se gorge de cette vue. Au fond de la vallée, un petit lac scintille au soleil. Sur l'une des berges se dresse une cabane faite d'un toit en écorce et en paille, de murs en déchets des Destructeurs, de pierres, de boue séchée et d'un tronc d'arbre. Un

— — — — — — — — — — — —

homme, une femme et une jeune fille travaillent la terre dans des enclos.

Des gens. Enfin. À part Atlas, son mustang blanc, Jack n'a parlé à personne depuis des jours. La solitude commençait à lui peser.

Il prononce à voix haute, J'en arrivais presque à croire que j'étais tout seul sur cette planète.

Il sifflote en reprenant sa route. Et salue les gens, qui s'arrêtent de travailler pour venir à sa rencontre. Ils ne sont pas très accueillants. Ils ont l'air épuisé. Et ils ont des regards inquiets. Ils n'ont pas l'habitude d'avoir de la visite, ils ne s'intéressent pas au monde autour d'eux et ils n'ont pas grand-chose à dire. Peu importe. Rien que cette vision et cette conversation étrange, presque un monologue, suffisent à Jack.

L'homme est à bout de forces. La femme, malade. Mourante, même. Elle a la peau jaunâtre et la bouche tordue de douleur. La jeune fille, d'environ quatorze ans, a l'air plus solide. Elle ne lève pas les yeux de ses bottes. Elle ne dit rien, même quand Jack s'adresse à elle. Mais son visage banal s'illumine quand son frère sort en courant de la cabane et l'appelle, Nessa, Nessa !

C'est un bel enfant. Un garçon de quatre ans aux yeux ronds. Il est pieds nus. Il s'appelle Robbie. Toute sa famille le regarde avec émerveillement, comme s'ils n'en revenaient pas de leur chance. Il s'accroche aux jambes de sa sœur et suce son pouce avec frénésie en observant Jack. Son vieux chapeau à

— — — — — — — — — — — —

large bord ; son regard argenté ; son visage hâlé qui n'a pas vu de lame de rasoir depuis des semaines ; son long manteau poussiéreux et ses bottes usées. L'arc dans son dos et, à sa ceinture, ses armes : une arbalète, un grand couteau, des bolas, un lance-pierre.

Bouh ! fait Jack.

Robbie reste bouche bée. Et lâche son pouce.

Jack fait semblant de grogner. Le garçon pousse un cri et part en courant vers le lac. Nessa se jette à sa poursuite. La vallée retentit de leurs rires.

Ce ne sont pas des gens sociables, mais ils ne sont pas méchants. Ils offrent à Jack et son cheval eau et nourriture. Ils lui proposent de passer la nuit chez eux, mais il est pressé de partir. Il se remet en selle au crépuscule. Ces gens sont des travailleurs, ils se lèvent tôt. Ils iront se coucher juste après son départ.

D'après les calculs de Jack, il n'est plus qu'à trois jours de la Zone de Tempête. C'est sa destination. Et plus précisément, dans la Zone de Tempête, une taverne qui s'appelle la Cause Perdue, tenue par une vieille amie du nom de Molly. Jack est porteur d'une mauvaise nouvelle. De la pire des nouvelles. Plus vite il l'annoncera, plus vite il rebroussera chemin et repartira vers l'ouest.

L'Ouest. Où se trouve la Grande Étendue d'Eau. Et où elle se trouve, elle. Là où il a promis de la rejoindre.

— — — — — — — — — — — —

Moira Young est née au Canada. Elle passe son enfance près de Vancouver, avec ses deux petites sœurs, et décide très tôt de devenir écrivain (elle achève un roman à l'âge de neuf ans), mais se consacre ensuite au théâtre avant d'étudier l'histoire. Dans les années 1980, elle fait ses classes sur scène au Royaume-Uni (dont une belle performance de danseuse de claquettes) puis revient à Vancouver pour devenir chanteuse d'opéra. Ce n'est qu'en 2003 qu'elle retourne à ses premières amours, en rejoignant un atelier d'écriture pour la jeunesse à Londres, et elle n'a pas cessé depuis. Elle vit maintenant à Bath, dans le sud-est de l'Angleterre, avec son mari.

Dans la collection

Pôle fiction

filles

Garçon ou fille, Terence Blacker
Ce que j'ai vu et pourquoi j'ai menti, Judy Blundell
Quatre filles et un jean
    Le deuxième été
    Le troisième été
    Le dernier été,
L'amour dure plus qu'une vie,
Toi et moi à jamais,
Ann Brashares
LBD
    1. Une affaire de filles
    2. En route, les filles !
    3. Toutes pour une,
Grace Dent
Cher inconnu, Berlie Doherty
Qui es-tu Alaska ?, John Green
13 petites enveloppes bleues, Maureen Johnson
15 ans, Welcome to England !
    15 ans, charmante mais cinglée, Sue Limb
Trois mètres au-dessus du ciel, Federico Moccia
La vie blues, Han Nolan

Les confidences de Calypso

1. Romance royale

2. Trahison royale

3. Duel princier,

Tyne O'Connell

Le journal intime de Georgia Nicolson

1. Mon nez, mon chat, l'amour et moi

2. Le bonheur est au bout de l'élastique

3. Entre mes nungas-nungas mon cœur balance

4. À plus, Choupi-Trognon...

5. Syndrome allumage taille cosmos

6. Escale au Pays-du-Nougat-en-Folie,

7. Retour à la case égoutoir de l'amour

8. Un gus vaut mieux que deux tu l'auras,

Louise Rennison

Code cool, Scott Westerfeld

fantastique

Interface, M. T. Anderson
Genesis, Bernard Beckett
Le Cas Jack Spark
  Saison 1 Été mutant,
  Saison 2 Automne traqué, Victor Dixen
Eon et le douzième dragon
  Eona et le Collier des Dieux, Alison Goodman
Menteuse, Justine Larbalestier
Felicidad, Jean Molla
Le chagrin du Roi mort,
Le Combat d'hiver,
Jean-Claude Mourlevat
Le Chaos en marche
  1 - La Voix du couteau
  2 - Le Cercle et la Flèche
  3 - La Guerre du Bruit,
Patrick Ness
Jenna Fox, pour toujours
  L'héritage Jenna Fox, Mary E. Pearson
La Forêt des Damnés
  Rivage mortel, Carrie Ryan

Le papier de cet ouvrage est composé de fibres naturelles, renouvelables,recyclables et fabriquées à partir de bois provenant de forêts gérées durablement.

Maquette : Dominique Guillaumin
Photo de l'auteur © D.R.

ISBN : 978-2-07-069670-3
Loi n° 49-956 du 16 juillet 1949
sur les publications destinées à la jeunesse
Dépôt légal : mars 2013.
N° d'édition : 178791 – N° d'impresssion : 180111.
Imprimé en France par Maury Imprimeur - 45330 Malesherbes